한 문학평론가의 역사 읽기

한 문학평론가의 역사 읽기

문이당 문화비평②

한 문학평론가의 역사 읽기

이동하 지음

문이당

책머리에

초등학생 시절부터 지금까지 30년이 넘는 기간 동안 내 사유의 공
간 속에서 역사는 언제나 문학 못지않게 중요한 자리를 차지해 왔다.
하지만 그 긴 세월 동안 내가 역사에 대해서 제대로 된 글을 써본 일
은 거의 없다. 국문과를 다니고, 문학평론가의 길을 걷고…… 하는
것을 인생의 코스로 택하다 보니 자연히 그렇게 되었던 것이다. 그랬
던 것인데, 지난해 가을쯤 해서부터, 갑자기 역사를 주제로 한 글이
내 안에서 쏟아져 나오기 시작했다. 오랫동안 나의 마음속에 잠복해
있으면서 바깥으로 나올 기회를 묵묵히 기다리고 있던 수많은 말들이
「이제 더이상은 못 참겠다!」고 외치며 집단탈출을 감행하는 형국이었
다. 그 결과, 겨우 반년 남짓한 기간 동안에 천 매 분량의 원고가 쌓였
다. 그 원고를 모아 두 개의 장으로 크게 나누고 다시 몇 편의 에세이
를 덧붙여 제3장으로 삼으니 이렇게 책 한 권이 되었다.

이상과 같은 과정을 거쳐서 나오게 된 책이니만큼 여기에는 정연한
질서라든가 체계라든가 하는 것이 없다. 그리고 ‘역사를 주제로 한
글’이라고 했지만, 역시 직업(문학평론가라는)은 속일 수가 없는 것

인지 문학과 역사 사이에서 줄타기를 하고 있는 글이 많으며, 보기에 따라서는 순전한 문학평론으로 분류해도 아무 지장이 없을 듯싶은 글도 여럿 있다.

그러나 정말 중요한 것은 이런 문제가 아닐 터이다. 내가 생각하기에 정말로 중요하다고 여겨지는 것은 이 책에 실린 글 가운데 상당수가 우리나라의 지식인들 사이에서 압도적으로 많은 추종자를 얻고 있는 고정관념들에 대하여 정면으로 반론을 제기하고 있다는 점이다. 이러한 나의 반론을 주의 깊게 읽는 독자라면, 그가 마지막 순간에 이르러 나의 견해에 동의하느냐 그러지 않느냐에 관계없이, 이 책과의 만남을 통해 사유의 폭이 크게 확장되는 체험을 가질 수 있을 것이다. 그럴 기회를 제공한다는 것만으로도 이 책은 얼마쯤의 의의를 주장할 수 있으리라는 것이 나의 믿음이다.

1997년 4월

이 동 하

제1장 한 문학평론가의 세계사 읽기

제2장 한 문학평론가의 한국사 읽기

제3장 문학평론가, 인생을 이야기하다

한 문학평론가의 역사 읽기

제1장 한 문학평론가의 세계사 읽기

학생 여러분, 여러분 자신이
노예 사냥에 걸려든 아프리카인이라면……

어느 날, 학부 1학년 학생들에게 강의를 하던 중 화제가 1930년대 독일·이탈리아·일본의 파시즘에 미치게 되었다. 이렇게 되자 나의 입에서는 자연히 다음과 같은, '뻔한 상식'에 해당하는 얘기가 흘러나왔다.

—경제대공황 앞에서도 여전히 자유민주주의를 유지했던 미국이나 영국이나 프랑스와 달리 이 나라들이 파시즘을 국가의 노선으로 선택하게 된 데에는 이 나라들이 후발 자본주의 국가로서 지니고 있었던 불리한 여건을 어떻게 해서라도 극복해 내야 한다는 현실적 요구가 크게 작용하였다.

그런데 아주 가벼운 마음으로 이런 뻔한 상식을 꺼내어 학생들에게 펼쳐보였던 나는, 막상 이 얘기를 마치고 나자, 갑자기 내 몸 전체가 짙은 회의의 안개에 휩싸여버리는 것을 느끼지 않을 수 없었다. 그 회의의 안개는 구체적으로는 다음과 같은 물음의 모습을 띠고서 뭉게뭉게 피어올라 나를 에워싸는 것이었다.

——파시즘을 거론하면서 이런 얘기만 하고 말아도 좋은 것일까? 파시즘을 거론하면서 이런 얘기만 하고 마는 것은, 독일이나 이탈리아나 일본의 파시스트들이 현실의 공간 속에서 실로 수없이 저질렀던 잔인무도한 범죄행위들에 대하여 학문이라는 이름으로, 지성이라는 이름으로, 뻔한 상식이라는 이름으로 사면장을 발부하는 것이나 무엇이 다른가? 기껏 이런 따위의 사면장을 발부하기 위해서 우리는 논리적 사유의 칼을 갈고 역사를 학문의 경지로 끌어올리려 애써온 것인가? 파시스트들의 범죄행위 때문에 피눈물을 흘려야 했던 수많은 사람들의 고통은 이 뻔한 상식의 일방적인 전횡 때문에 또한번 모욕당하는 것이 아닐까? 미국이나 영국이나 프랑스가 자유민주주의를 유지할 수 있었던 것은 그 나라들이 선발 자본주의 국가였다는 사실과 밀접한 관련이 있고 독일이나 이탈리아나 일본이 파시즘에 기울게 된 것은 그 나라들이 후발 자본주의 국가였다는 사실과 밀접한 관련이 있다……. 그래, 그것은 엄연한 역사적 진실이다. 하지만 아무리 그것이 엄연한 역사적 진실이라 하더라도 학생들에게 그런 종류의 진실만 얘기하고 마는 것은, 그리고 그렇게 함으로써 은연중에 자유민주주의자나 파시스트나 따지고 보면 각자가 놓인 상황이 요구하는 바에 충실했던 것이라는 점에서는 마찬가지이다라는 투의 사고에 학생들이 젖어들도록 유도하는 것은, 우리는 도대체 무엇을 위하여 교육이라는 것을 행하고 있는 것인가, 다시 말해 우리가 행하고 있는 교육의 궁극적인 목표는 도대체 무엇인가라는 질문에 비추어볼 때, 대단히 바람직하지 못한 처사가 아닐까?

　이러한 고민에 사로잡힌 채 연구실로 돌아와 책상 위에 놓인 계간지를 펼쳐들었을 때, 나의 눈에 들어온 것은 한 좌담회 자리에서 이어령이 행한 다음과 같은 발언이었다.

　　중화사상만 해도 도덕정치니까 문화적인 동질성만 가지면 남의 나라를 치지 않아요. 그런데 서구 사회는 그렇지 않아요. 서양 사람들이 원래 나쁜 사람들이라서? 그럼 왜? 경제적으로 도저히 자립이 안돼요. 그러니까 제국주의적인 방법을 쓰거나 약탈을 하지 않으면 도저히 먹고 살 수가 없어요. …… 만약 중국이 서구식으로 육식을 하고 유목경제 밑에 있었다면 중화사상이 어디 있어요. 몽고처럼 쳐들어갔겠죠. 한국은 가난했지만 작은 땅에서 쌀을 생산해서 살아갈 수 있는 도작(稻作)문화권이었기 때문에 외국을 넘보지 않고서도 제 손으로 노동을 하고 청빈사상으로 자족을 하면서 견뎠다는 말이죠. 그런데 서양은 땅덩어리가 크다 보니까 노예를 잡아오거나 기계를 만드는 것 외에 도리가 없죠(「좌담 : 20세기의 삶, 그 이후의 세기는?」, 《대화》 1994년 봄호, pp. 22~23).

　위와 같은 이어령의 말은 사실에 부합하는 것임에 틀림없다. 내가 강의시간에 학생들에게 들려준 뻔한 상식이 틀림없이 사실에 부합하는 것이듯이. 그러나 우리들의 진지한 고뇌를 요구하는 문제는 이어령의 말이나 내가 꺼냈던 뻔한 상식이 틀림없이 사실에 부합한다는 점을 밝힌다고 해서, 그것만으로 해소되지 않는다. 오히려 정작 중요한 문제는 그런 것들이 틀림없이 사실에 부합한다는 점이 밝혀진 바로 그 순간부터 새롭게 시작되는 것이다.

　　──서양 제국주의자들이 자행한 노예 사냥에 걸려드는 바람에 평
생을 피눈물로 보내다가 죽은 수많은 아프리카인들의 고통은 이어령
이 말하는 '엄연한 역사적 진실'이라는 것 앞에서 도대체 어떤 의미
를 지닐 수 있는 것인가? 학생 여러분, 여러분 자신이 바로 그 아프리
카인이라 가정하고서 한번 생각해 보라…….

세계사를 공부하면서 큰 지혜에 이르는
한 가지 길

1

조혜정은 〈탈식민지시대 지식인의 글읽기와 삶읽기·1〉(또하나의 문화, 1992) 속에서 다음과 같은 이야기를 하고 있다.

> 나는 1986년에 안식년을 영국 캠브리지 대학에서 보냈는데, 그곳에서 인류학자와 사회학자와 역사학자들이 금요일 저녁에 하는 작은 규모의 토론회에 참석했었다. 그런데 세미나 내용을 담은 책들이 다음해에 출간되어 학회에서 논쟁을 일으키고 전세계의 대학에서 주교재로 사용되는 것을 보면서 '아차!'를 외칠 수밖에 없었다. 그들 몇 명이 벌이던 열띤 토론, 곧 자신의 사회가 나아갈 길과 개인적 고민이 어우러져 만들어진 '소서사'가 순식간에 '보편적 진리'가 되고 있는 것이다. 그렇다면 그러한 현상의 이면에는 우리의 열띤 토론이 '지엽적' 이야기일 뿐이라고 치부되는 현실이 맞붙어 있지는 않은가?(p. 19)

조혜정이 어떠한 문제의식에 기초하여 이러한 이야기를 하고 있는 지를 나는 충분히 이해한다. 따지고 보면 그로 하여금 위와 같은 이야 기를 하지 않을 수 없도록 만든 문제의식은 바로 나 자신이 평소에 늘 지녀온 여러 문제의식들 중의 하나와 똑같은 종류의 것이다.

그런데 위에 인용된 대목을 읽어나가다 보면, 나의 마음속 다른 한 편에서는 조금 엉뚱한 생각이 슬며시 고개를 들기도 한다. 그 '조금 엉뚱한 생각'은, 방금 말한 '문제의식'의 시각에 서서 보면, 단호한 비판을 가해야 마땅하다고 여길 수도 있을 그런 종류의 생각이다. 하 지만 아무튼 나로서는 마음속 한편에서는 엄숙한 문제의식이 확고하 게 그 지위를 유지해 나가고 있는데도, 같은 나 자신의 마음속 다른 한편에서는 그런 엉뚱한 생각이 제멋대로 일어나는 것을 말릴 도리가 없다. 그 엉뚱한 생각이란 구체적으로 밝히자면 대강 아래와 같은 것 이다.

——아, 그런 거 너무 심각하게 생각하지 말자. 영국이 어떻고 캠브 리지 대학이 어떻고 하지만 그게 무어 별거냐? 세계사 책을 한번 읽 어보라.

어떤 시대에는 사마르칸트가 세계 제일급의 문명도시였다고 세계 사 책에는 쓰여 있다. 그 사마르칸트가 지금은 어떤 꼴이 되어 있는지 보라. 지금 이 시대에는 저 영국이 세계 제일급의 문명국가라 뽐내고 있지만, 수백 년 후의 그 어느 시대에는 영국의 런던이 사마르칸트의 지금 꼴을 하고 있게 될 가능성도 얼마든지 있다. 그렇게 될 가능성이 없다고 어느 누가 장담할 것이냐?

제1차 십자군 원정 당시, 아직까지 미개 상태에 머물러 있었다고 해 도 과언이 아니었던 영국 촌사람들이 십자군에 참가한 덕분에 난생 처음으로 콘스탄티노플이란 도시를 구경하게 되었는데, 그것이 그들로서는 생전 처음 해본 진짜 도시 구경이었다고, 세계사 책에는 쓰여 있다. 그 '영국 촌사람들'과 '대도시 콘스탄티노플' 사이의 관계가 역전된 것은 불과 수백 년 전이었다고 그 책에는 쓰여 있다. 앞으로 또 수백 년이 흐른 후에는 한번 역전되었던 그 양자간의 관계가 한번 더 역전되어 원래의 관계로 돌아가버릴 가능성도 얼마든지 있다. 그렇게 될 가능성이 없다고 어느 누가 장담할 것이냐?

세상은 어차피 돌고 돌고 또 돌면서 나아가게 되어 있다. 어제의 중심이 오늘은 주변이 된다. 오늘의 중심은 내일의 주변이 된다. 세계사는 이러한 유전(流轉)의 법칙이 실현되는 마당 이외의 아무것도 아니다. 그 어느 누구도 세계사의 무대 속에서 이 법칙이 실현되는 것을 막을 수 없다. 캠브리지 대학에 모여서 떠들던 영국 학자들? 그들 역시 알고 보면 이 법칙이 실현되어 가는 과정 속에서 어쩌다 우연하게도 잠깐 좋은 자리에 앉게 된 덕분으로 즐거운 착각에 잠길 수 있었던 행운아들, 그 이상의 아무것도 아니다. 부러워할 것 없다. 사마르칸트나 콘스탄티노플의 전성 시대에 우연히 거기 태어나는 행운을 누렸던 학자들을 지금 누가 부러워하는가?

2

복거일은 《문학과 사회》 1995년 가을호에 발표한 「새로운 환경과 글쓰기의 변화」라는 글 속에서 다음과 같은 이야기를 하고 있다.

앞으로 작가들은 영어에 깊이 침윤되어 점점 혼란스러워지는 언어로 글을 쓰게 될 것이다. 그런 상태는 모든 작가들의 넋에 그늘을 드리우겠지만, 그 너머엔 한국어가 영어에 밀려 일상 생활에서 쓰이지 않는 상태가 기다리고 있다. 지금 그런 가능성을 얘기하는 사람은 없지만, 나는 다음 세기 안에 한국어는 소수의 학자들과 작가들만이 쓰는 '박물관 언어'가 되리라고 여긴다. 그런 전망은 어쩔 수 없이 내 마음에 짙은 그늘을 드리우고 생경한 외래어들을 다듬는 손길에서 힘을 앗아간다(pp. 981~982).

복거일의 이러한 발언을 읽고 있노라면 나의 마음속에서는 참으로 다양한 상념들이 엇갈리며 오고가는 것을 느끼지 않을 수 없다. 그런데 그 많은 상념들 가운데에는 다음과 같은 '조금 엉뚱한 생각'도 한 자리를 차지하고 있다. 그 생각은 이 세상의 많은 진지한 사람들로부터 비판을 받을 만한 생각이다. 사실은 나 자신의 마음 한편에도 그 생각을 향해 비난의 눈길을 던지지 않고는 참지 못하는 어떤 존재가 도사리고 있다. 하지만 그 존재가 나의 한 부분이라면, 그 존재로부터 발산되어 나오는 비난의 눈길을 의식하면서도 역시 다음과 같은 조금 엉뚱한 생각을 억누르지 못하는 존재 역시 엄연한 나의 한 부분이다.

——복거일의 예상이 들어맞아서 장차 영어가 세계어의 구실을 하게 되고 한국어는 박물관 언어가 되어버리는 날이 온다고 치자. 그런 날이 정말로 온다면, 오늘날 우리나라의 문학자들이 한국어로 써내고 있는 모든 문학작품들은 그때에 이르러서는 극소수의 전문적인 연구자들을 제외한 대다수의 사람들에게 있어서 전혀 기억조차 되지 않는 존재——망각의 강 저 아래로 떠내려가 버린 존재——가 되고 말 것이다. 그러나 오늘날 미국의 문학자들이 영어로 써내고 있는 문학작품들은 그때에도 여전히 수많은 독자들에게 읽히고 기억되고 사랑받는 존재로 남을 것이다. 가만히 생각해 보면, 이것은 참으로 억울한 일이 아닐 수 없을 것 같다. 우리나라의 문학자들이 미국의 문학자들보다 못한 점이 뭐가 있다고 이처럼 비극적인 망각의 운명에 처해야 한단

말인가?

　하지만 조금 더 깊이 생각해 보자. 한국의 문학작품들이 망각의 강 아래로 떠내려갈 때 미국의 문학작품들은 여전히 읽히고 기억되고 사랑받으리라는 사실, 그것이 과연 그렇게 억울한 일일까? 미국의 문학작품들 역시 '영원히' 읽히고 기억되고 사랑받을 수는 없을 것이다. 하늘 아래 영원한 것이란 단 하나도 존재하지 않으므로. 영어가 세계어로 군림하는 날이라는 것도, 설령 그런 날이 정말 온다 해도, 결코 영원히 계속되지는 않을 터이므로. 세계사 책을 한번 읽어보라. 지중해 세계 전부를 제패한 로마의 영광에도 마지막 날이 있었다고 거기에는 쓰여 있다. 유라시아 대륙 대부분을 제패한 몽골의 영광에도 마지막 날이 있었다고 거기에는 쓰여 있다. 이러한 사실이 우리에게 분명히 알려주는 것은, 오늘날 전세계를 제패하고 있는 듯한 미국의 영광에도 끝내는 마지막 날이 오리라는 것, 오지 않을 수가 없다는 것이다. 그런데 이처럼 미국의 영광이 끝나는 날이라는 것은 바로 영어의 영광이 끝나는 날이며 미국 작가들의 좋은 팔자가 끝나는 날이기도 하다. 우리나라의 작가들이 망각의 강 저 아래로 떠내려가는 것과 미국 작가들의 좋은 팔자가 끝나는 것 사이의 차이는 결국 오십보와 백보의 차이다. 사정이 이러한 터에 뭐 그리 억울한 느낌에 사로잡힐 필요가 있고 '마음속의 짙은 그늘' 따위를 운운할 필요가 있을 것인가?

3

　앞에서 이미 누누이 얘기해 둔 바와 같이, 조혜정의 발언을 읽으면서 사마르칸트니 콘스탄티노플이니 하는 것들을 떠올리는 태도나 복거일의 발언을 읽으면서 '오십보 백보' 운운의 말을 중얼거리는 태도는 결코 많은 사람들의 칭찬을 기대할 만한 태도가 못된다. 나 자신도 만일 어떤 사람이 그런 태도로 일관하는 것을 보게 된다면 그 사람에 대하여 비판을 가하는 데 주저하지 않을 것이다. 하지만 위와 같은 태도가 우리의 마음속에서 한 부분을 차지하는 것 정도는 좋은 일이며 널리 권장할 만한 일임에 틀림없다고 나는 믿는다. 세계사를 공부하면서 큰 지혜를 얻은 인간이라는 말은 바로 그와 같은 태도가 자신의 마음속에서 한 부분을 차지하도록 허용한 인간을 가리키는 말일 수도 있다는 것이 나의 생각이다.

역사를 공부하는 것은 슬픔을 배우는 일이다

1

　지중해 세계의 패권을 놓고 카르타고와 자웅을 겨루던 로마. 그 로마는 제2차 포에니 전쟁에서 카르타고를 패배시킨 후, 로마의 허락 없이는 그 어떤 외적(外敵)과도 전쟁을 벌여서는 안된다는 기괴한 조항을 카르타고에 강요하였다. 카르타고로서는 울며 겨자 먹기로 그 조항을 수락할 수밖에 없었다. 이런 일이 있은 후, 카르타고와 국경을 접하고 있던 누미디아는 이것 잘됐다 하여 수시로 카르타고를 침략, 그 영토를 잠식해 들어가는 한편, 로마에 사절을 보내, 카르타고가 누미디아를 상대로 전쟁하는 것을 허락하지 않도록 책동하였다. 로마는 좋다 하고 누미디아의 요청을 들어주었다. 그러고는, 도저히 더이상 참을 수 없게 된 카르타고가 로마의 허락을 얻지 못한 상태에서 누미디아와 전투를 벌이기에 이르자, 「우리 로마와 엄숙하게 맺은 약속을 위반하다니! 용서할 수 없다!」 하고 외치며 대군을 보내 카르타고를 문책하였다. 애당초 로마와 싸울 뜻도 힘도 없었던 카르타고는 로마에 대하여 간곡히 사죄하고 용서를 빌었으나 아무 소용이 없었다. 로마의 의도는 어떤 핑계를 만들어서든 기어이 이 세상에서 카르타고라는 나라의 흔적까지도 없애고 말려는 것이었기 때문이다. 로마가 카르타고 측에 요구한 것은, 카르타고 군대의 무장을 완전히 해제할 것, 모든 카르타고 시민은 해안에서 10마일 이상 떨어진 곳으로 물러날 것, 카르타고 시(市)를 완전히 파괴할 것, 이상 세 가지였다.

로마가 이처럼 잔인한 요구조건을 들이대자, 카르타고 시민들은 이제 정말 죽음을 각오하고 일치단결하였다. 노예의 길을 감수하느니 싸우다 죽자는 비장한 결의였다. 그들은 성문을 닫고 온 시민이 한마음 한뜻이 되어 처절한 농성전을 시작하였다. 그래 봤자 달걀로 바위 치기인 것은 말할 나위도 없는 일이었다. 하지만 카르타고 시민들의 결의가 너무나 뜨거웠기에, 그들은 달걀로 바위 치기인 이 싸움을 무려 4년간이나 계속하며 버틸 수가 있었다. 그러나 아무리 달걀의 결의가 대단하기로 어떻게 바위를 상대로 하여 끝까지 이겨낼 수가 있으랴. 결국 카르타고 시민의 90퍼센트 이상이 죽고 10퍼센트 미만, 즉 5만 명 정도의 남녀 시민만이 남아 항복하는 것으로 이 전쟁은 끝나고 말았다. 로마 군대는 카르타고 시가에 불을 질렀다. 카르타고 시가는 17일간을 계속해서 탄 끝에 드디어 한줌의 잿더미로 변하였다. 항복한 5만 명의 남녀는 전원 노예로 팔렸다.

——세계사를 공부하다가 이 대목과 마주쳤을 때 내가 맨 먼저 한 일은 나 자신이 카르타고의 한 시민이었다면 나는 무엇을 생각하며 살고 무엇을 생각하며 죽었을 것인가를 상상해 보는 일이었다. 그의 분노, 그의 절망, 그의 슬픔이 바로 나의 것이라고 상상해 보는 일이었다.

나는 우연히 20세기의 한국땅에 태어나 지금 이렇게 살고 있다. 나의 삶은 저 카르타고 시민이 지니고 살다가 갔을 분노나 절망이나 슬픔 같은 것과 아무런 인연이 없다. 그런데 저 카르타고의 시민과 나 사이의 차이는, 그 사람은 우연히 기원전 2세기의 카르타고 시민으로 태어났고 나는 우연히 기원후 20세기의 한국 국민으로 태어났다는 차이 그것밖에 없다.

2

386년에서 534년까지 중국에는 북위(北魏)라는 나라가 존재하였다. 이른바 5호(五胡) 16국 시대에 명멸하였던 많은 나라들 중의 하나인데, 그중에서도 특히 비중이 큰 존재라고 할 수 있다. 중국 북부 지방을 완전히 통일, 남북조시대(南北朝時代)를 열고, 그 기간 동안 북조(北朝)의 주역이 되었던 나라가 바로 이 북위이기 때문이다. 그런데 이 북위의 황실에는 특이한 제도가 있었다. 황제의 아들 중 누군가가 황태자로 책봉되면, 그 황태자의 생모는 사형에 처한다는 제도이다. 이러한 제도는 특히 그 생모가 황제의 정실부인 즉 황후가 아닌 경우에 강력히 시행되었다.

북위가 이처럼 기괴한 제도를 시행한 이유는 이런 것이다. 황태자가 장차 제위를 물려받아 황제가 되었을 때, 누구의 뜻을 가장 존중할 것인가? 말할 나위도 없이 자기가 누구보다 사랑하는 생모의 뜻을 가장 존중할 것이다. 이렇게 되면 전 황제의 정실부인 즉 황태후와 새 황제의 생모 사이에 갈등이 생겨 집안꼴이 엉망이 될 것이 뻔하다. 그러니 미리부터 화근을 제거해 두는 것이 옳다. 화근을 제거하는 데에는 황태자의 생모를 죽여버리는 것보다 더 좋은 방법이 없다.

이런 논리에 의해서 북위 왕조에서는 자기의 아들이 황태자로 책봉

되는 기쁨을 맛본 여성들이 그 기쁨의 대가로 사형을 당하는 사태가
실제로 여러 대에 걸쳐 계속되었다.

——세계사를 공부하다가 이 대목과 마주쳤을 때 내가 맨 먼저 한
일은 나 자신이 황태자의 어머니가 된 죄로 사형대에 올라야 했던 북
위의 여성이었다면 나는 무엇을 생각하며 아들의 황태자 책봉식을 바
라보고 무엇을 생각하며 죽었을 것인가를 상상해 보는 일이었다. 그
의 기쁨과 슬픔, 그의 희망과 절망이 바로 나의 것이라고 상상해 보는
일이었다.

나는 우연히 20세기의 한국땅에 태어나 지금 이렇게 살고 있다. 나
의 삶은 저 북위의 여성이 지니고 있다가 갔을 슬픔이나 절망 같은 것
과 아무런 인연이 없다. 그런데 저 북위의 여성과 나 사이의 차이는,
그 사람은 우연히 5세기 전후의 북위 여성으로 태어났고 나는 우연히
20세기의 한국 남성으로 태어났다는 차이 그것밖에 없다.

3

13세기에 처음 등장하여 시간의 흐름과 더불어 점점 고조되어 가다
가 마침내 16세기에서 17세기까지에 걸친 기간 동안 절정을 이루었던
마녀 사냥의 폭풍에 대하여 컬린 윌슨이 들려주고 있는 보고의 일부
를 다음에 인용한다.

툴루즈에서는 1557년에 40명의 마녀가 불에 타 죽었다. 1582년에는
아비뇽에서 18명의 마녀가 희생되었다. 1581년에서 1591년에 걸쳐
로렌 지방에서는 900명의 마녀가 사형을 선고받았으며, 1609년에는
4개월 동안에 400명이 화형을 당하였다. 독일도 사정은 같았다.
1572년 토리아(독일 서부)에서 5명의 마녀가 화형용 장작더미 위에

서 목숨을 잃었다. 1587년에서 1594년에 걸쳐 300명 이상이 마법을 시도했다는 혐의로 재판에 회부되었다.

17세기 초에는 화형으로 수천 명씩 희생되었다. 프란츠 뷔르만이라는 '마녀 적발인'이 있었다. 주민 300명인 마을에서 그 주민의 반을 1631년과 1636년 사이에 태워 죽였다. 밤베르크에서는 1,600명이 불에 타 죽었다. 뷔르츠부르크에서의 희생자 중에는 3세에서 15세까지의 어린이들도 포함되어 있다(컬린 윌슨, 〈잔혹〉 제1권, 황종호 역, 하서출판사, 1991, pp.347~348).

　　——위와 같은 대목을 읽었을 때 내가 맨 먼저 한 일은 나 자신이 저 마녀 사냥의 희생자 가운데 한 사람(예를 들면 뷔르츠부르크에서 죽은 15세의 아이)이었다면 나는 무엇을 생각하며 재판을 받고 무엇을 생각하며 죽어갔을 것인가를 상상해 보는 일이었다. 그 사람의 공포, 그 사람의 절망, 그 사람의 슬픔이 바로 나의 것이라고 상상해 보는 일이었다.

　나는 우연히 20세기의 한국땅에 태어나 지금 이렇게 살고 있다. 나의 삶은 저 뷔르츠부르크의 아이가 지니고 있다가 갔을 공포나 절망이나 슬픔 같은 것과 아무런 인연이 없다. 그런데 저 뷔르츠부르크의 아이와 나 사이의 차이는, 그 아이는 우연히 17세기의 독일인으로 태어났고 나는 우연히 20세기의 한국인으로 태어났다는 차이 그것밖에 없다.

4

　청나라의 강희제(康熙帝)는 35명이나 되는 아들 중 누구를 후계자로 할 것인가를 공식적으로 분명히 해두지 않은 상태에서 급작스럽게 서거하였다. 강희제가 서거하자 그의 넷째 아들이 제위에 오른다. 그가 곧 옹정제(雍正帝)이다. 그런데 사실 강희제의 넷째 아들이 제위를 이으리라는 것은 그 당시 누구도 예상하지 못했던 일이었다. 말년의 강희제가 가장 총애했던 것은 스물세 번째 아들이었기 때문이다. 그러면 어떻게 해서 만인의 예상을 뒤엎고 옹정제가 보위를 차지할 수 있었던가. 그것은 론코드와 연갱요라는 두 비범한 책사의 노력 덕분이었다. 강희제가 서거할 때 홀로 그 옆을 지켰던 권신(權臣) 론코드는 넷째 아들을 후계자로 삼겠다는 것이 강희제의 유언이었다고 발표하였다. 그런가 하면 연갱요는 강희제가 가장 총애했던 스물세 번째 아들을 빈틈없이 감시, 견제함으로써 그가 감히 딴마음을 먹지 못하도록 만드는 데 성공하였다. 이러한 두 사람의 치밀한 공동작전이 없었다면 옹정제가 황제의 자리에 오르는 것은 절대로 불가능하였다.

그러면 옹정제는 자기를 황제로 만들어준 두 사람을 어떻게 대우하였는가. 평생을 두고 은혜를 갚았는가. 그렇지 않았다. 그가 두 사람에 대해서 취한 조치는 그와는 정반대의 것이었다. 제위에 오른 지 3년째가 되던 1725년, 그는 먼저 연갱요를 처치한다. 연갱요가 올린 상주문 속에 잘못해서 한문숙어를 거꾸로 쓴 것이 있음을 보고 불경(不敬)이라는 죄목을 씌워 좌천시킨 다음 전국의 관리들에게 연갱요의 죄과를 아는 대로 고발하라는 명령을 내린다. 황제의 뜻이 어디에 있는가를 눈치챈 수많은 관리들이 다투어 고발장을 올린다. 그것을 근거로 하여 옹정제는 연갱요와 그의 일족 전체에게 다음과 같은 판결을 내린다:「16세 이상인 남자는 모두 사형에 처하며 15세 이하인 남자와 부녀자는 노예로 만든다.」이런 식으로 연갱요를 처단한 옹정제는 곧이어 론코드를 제거하는 작업에 착수한다. 연갱요의 경우와

마찬가지 순서로 일이 진행된다. 그러나 최종적으로 론코드를 죽이지
는 않고 종신 금고형에 처하는 것으로 일을 마감한다.

옹정제는 자기를 황제로 만들어준 공로자들에게 왜 이처럼 잔인한
행동을 했는가. 그가 구제불능의 폭군이어서 이런 일이 벌어진 것인
가. 그렇지 않다. 청나라의 역사를 서술하고 있는 책이라면 그 어느
것이든 강희제·옹정제·건륭제(乾隆帝) 등 세 명의 조-부-자(손) 3
대 황제를 중국사 전체를 통해 보기 드문 명군으로 지목하고 그들이
통치하던 시대를 중국사상 보기 드문 융성기로 평가하는 데 예외가
없다.

그렇다면 연갱요나 론코드가 공로를 믿고 악질적으로 전횡을 일삼
았기 때문에 이런 일이 벌어진 것인가. 그렇지도 않다. 적어도 내가
아는 바로는 그들은 그렇게 못돼먹은 인물이 아니었다. 그렇다면 정
말 왜 이런 일이 벌어진 것인가. 그 해답은 의외로 단순한 곳에 있다.
「연갱요나 론코드처럼 황제에게 엄청난 은혜를 입힌 인물이 계속 건
재해 있게 되면, 황제는 강력한 독재권을 휘두르기가 어렵게 된다. 반
드시 그들이 적극적으로 권세를 남용하고 황제의 조치에 간섭하는 따
위의 행동을 하지 않더라도, 그들의 존재 자체가 황제의 독재권 행사
를 제약하는 힘으로 작용하게 되는 것이다.」 이것이 옹정제의 생각이
었다. 그런데 이런 생각을 갖고 있던 옹정제는 또 한편으로 누구보다
모범적인 군주가 되고자 하는 의욕으로 충만해 있던 인물이었다. 그
는 실제로 그의 재위기간 동안 자기의 개인적인 쾌락이나 사치 같은
것은 철저히 배제한 채, 거의 고행자와 같은 사명의식을 가지고 부국
강병의 길에 전력투구하였다. 자기가 애용하는 인장에다 '위군난(爲
君難)'이라는 구절을 새겨놓고 늘상 그것을 들여다보며 군주의 길은
어떠해야 하는가를 반성하곤 한 인물이 옹정제였다. 그런 옹정제로서

는 절대적인 독재권을 확립하는 것이 반드시 필요하였다. 그것이 그로서는 도덕적인 당위에 해당하는 일이었다. 그리고 절대적인 독재권을 확립하기 위해서는 연갱요나 론코드 같은 공신은 제거하지 않을 수 없다는 것이 그의 확신이었다. 연갱요, 론코드 두 사람과 그들의 일족을 덮친 비극은 바로 이상과 같은 옹정제의 확신에서 연유한 것이다.

　——세계사를 공부하다가 이상의 대목과 마주쳤을 때 내가 맨 먼저 한 일은 나 자신이 만일 연갱요의 친척이었다면 나는 무엇을 생각하며 자신에게 닥친 사형 혹은 노예로의 전락이라는 천만 뜻밖의 변괴를 맞이하였을 것인가를 상상해 보는 일이었다. 그의 경악, 그의 절망, 그의 슬픔이 바로 나의 것이라고 상상해 보는 일이었다.

　나는 우연히 20세기의 한국땅에 태어나 지금 이렇게 살고 있다. 나의 삶은 저 18세기의 청나라 사람이 겪었을 경악이나 절망이나 슬픔과 아무런 인연이 없다. 그런데 저 청나라 사람과 나 사이의 차이는, 그는 우연히 18세기의 청나라 사람으로 태어났고 나는 우연히 20세기의 한국인으로 태어났다는 차이 그것밖에 없다.

소크라테스와 플라톤의 후예들이여, 희망을 가지시오

소크라테스와 플라톤은 아테네의 시민이었다. 소크라테스와 플라톤이 살고 있던 당시의 아테네는 사상의 자유가 극진히 존중되는 곳이었으며, 민주주의의 꽃이 만개(滿開)한 곳이기도 했다. 그런데 당시의 스파르타는 아테네와는 정반대의 극단을 보여주는 도시였다. 그곳에는 사상의 자유가 없었다. 민주주의도 물론 존재하지 않았다. 거기는 저 악명 높은 아파르트헤이트 정책이 실시되던 시기의 남아프리카 공화국을 연상시키는 곳이었다. 군사통치계급과 비밀경찰이 그곳을 지배했다. 스파르타 사람들은 여행의 자유도 누리지 못하면서 살았다. 스파르타의 지배자들은 철학을 싫어했다. 그러했으므로 그리스 여러 지역의 철학자들 중에서 스파르타에 살고 싶다며 찾아간 사람은 아무도 없었다. 가봤자 입국 허가를 받을 수 없는 곳이 스파르타였다. 반면에 아테네는 사상의 자유를 극진히 존중하는 곳이었으므로 그리스 전역으로부터 수많은 철학자들이 아테네로 몰려왔다. 그들은 아테네에서 자유롭게 자기의 철학을 가르치며 살았다. 아테네는 사상의 자유를 워낙 존중하는 곳이었기 때문에, 어떤 철학자가 아테네의 민주주의를 비방하는 따위의 가르침을 펴고 다니더라도 그냥 내버려두고 전혀 방해를 하지 않았다(혹자는 이 말에 대해 그럼 소크라테스가 사형당한 것은 대체 뭐냐며 반론을 제기할지 모르지만 소크라테스가 재판에 회부된 것은 그의 철학적 주장 때문이 아니었고 그에게 사형 선고가 내려진 것은 그 자신이 재판을 그 방향으로 교묘하게 유도해 간 결과였다).

그런데, 그런데 말이다. 아테네가 주는 혜택을 마음껏 누리고 살면서도, 소크라테스와 플라톤은 아테네를 혐오했다. 그들은 아테네가 사람들에게 사상의 자유를 허용한다는 사실 때문에 아테네를 혐오했다. 그들은 철두철미한 전체주의·사상통제야말로 바람직하다는 신념을 가진 사상가였으므로 그럴 수밖에 없었다. 그런가 하면 그들은 또한 아테네가 민주주의 국가라는 사실 때문에 아테네를 혐오했다. 그들은 철두철미한 반(反)민주주의·신분차별주의의 신념을 가진 사상가였으므로 그럴 수밖에 없었다.

그래서 그들은 스파르타를 동경했다. 스파르타가 시행하고 있는 철두철미한 전체주의·사상통제의 정치야말로 그들에게는 찬양받아 마땅한 대상이었다. 스파르타가 시행하고 있는 철두철미한 반민주주의·신분차별주의의 정치야말로 그들에게는 찬양받아 마땅한 대상이었다.

하지만 그들이 스파르타에 가서 살 수는 없었다. 스파르타는 철학자라면 질색을 하는 나라였으므로 소크라테스나 플라톤과 같은 철학자를 받아들일 마음이 추호도 없었다. 그리고 설령 스파르타의 지배자들이 마음을 바꿔 소크라테스나 플라톤의 입국을 받아들인다 하더라도 그들이 실제로 그 나라에 가서 계속 아테네에서처럼 좋은 대접을 받으며 즐겁게 살기는 불가능하였을 것이다. 스파르타의 지배자들이 가지고 있는 기호에 맞는 것들, 스파르타의 지배자들로부터 좋은 대접을 끌어낼 만한 것들을 그들은 전혀 가지고 있지 못하였기 때문이다.

이 모든 명백한 사실에도 불구하고 아테네를 혐오하고 스파르타를 동경하는 소크라테스와 플라톤의 일편단심에는 전혀 흔들림이 없었다. 소크라테스는 그러한 일편단심을 가지고 평생을 살았다. 플라톤 역시 그러한 일편단심을 가지고 평생을 살았다. 소크라테스가 사형당하자 겁을 집어먹고 한동안 아테네를 떠나 있었던 플라톤은 얼마 후 다시 아테네로 돌아와 거기에 아카데미를 세웠으며 바로 그 아카데미에서 이후 40년 동안 사상의 자유와 민주주의를 비난하고 전체주의·사상통제·반민주주의·신분차별주의를 주장하는——다시 말해 아테네에 반대하고 스파르타를 찬양하는——가르침을 펼쳤는데 아테네 정부는 플라톤의 그러한 활동에 대해 전혀 간섭하지 않고 내버려두었다. 그러나 물론 플라톤은 아테네가 자신에게 제공했던 자유에 대해 단 한 번도 감사의 뜻을 표시한 일이 없다.

——이상은 I. F. 스톤이 쓴 명저 〈소크라테스의 재판〉(번역서의 제목은 〈소크라테스의 비밀〉, 편상범·손병석 공역, 자작아카데미, 1996) 제1부 제9장의 내용을 요약한 것이다. 당신은 이상의 요약문을 볼 때, 금방 머릿속에 떠오르는 것이 없는가?

내게는 그런 것이 있다. 파리에 앉아 파리 시민으로서의 자유를 마음껏 즐기면서도 자기에게 그러한 자유를 제공해 준 체제에 대해서는 시종일관 독기 찬 비방을 퍼부으면서 모택동의 문화혁명에 대해서는 화려한 찬양의 인사를 헌납했던, 그러나 결코 문화혁명의 폭풍이 휩쓸고 있는 북경을 스스로 찾아가서 자기의 남은 생애를 보내려고 마음먹지는 않았던(마음먹지 않기를 잘했지!) 유명한 프랑스 철학자의 이름이 떠오른다. 서울에 앉아 서울 시민으로서의 자유를 마음껏 즐기면서도 자기에게 그러한 자유를 제공해 준 체제에 대해서는 시종일관 신랄한 비난을 퍼부으면서 김일성의 일인통치에 대해서는 화려한 찬양의 인사를 헌납했던, 그러나 결코 주체탑이 내려다보고 있는 평양을 스스로 찾아가서 자기의 남은 생애를 보내려고 마음먹지는 않았던(마음먹지 않기를 잘했지!) 이름난 몇몇 한국인의 이름이 떠오른다.

〈소크라테스의 재판〉 제1부 제9장을 읽고 나서, 나는 그 유명한 프랑스 철학자를, 그리고 그 이름난 몇몇 한국인들을 좀더 잘 이해할 수 있게 되었다. 그리고 이런 사람들이 결코 20세기에 들어와서 처음으로 돌출한 존재들이 아니라 그 나름의 유구한 역사와 전통을 가진 존재들이라는 사실도 좀더 분명히 알게 되었다. 또한 소크라테스와 플라톤이 그들의 모든 실수와 기만과 착각들에도 불구하고 2천수백 년 동안 실로 수많은 사람들에 의하여 인류의 위대한 등불로 추앙되어 온 것을 볼 때 20세기에 등장한 그 후예들이라 해서 장차 긴긴 세월 동안 수많은 선남선녀들에 의하여 간절한 숭앙의 대상으로 모셔지지 못하리라는 법은 전혀 없다는 점 역시 잘 알고 인정하게 되었다.

순수한 이상주의자 브루투스, 악랄한 착취자 브루투스

브루투스라는 이름을 대할 때 많은 사람들은 금방 「브루투스, 너마저도!」라는 카이사르의 절규를 떠올릴 것이다. 「나는 진심으로 카이사르를 사랑했지만, 그보다는 로마의 공화정을 더 사랑했기에 카이사르를 죽이지 않을 수 없었다」는 명연설을 떠올릴 것이다. 안토니우스와 옥타비아누스의 연합군에게 패하여 쫓기다가 결국 자결로 생애를 마감해야 했던 비극적인 최후를 떠올릴 것이다.

브루투스라는 이름을 대할 때 많은 사람들이 금방 떠올리게 되는 이 일련의 항목들은 모두 '순수한 이상주의자의 초상'으로 귀착된다. 그리고 이러한 인물의 초상 앞에서 대부분의 사람들은 일단 호의적인 감정을 갖지 않을 수 없을 것이다. 설령 그가 카이사르에 대해 존경심을 품고 있는 처지라 해도 그러하리라.

하지만 알고 보면 브루투스는 순수한 이상주의자라는 한마디로 다 설명될 수 있는 존재가 결코 아니었다. 다음의 기록을 보라.

시저를 암살한 브루투스를 예로 들어보자. 원로원 의원이었던 그는 고리대금업에 열을 올려, 빚에 쪼들리는 속주 키리키아 주민들에게 무려 연 4할 8부의 높은 이자로 돈을 빌려주고 폭리를 취하였다. 이는 당시 법률이 정하고 있던 최고 이자율 1할 2부의 4배에 해당되는 것이다. 시저를 암살하여 사람들로부터 '공화정의 옹호자', '결백한 사람', '신념의 인간'으로 칭송받은 브루투스의 실상은 이러한 것이었다. 그가 기원전 42년 속주 아시아에 부임했을 때 그는 원주민들에게 10년치의 세금을 요구하였으며, 다음해 그를 이어 장관이 된 안토니우스도 9년치의 세금을 미리 지불할 것을 요구하였다. 따라서 그곳의 주민들은 2년 동안 19년치의 엄청난 세금을 바쳐야 했던 것이다(와타히키히로시, 〈세계사 큰 줄기 작은 줄기〉, 이희건·이선아 공역, 가서원, 1994, pp. 33~34).

자, 브루투스를 '순수한 이상주의자'로만 인식해 왔던 학생들에게 위와 같은 내용을 알려주고, 그들로 하여금 소감을 쓰게 한다고 해보자. 그렇게 할 경우 학생들로부터 과연 어떤 답안이 나올 것인가? 나로서는 우선 다음과 같은 네 가지 정도를 예상할 수 있을 것 같다.

(1) 공화정의 이념에 투철한 영웅으로만 알았던 브루투스에게 그런 일면이 있었다니! 너무나도 실망스럽다.

(2) 브루투스를 공화정의 이념에 투철한 영웅으로만 알았을 때에는 그로부터 전혀 살아 있는 인간이라는 인상을 받을 수가 없었다. 그를 생각하면 그저 '이념의 박제'를 대하는 듯한 느낌뿐이었다. 그런데 브루투스에게 그토록 추악한 면이 있었다는 사실을 알고 나니, 비로소 그도 한 사람의 인간이었구나, 나와 똑같은, 혹은 저 전두환이니 김일성이니 우리 옆집 아저씨니 하는 사람들과 똑같은, 그렇고

그런 인간이었구나, 하는 느낌이 든다. 당연히, 전에 없던 친근감이 생겨난다.

(3) 브루투스의 추악한 면을 철저히 은폐하고 공화정의 이념에 투철한 영웅의 모습이라는 일종의 허상만을 일방적으로 부각시킨 자가 누구였나? 바로 역사가들과 문학자들이었다. 따지고 보면 세상의 역사가·문학자라는 무리들이 인간의 진실에 대한 바로 이런 투의 왜곡을 지난 수천 년 동안 다반사로 저질러왔다는 것은 그 누구도 부정할 수 없는 사실이다. 그 점을 생각할 때, 나로서는 역사니 문학이니 하는 것들에 대한 혐오의 감정이 새삼 강렬하게 솟아나는 것을 어찌할 수 없다.

(4) 대다수의 역사가들이 브루투스의 추악한 면을 은폐하고 공화정의 이념에 투철한 영웅의 모습이라는 일종의 허상만을 일방적으로 부각시키게 된 이유는 도대체 무엇일까? 브루투스의 경우를 통하여 우리가 발견할 수 있는——혹은, 확인할 수 있는——역사 기술의 중요한 원칙이라는 게 분명히 존재할 것 같다. 그렇다면 그것의 구체적인 성격——혹은, 내용——은 도대체 무엇일까?

사람에게만 문제가 있는 것이 아니다

K. J. 포먼 등 다섯 사람이 공저한 〈신구약개론〉(신인현 역, 대한기독교서회, 1971)이라는 책을 읽어보면, 제1장에서 다음과 같은 질문이 제기되고 있다.

「시편」에는 남을 저주하는 시가가 있다. 「시편」 137편의 기자는 원수들의 자손의 머리를 반석에 메어치는 일을 즐거이 생각하고 있다. 「시편」 69편 기자는 하나님께 그의 원수를 용서해 주지 않기를 기도하고 있다. 또 「시편」 109편에서는 원수가 죽고 그 원수들의 후손이 거지가 되게 하고, 누구도 그 거지 된 자들을 불쌍히 여기지 못하게 해달라고 기도하고 있다. 이 「시편」 기자는 그의 원수의 부모의 죄까지도 용서받지 못하게 해달라고 기도했다(「시편」 109장 14절). 이상의 모든 기사들은 기독교적이라고 할 수 없는 것들이다. 우리가 기독교인이라면 이런 경건하지 못한 생각을 우리 마음에 품는다는 것이

옳지 않은 일임을 잘 알고 있다. 그렇다면 이런 것들이 어떻게 계시가 될 수 있을 것인가? 이런 예는 사무엘이 아각을 죽인 사실에서도 볼 수 있다(「사무엘」 상 15장 33절). 더군다나 사무엘은 오늘날 생각하면 무서운 범죄라고 볼 수 있는 민족 전체를 근절(genocide)하지 아니하고 어린아이들의 생명은 살려준 일을 저주한 사실도 있다(p. 36).

〈신구약개론〉의 저자들이 이러한 질문을 제기하고 있다는 사실은 우리로 하여금 일단 기대 섞인 시선을 가지고 그들을 바라볼 수 있게 만든다. 그 기대는, 구체적으로 말하자면, 「〈성서〉의 텍스트가 심각한 문제점을 가지고 있다는 사실에 대하여 이 사람들도 전적으로 무지한 것은 아니구나. 그러한 문제점의 존재를 인식하고 고민하는 모습을 보여주고 있구나」라는 생각에서 연유하는 기대이다. 그러면 그들은 자기들 자신이 제기한 질문에 대하여 어떤 답변을 제시하고 있는가? 그들이 제시하고 있는 답변은 우리의 기대를 충족시켜 줄 만한가? 그들이 제시하고 있는 답변은 다음과 같은 것이다.

이런 예들은 우리로 하여금 계시라는 것이 단번에 갑작스레 완성되어지는 것이 아니라, 계시는 '점진적(gradual)'인 것임을 깨닫게 한다. 앞에 예를 든 사람들은 참 하나님을 믿기는 하였지만 아직도 하나님의 참뜻(will)을 충분히 이해하지 못했다(pp. 36~37).

대단히 유감스럽게도, 위와 같은 답변은 우리의 기대를 충족시켜 주지 못한다.

위의 답변에서 그들이 주장하고자 하는 바를 좀더 자세하게 풀어서 적어보면 결국 이런 것이다 : 「〈성서〉에 나오는 믿음 깊은 인간이라는 사람들은 분명 여러 가지 심각한 문제점들을 보여주고 있다. 하지만 〈성서〉의 신에게는 아무런 문제점도 없다. 그 신은 어디까지나 지고지선(至高至善)의 존재로 인정받기에 모자람이 없다. 〈성서〉에 나오는 믿음 깊은 인간들이 여러 가지 심각한 문제점을 보여주게 된 것은 그들이 신의 참뜻을 깨닫지 못한 탓일 뿐이다. 그들이 신의 참뜻을 깨달았더라면 「시편」 69편, 109편, 137편의 기자 같은 소리를 하지 않았을텐데. 아! 유감이다.」

이것은 문제의 핵심을 고의적으로 회피하고 있는 정직하지 못한 발언이거나 무지의 소치로 나온 우스꽝스러운 발언이거나, 둘 중의 하나일 것이다. 그런데 차분하게 여유를 가지고 검토해 보면 그중에서도 전자에 해당하는 것이 틀림없다는 결론이 내려진다. 어찌하여 그런 결론이 내려지는가? 앞에서 인용했던, 질문을 제기하는 내용으로 되어 있는 문장 자체를 다시 읽어볼 때, 그런 결론이 내려진다.

자세히 보라. 질문을 제기하는 내용으로 되어 있는 문장을 보면, 〈성서〉를 읽는 사람들에게 곤혹감을 안겨주는 예들이 여럿 제시되어 있기는 하되, 그것은 무작위적으로 선택·제시된 것이 아니라 아주 주의 깊게 선별된 것임을 알 수 있다. 즉 오늘날 선입견 없이 〈성서〉를 읽어보는 사람들에게 곤혹감을 안겨주는 대목은 크게 나누어 (1) 믿음 깊은 인간이라는 자들의 비도덕적인 행위를 적어놓은 대목과 (2) 신 자신의 비도덕적인 행위를 적어놓은 대목으로 대별될 수 있으며 그중에서도 특히 극심한 곤혹감을 안겨주는 것은 (1)이 아니라 (2)에 해당하는 것들인데, 〈신구약개론〉의 저자들은 모처럼 진지한 태도로 질문을 제기하노라고 하면서 실제로는 (2)에 해당하는 대목들은 아예 쏙 빼놓아버리고, 오로지 (1)에 해당하는 대목들로만 시야를 한정시키고 있는 것이다. 이것은 완전히 눈 가리고 아웅 하는 태도에 다름

아니다. 〈성서〉의 텍스트가 안고 있는 심각한 문제점과 정말로 맞부
딪쳐 고민할 의사가 있는 사람이라면 (1)의 대목들도 제대로 살펴보
아야 하지만 그보다도 (2)의 대목들에 더 많은 관심을 쏟아야 마땅하
다. 예를 몇 가지만 들어서 말하자면, 다음과 같은 대목이 그런 경우
에 해당한다.

자기 남종이나 여종을 때려 당장에 숨지게 한 자는 반드시 벌을 받아
야 한다. 다만 그 종이 하루나 이틀만 더 살아 있어도 벌을 면한다.
종은 주인의 재산이기 때문이다(「출애굽기」 21장 20~21절).

너는 아론에게 이렇게 일러라. '너의 후손 대대로 몸이 성하지 않은
사람은 그의 하느님께 양식을 바치러 가까이 나오지 못한다. 소경이
든지 절름발이든지 얼굴이 일그러졌든지 사지가 제대로 생기지 않았
든지 하여 몸이 성하지 않은 사람은 아무도 가까이 나오지 못한다.
다리가 부러졌거나 팔이 부러진 사람, 꼽추, 난쟁이, 눈에 백태 낀
자, 옴쟁이, 종기가 많이 난 사람, 고자는 성소 가까이 나오지 못한다
(「레위기」 21장 17~20절).'

너희 하느님 야훼께서 이제 너희가 들어가 차지하려는 땅에 너희들
이끌어들이시고 인구가 많은 민족들을 너희 앞에서 모조리 쫓아내실
것이다. …… 너희 하느님 야훼께서는 그들을 너희 손에 붙여 꺾으실
것이다. 그때 너희는 그들을 전멸시켜야 한다. 그들과 계약을 맺지
말고 불쌍히 여기지도 말라(「신명기」 7장 1~2절).

너희는 너희 하느님 야훼께서 너희에게 넘겨주는 민족을 전멸시켜야

한다. 그들을 가엾게 보지 말고 그들의 신을 섬기지 말아라(「신명기」 7장 16절).

어떤 성에 접근하여 치고자 할 때에는 먼저 화평하자고 외쳐라. 만일 그들이 너희와 화평하기로 하고 성문을 열거든 너희는 안에 있는 백성을 모두 노무자로 삼아 부려라(요컨대 간교한 속임수를 쓰라는 얘기다——인용자). 그들이 너희와 화평할 생각이 없어서 싸움을 걸거든 너희는 그 성을 포위 공격하여라. 너희 하느님 야훼께서 그 성을 너희 손에 붙이실 터이니, 거기에 있는 남자를 모두 칼로 쳐 죽여라. 그러나 여자들과 가축들과 그 밖에 그 성 안에 있는 다른 모든 것은 전리품으로 차지하여도 된다. 너희 하느님 야훼께서 너희 원수들에게서 빼앗아주시는 전리품을 너희는 마음대로 쓸 수가 있다. 여기에 있는 민족들의 성읍이 아니고 아주 먼데 있는 성읍들에는 모두 그렇게 해야 한다. 그러나 너희 하느님 야훼께 유산으로 받은 이민족들의 성읍들에서는 숨쉬는 것을 하나도 살려두지 말라(「신명기」 20장 10~16절).

너희 이웃집 포도원에 들어가서 먹을 만큼 실컷 먹는 것은 괜찮지만 그릇에 담아가면 안된다(이것은 도둑질을 허용하고 있는 발언이다——인용자)(「신명기」 23장 24절).

위에 인용된 대목들은 신 자신이 선지자에게 들려준 말이거나 아니면 선지자가 신의 말이라 하여 백성들에게 전해준 말이거나, 둘 중의 하나이다. 그 어느쪽이든 발화의 궁극적인 주체가 신 자신이라는 점에서는 아무런 차이가 없는 셈이다. 그런데 그 내용을 한번 보라. 과연 어떤 것들인가? 신에게 그의 원수를 용서해 주지 않기를 기도한 「시편」 69편 기자의 도덕적 수준과 이 신의 도덕적 수준 사이에 무슨 차이가 있는가? 그 신에 그 신자가 아닌가? 그런데도 「시편」 69편의 기자는 하느님의 참뜻을 충분히 이해하지 못해서 그런 기도를 올린 것이라니! 말을 해도 말 같은 소리를 해야 하지 않는가?

위에서는 지면관계상 여섯 개의 대목밖에 인용하지 못하고 말았지만, 지면만 넉넉하게 주어진다면 위에 인용된 대목들과 동일한 면모를 보여주는 대목을 〈성서〉 속에서 얼마라도 인용해 올 수가 있다.

지금까지 나는 〈구약성서〉를 대상으로 해서 논의를 진행해 왔다. 그것은 〈신구약개론〉의 저자들이 〈구약성서〉를 대상으로 해서 문제를 제기했기 때문에 거기에 맞추어서 논의를 진행하다 보니 그렇게 된 것이다. 그러나 시야를 넓혀서 생각해 보면 〈신약성서〉도 그 기본적인 맥락에 있어서 〈구약성서〉의 경우와 크게 다를 바 없다. 「과연 그럴까? 설마 그럴 리야! 〈구약〉과 〈신약〉은 다르지! 크게 다르지!」 하고 고개를 갸웃거릴 사람이 있을지 모른다. 그런 사람들에게 나는 우선 〈신약성서〉의 첫머리를 장식하고 있는 「마태복음」 하나만이라도 잘 읽어보라고 권하면서 특히 다음의 대목들에 대하여 주의를 환기시키고 싶다: 「마태복음」 10장 14~15절, 11장 20~24절, 13장 10~13절, 13장 40~42절, 13장 49~50절, 21장 18~19절, 23장 33절, 23장 36절.

덧붙이는 글

오래 전, 〈구약성서〉의 텍스트를 주의 깊게 읽고, 거기에 등장하는 야훼라는 이름의 신이 너무나 잔인하고 난폭한 성격을 보여주는 데 질려버린 한 독일 시인이, 〈구약〉은 성서에서 제외되어야 한다는 주

장을 편 바 있다. 그 독일 시인의 이름은 클라분트이다. 그의 발언에
잠시 귀를 기울여보기로 하자.

> 여호와, 그것은 얼마나 놀라운 불륜의 신일 것인가? 그는 인간을 창
> 조하고, 그것에 죄를 범하게 하고 그리고 괴롭히고, 스스로의 손으로
> 인간 속에 뿌린 종자의 열매 때문에 벌하는 것이다. 그는 복수의 신
> 이다. 그리고 또한 눈에는 눈, 이빨에는 이빨을 설법하는 참혹한 율
> 법의 신인 것이다. 여호와, 그것은 참으로 피비린내 나는 폭력과 준
> 엄한 율법의 신——유대의 신, 마카베일의 신이며, 사랑과 은혜의 신
> 인 인도의 신의 개념에서는 엄청나게 후퇴한 신이었다. 그리스도가
> 인도의 신의 개념으로 되돌아옴으로써 비로소 여호와의 숨통을 막아
> 버렸다. 이 신은 자비를 모른다. 아브라함에 대해서는 자식을 죽이라
> 고 명령하지 않았던가? 그는 조상의 죄에 대해서 자손 대대에 이르
> 기까지 복수를 부르짖는 것이다. 그는 관용이라는 것을 모른다.
> ……〈구약성경〉은 본질적으로 종교의 교과서가 될 책이 아니다. 〈신
> 약〉과 〈구약〉은 전혀 별개의 것이며, 그 틈바구니는 결코 메울 수 없
> 는 것이다. 〈신약성서〉의 앞에다 인도나 중국의 성스러운 서적을 곁
> 들이고 그 권말에다 독일 중세의 신비가들의 말의 발췌를 덧붙인다
> 면, 그야말로 문자 그대로의 〈성경〉이 될 것이다(〈세계문학신강(世
> 界文學新講)〉, 곽복록 역, 을유문화사, 1966, p. 63).

위의 인용문 중 〈구약성서〉의 야훼를 논하고 있는 대목에 대해서
는 나도 충심으로 동의할 수 있다. 그러나 그가 「그리스도는 여호와
의 숨통을 막아버린 존재」라고 말하면서 〈신약〉과 〈구약〉은 전혀 별
개의 것이라고 결론짓는 데 대해서는 아무래도 동의하기가 어렵다.

물론 민족종교의 테두리를 악착같이 고수하고 있었던 〈구약〉의 정신과 디아스포라의 체험을 바탕으로 보편주의에 눈뜬 모습을 보여주는 〈신약〉의 정신 사이에 가로놓여 있는 거리를 결코 과소평가할 수는 없는 것이지만, 적어도 지금 내가 직접적으로 겨냥하고 있는 주제(그리고 클라분트 역시 주된 관심사로 삼고 있는 주제)에 관해서라면 그 양자 사이에서 그렇게 대단한 차이가 발견되지 않는다는 게 나의 생각이다. 「사람에게만 문제가 있는 것이 아니다」의 끝부분에 열거한 「마태복음」 속의 여러 구절들만 가지고서도 클라분트의 주장은 쉽게 논파할 수 있다고 나는 본다.

〈「마가복음」의 부활신학〉과 나

　김득중이 1981년 컨콜디아사에서 출판한 〈「마가복음」의 부활신학〉
이라는 책이 있다. 현재 감리교신학대학 교수로 재직중인 저자가 지
난 1978년 드루 대학교 대학원에 제출했던 박사학위 논문을 번역하여
책으로 낸 것이다. 나는 1991년에 우연히 이 책을 구해 읽고서 참으로
강렬한 인상을 받은 바 있다. 지금까지 내가 읽은 기독교 분야의 수많
은 책들 중에서 가장 큰 힘으로 나를 흔들어놓은 것은 바로 이 책과
서중석의 〈복음서해석〉(대한기독교서회, 1991) 두 권이라고 자신있
게 말할 수 있을 정도로 이 책이 나에게 준 인상은 강렬한 것이었다.
　이 책을 읽기 이전에도 물론 나는 복음서의 역사적 사실성이라는
문제에 관하여 내 나름대로 상당한 지식을 가지고 있었다. 복음서들
이 언제쯤 씌어졌는가, 예수 시대의 역사적 사건들이 구전을 거쳐 복
음서의 기록으로 정착되기까지 어떠한 과정을 거쳤는가, 복음서를 기
록한 사람들의 출신성분은 어떠했던 것으로 추정되는가, 그들의 출신

성분이 복음서의 내용에 어떤 영향을 주었을 것으로 짐작되는가, 예수 처형 이후에 발생한 여러 역사적 사건들은 복음서의 내용에 어떤 영향을 주었는가, 예수가 사용했던 언어와 복음서를 기록하는 데 사용된 언어가 서로 다른 것이라는 사실은 어떤 문제를 야기하는가, Q자료니 M자료니 하는 것들과 관련된 사항들은 어떻게 파악되어야 하는가……. 이런 다양한 문제들에 대하여 최소한 신학대학 4학년생 수준의 리포트를 써낼 만한 정도의 지식은 가지고 있었던 것이다.

그런 나였건만, 막상 이 〈「마가복음」의 부활신학〉이라는 책에서 박사학위 논문이라는 간판에 걸맞는——정말 감탄을 금할 수 없을 만큼 치밀하고 정교한——논의를 접하고 보니, 그때까지 내가 지녀왔던 대학 4학년생 정도의 지식이란 정말 아무것도 아님을 알 수 있었다. 비유하자면, 그때까지 내가 지녀온 지식이란 서투른 솜씨로 그려진 호랑이의 그림을 보고 호랑이란 아마 이런 것이거니 하고 짐작해 왔던 격이라면, 〈「마가복음」의 부활신학〉이라는 책은 나의 눈앞에 진짜 호랑이를 느닷없이 들이민 격이었다고나 할까. 그러니 내가 평생 동안 기억될 정도로 강렬한 인상을 받지 않고 배겨낼 도리가 없었던 것이다.

이제, 그 책을 처음 읽었을 당시에 내가 왜 그처럼 강렬한 인상을 받지 않으면 안되었던가를 이 글의 독자들에게 조금이라도 납득시키기 위해서, 그 책의 내용 중 일부를 소개해 보기로 한다.

(1) 「마가복음」 16장 1절에서 8절까지에 걸쳐 나오는 이른바 빈 무덤의 이야기는 「마가복음」의 결론에 해당하는 것인데, 이것은 「마가복음」 기자 자신에 의하여 창작되었을 가능성이 크다. 물론 그전부터 빈 무덤에 관한 구전이 전승되어 왔을 가능성도 전적으로 배제

할 수는 없지만 설령 그렇다 해도 그 구전이 「마가복음」에 기록되는 과정에서는 기자에 의하여 치밀한 손질이 가해졌다고 보아야 한다. 「마가복음」 기자가 이처럼 빈 무덤 이야기를 창작하거나 최소한 대대적인 손질을 가하여 「마가복음」에 수록한 이유는 그가 「마가복음」의 핵심적인 주제로 내세운 부활의 사상을 효과적으로 뒷받침하기 위해서였다.

(2) 「마가복음」 1장 9절에서 11절까지에 걸쳐 나오는 세례의 이야기는 초대 교회의 세례 예식에 그 바탕을 두고 창작되었을 가능성이 크다. 즉 예수의 세례 사건을 본따서 초대 교회의 세례 예식이 만들어진 것이 아니라, 초대 교회의 세례 예식을 본따서 예수의 세례 이야기가 만들어졌을 가능성이 크다. 그런가 하면 세례 이야기가 부활 이야기에 긴밀하게 대응되는 모습을 갖추고 있다는 사실도 간과될 수 없다. 명백히 「마가복음」 기자는 부활 이야기를 의식하고 그것에 맞춰서, 그것에 대응되는 형태로, 세례 이야기를 구성한 것으로 보인다.

(3) 「마가복음」 9장 2절에서 8절까지에 걸쳐 나오는 변화산 이야기 역시 부활 이야기와 긴밀하게 대응된다. 여기서도 역시 「마가복음」 기자는 부활 이야기를 의식하고 그것에 맞춰서 변화산 이야기를 구성한 것이다.

> 이 두 설화(변화산 설화와 부활 설화——인용자) 간의 관계는 무엇인가? 이 질문에 대한 대답은 마가가 고의적으로 변화산 설화와 부활 설화를 연관시키고 있고 또한 그가 변화산 설화를 부활에 대한 예시(豫示)로 제시하고 있다고 이해할 때 가장 잘 제시될 수가 있을 것이다(pp. 85~86).

(4) 베다니에서 한 여인이 예수의 몸에 기름을 바른 사건(14장 3~9
절)은 여인들이 예수의 몸에 기름을 바르기 위해 무덤을 찾아가는 이
야기(16장 1~8절)와 긴밀하게 대응된다. 「마가복음」 기자가 의도적
으로 그 양자를 긴밀하게 대응시킨 것이다.

수난 설화는 여인들이 예수의 몸에 기름을 바르기 위해 무덤에 찾아
갔으나 예수의 몸이 없어져 버렸기 때문에(즉 부활했기 때문) 기름
을 바를 수가 없었던 이야기로 끝나고 있다. 그러나 그 수난 설화는
또다른 여인이 옥합을 깨뜨려 그 기름으로 예수의 몸에 바른 이야기
로 시작하고 있다. 여인들은 '기름을 바를 목적으로' 무덤을 찾아갔
었지만, 예수가 이미 부활하여 그곳에 없었기 때문에 그의 몸에 기름
을 바를 수가 없었다. 아마도 복음서 기자 마가는 베다니에서 한 여
인이 예수의 몸에 기름을 부은 사건을 나중에 세 여인들이 기름을 바
르지 못한 것에 대한 일종의 예고적 보상으로 생각하고 있었을지도
모른다. 이것과 관련하여 14장 8절 상반절은 당연히 16장 1절과 관
련해서 해석되어야만 한다. ……만약 8절 상반절이 마가의 의도적
인 첨가라면…… 마가가 이 설화를 수난 설화의 서두에 삽입한 의도
는 분명해진다. 즉 그 의도는 수난 설화의 서두에 나오는 이 이야기
를 복음서의 끝에 나오는 부활 설화(16장 1~8절)와 연결시키기 위
한 것이다. 이렇게 함으로써 마가는 수난 설화 전체를 14장 3~9절
과 16장 1~8절로 샌드위치시키고 있는 것이다. 이것이 바로 마가가
수난 설화 전체를 부활 설화를 지향해서 편집한 방법이다(pp.
107~108).

(5) 「마가복음」 14장 51절에서부터 52절까지에 걸쳐 나오는 '도망

간 청년' 이야기를 보자. 「마가복음」의 그 본문은 다음과 같다.

> 한 청년이 벗은 몸에 베 홑이불을 두르고 예수를 따라오다가 무리에게 잡히매 베 홑이불을 버리고 벗은 몸으로 도망하니라.

이것을 예수를 따르던 무명의 혹은 익명의 제자에게 실제로 일어났던 사건으로 이해하는 것, 이 이야기의 목적은 예수의 체포를 목격했던 자를 상기시키거나 혹은 예수 수난의 분위기를 강화하기 위한 것이라고 보는 것, 옷을 버리고 도망한 장본인이 혹 마가 자신이 아니었을까 하고 추측하는 것 등등은 모두 명백히 잘못된 해석이다. 「오늘날에 이르러 복음서의 저자가 목격자였으며, 그가 진정한 역사적 기억들을 기록으로 남기려고 했다는 그런 주장을 진지하게 생각할 사람은 아무도 없을 것이다(p.109).」 그렇다면 이 기록의 진정한 의미는 도대체 무엇인가? 그것은 다음과 같은 것이다.

> 마가가 이 본문을 여기에 편집한 목적은 이 이야기를 통해 예시적으로 장차 일어날 사건, 좀더 구체적으로 말해서 16장 1~8절에 나오는 사건(빈 무덤 사건 ─ 인용자)을 암시적으로 언급하기 위한 것이었을 것이다. 다른 말로 표현한다면, 마가는 14장 51~52절을 가지고 예수의 죽으심과 그 부활하심을 예견하게 해주고 있다. ……젊은 이가 그의 몸에 두르고 있던 베옷만을 남겨놓고 피신했던 것과 마찬가지로, 예수도 거의 같은 장소에서 '붙잡혔을' 때에, 그의 몸을 싸고 있던 베옷만을 남겨놓고 원수들의 손아귀로부터 완전히 피신할 수가 있었다(p.112).

(6) 「마가복음」 6장 45절에서부터 52절까지에 걸쳐 나오는, 예수가 물위를 걸어간 이야기 역시, 부활 이야기에 긴밀하게 대응되는 것이다.

(7) 「마가복음」 9장 14절에서부터 29절까지에 걸쳐 나오는, 예수가 귀신들린 소년을 고친 이야기 역시, 부활 이야기에 긴밀하게 대응된다.

귀신들린 소년이 격렬한 고통과 죽음의 상태로부터 일으킴을 받은 것같이, 예수 자신도 격렬한 고통과 죽음으로부터 일으킴을 받고 부활하게 될 것이다. 이렇게 귀신들린 소년을 고치신 이야기는 예수의 부활의 이야기를 예증하는 설화로 소개되어 있다. 귀신들린 소년이 죽은 상태로부터 부활한 것은 「마가복음」의 클라이맥스이며 결론이기도 한 예수의 부활에 대한 암시적 언급으로 이해하는 것이 가장 좋을 것이다(p. 173).

(8) 「마가복음」 14장 54절 및 같은 장 66절에서부터 72절까지에 걸쳐 나오는, 베드로가 예수를 세 번이나 부인한 이야기는 배교의 위험에 직면해 있던 초대 교회를 경고하기 위해 의도된 것이다.

마가는 베드로의 부인과 예수의 심문 이야기들을 핍박과 죽음에 직면하여 배교의 위험에 처해 있었던 그의 교회에 대한 권면으로 제시하였다. 이 이야기의 역할은 교훈적이며 요리문답적(catechetic)이다. 사실상 이 이야기뿐만 아니라 수난 설화 전체가 그렇다고 볼 수 있다(p. 195).

(9) 「마가복음」 15장 20절에서부터 21절까지에 걸쳐 나오는, 구레

네 사람 시몬이 예수의 십자가를 짊어지고 갔다는 이야기는, 8장 34
절에 실려 있는, 「아무든지 나를 따라오려거든 자기를 부인하고 자기
십자가를 지고 나를 좇을 것이니라」라는 예수의 말에 긴밀하게 대응
된다.

　널리 인정되고 있는 바와 같이, 십자가형을 언도받은 당사자가 자기
의 십자가(즉 patibulum, 곧 기둥이 아니라 가로지름대)를 처형 장
소까지 운반하는 것이 그 당시의 관례였다. 이런 점을 고려할 때, 죄
인 대신 다른 사람으로 하여금 강제로 십자가를 짊어지게 한 것은 놀
라운 일이 아닐 수 없다. 이 문제를 해결하기 위해서 어떤 학자들은
아마도 처음에는 예수가 직접 십자가를 끌고 갔는데 육체적으로 허
약하여 끝까지 십자가를 끌고 갈 수가 없었던 것뿐이라고 대답하기
도 했다. 그러나 이것은 순전한 상상일 뿐이며, 마가 자신은 본문 가
운데서 그런 말을 전혀 비추고 있지 않다.
　……마가가 8장 34절에서 참된 제자의 본분이 어떠해야 될 것을 말
했다면, 15장 21절에 나온 구레네 시몬의 행동은 십자가를 지는 제
자의 본분에 대한 일종의 모델로 이해될 수가 있을 것이다. 여하간,
구레네 시몬은 로마이어가 말했듯이 자기 십자가를 지고 그를 따른
최초의 인물이다.
　……구레네 시몬에 대한 언급은 그의 이야기가 갖고 있는 역사적 가
치 때문에 소개된 것이 아니라 다만 마가 시대의 교회를 위한 교훈적
목적 때문에 소개되고 있는 것이다. 구레네 시몬은 마가 시대의 교회
가 기억하고 따라야 할 참된 제자 직분, 즉 십자가를 지고 예수를 따
라야 하는 참된 제자 직분에 대한 모델이 되고 있다(pp. 196~198).

(10) 「빌라도가 예수의 무죄를 확신하고 예수를 놓아주려는 시도를 했다. 그가 그런 시도를 할 수 있었던 근거는 '명절을 당하면 백성의 구하는 대로 죄수 하나를 놓아주는 전례(15장 6절)'가 있었기 때문이다」라는 「마가복음」의 기록은 역사적 사실성의 측면에서 보면 있을 수 없는 이야기다.

브랜스콤은 이 문제에 관한 학자들의 일반적인 견해를 다음과 같이 표현하고 있다 : 「여기 설명되어 있는 것과 같은 그런 관례에 대해서는 전혀 아무런 것도 알려진 것이 없다. 유월절 절기에 로마의 총독들이 정규적으로 죄수 하나를 석방했으며 또한 그의 죄가 어떠한 것이든지 간에 무리들이 개인을 지명했다는 관례는 전혀 아무런 확증이 없을 뿐만 아니라 팔레스틴을 다스리던 로마 통치의 정신과 방법에 대해 우리가 알고 있는 내용과도 모순된다.」 누가복음의 설명 가운데서도 그와 같은 정규적인 관례에 대한 언급은 전혀 나타나지 않고 있다. 아마도 이 관례에 대한 언급은 분명히 복음 기자인 마가에 의해 의도적으로 기록된 것이고, 이런 언급을 하게 된 의도는 빌라도가 예수를 석방시킬 생각을 갖고 있었다는 것을 강조하기 위해서였을 것이다(p. 201).

그렇다면 빌라도가 예수를 놓아주려다가 군중들의 반대에 부딪혀 실패하고 말았다는 이 허구의 이야기는 도대체 어떤 의도에서 「마가복음」 속에 들어온 것인가? 그것은 일단 「가장 높은 권위자의 뜻이 가장 낮은 군중들의 뜻에 굴복하는 것으로 역전(p. 202)」되는 데서 발생하는 아이러니의 효과라는 측면에서 설명될 수 있다.

(11) 「마가복음」 15장 16절에서부터 20절 전반부까지의 내용이 「마

가복음」 기자에 의하여 만들어진 것으로 보인다는 사실은 쉬바이처가 올바르게 지적한 바 있다. 그런데 자세히 보면 15장 29절에서부터 32절까지의 내용 역시 「마가복음」 기자에 의한 창작으로 판단된다. 「마가복음」 기자가 이런 구절들을 만들어서 넣은 것은 「조롱자들은 드라마에서 마가가 의도한 대로 그들의 배역을 잘 수행하고 있으며, 그들은 무의식중에 예수의 참된 정체를 인정하는 고백자들로 나타나고 있다(p. 204)」는 아이러니의 효과를 노린 결과라고 짐작된다.

지금까지 〈「마가복음」의 부활신학〉에 나오는 내용 중에서 열한 군데를 골라 간단하게 소개해 보았다. 위에서 이미 언급한 바 있듯이 이 책에서 저자가 자신의 논지를 전개해 나가는 모습은 정말 감탄을 금할 수 없을 만큼 치밀하고 정교한 면모를 지니고 있기 때문에, 방금 소개한 내용 중에서 「이건 아무래도 받아들이기 어려운데……」라는 생각을 갖게 만드는 부분은(적어도 나에게는) 단 하나도 없다. 그렇다면 방금 소개한 내용을 아무런 유보조건 없이 그대로 수용하면서 그것을 출발점으로 해서 좀더 생각을 진전시켜 볼 경우, 우리는 과연 어떤 결론을 끌어낼 수 있는가? 나 자신의 경우를 적어보면 그것은 다음과 같다.

(1) 빈 무덤에 관한 이야기의 진상은 알 수 없다. 이 이야기에 대한 「마가복음」의 기록에서 돋보이는 것은, 부활에 대한 자신의 생각을 부각시키는 데 도움을 주는 방향으로 이 이야기를 창작 혹은 손질한 마가복음 기자의 '의도'와, 그 창작 혹은 손질의 과정에서 발휘된 그의 글짓는 '재주'이다.

(2) 위에서 빈 무덤 이야기에 대하여 언급한 내용은, 예수가 세례 요한으로부터 세례를 받았다는 이야기, 변화산 이야기, 베다니에서

한 여인이 예수의 몸에 기름을 발랐다는 이야기 등등 실로 수다한 이야기들에 대해서도 똑같이 적용될 수 있다.

(3) 특히 「마가복음」 14장 51절에서부터 52절까지에 걸쳐 나오는 '도망간 청년'이라는 인물은 순전히 「마가복음」 기자의 상상력에 의하여 창작된 인물로 보인다.

(4) 구레네 사람 시몬이 예수의 십자가를 지고 갔다는 이야기는 후일에 창작되었을 가능성이 크다.

(5) 빌라도가 예수를 놓아주려고 했다는 이야기는 명백히 사실이 아니다.

(6) 이상의 모든 내용을 종합해서 다음과 같은 결론을 내릴 수 있다 : 「마가복음」이라는 텍스트는 마가라는 이름으로 전해지고 있는 특정의 기록자가 쓴 것인데, 이 기록자의 머릿속은 예수의 부활에 대한 생각으로 가득 차 있었다. 그러했기에 그는 기존의 전승을 기초로 하여 「마가복음」이라는 텍스트를 만들어내기로 마음먹고 그 일을 실제로 진행하는 과정에서 이러한 자신의 생각을 최대한 효과적으로 부각시키기 위하여 실로 다양한 아이디어를 총동원하였다. 그는 새로운 이야기를 적지 않게 꾸며내었으며, 기존의 전승에 대대적인 손질을 가하는 일은 그보다도 훨씬 많이 행했다. 그러므로 「마가복음」은 역사책이나 전기(傳記)와는 전혀 거리가 멀며 차라리 소설과 같은 문학작품으로 규정되어야 한다. 한 개성적인 작가에 의해, 부활사상을 선전하려는 의도로 창작된, 예수라는 인물을 주인공으로 내세운, 고도로 정밀하게 꾸며진 플롯을 가진 문학작품——이것이 「마가복음」에 대한 가장 올바른 정의가 될 것이다.

(7) 「마가복음」이 문학작품으로 규정되어야 마땅하다면, 다른 세 편의 복음서 역시 그것과 마찬가지로 문학작품으로 규정되어야지 문

학작품이 아닌 다른 어떤 것으로 규정될 수는 없다. 김득중이 〈「마가복음」의 부활신학〉에서 「마가복음」을 대상으로 하여 행한 바와 동일한 작업을 그 세 편의 복음서를 대상으로 하여 행해볼 경우 그 세 편의 복음서들 역시 문학작품으로 규정되어야 한다는 결론이 나올 것임은 불문가지이다.

(8) 우리는 문학작품을 읽고, 경우에 따라, '문학적' 감동을 받을 수는 있다. 하지만…….

(9) 내가 기독교인들을 상대로 해서 이런 소리를 하면, 뭘 좀 안다고 하는 기독교인들은 다음과 같은 말로 응수해 올지 모른다 : 「아, 복음서가 역사책이나 전기와 거리가 먼 책이라는 것 정도야 기독교인이면 다 아는 상식이지. 안병무의 〈역사와 해석〉(대한기독교출판사, 1982) 같은 진짜 완전 초보자를 위한 입문서에 이미 마가는 한 역사가로서 예수를 객관적으로 서술한 것이 아니라, 그때 그리스도인들의 예수의 사건에 대한 증언을 편집, 전승한 것(p. 35)이라는 설명이 씌어져 있는 판이니 어련하겠는가?」 얼핏 보면 그럴듯한 대응이다. 하지만 그런 설명을 듣고서 「아, 그런가」 하고 고개를 끄덕이기에는, 김득중의 연구에서 생생하게 드러나고 있는 「마가복음」 기자의 이야기를 꾸며내고 다듬고 하는 솜씨가 너무나 노련한 전문적 소설가의 면모를 드러내고 있다. 그저 증언이다, 신앙고백이다 하는 따위의 무난한 말로 넘겨버리기에는 「마가복음」은 너무나 정교하게, 너무나 솜씨좋게, 너무나 요령 있게 잘 꾸며진 작품이다. 아마 다른 세 편의 복음서도 이 점에 있어서는 마찬가지일 것이다. 그렇다면…….

〈복음서해석〉을 읽어보았더니

1

「마태복음」에 실려 있는 산상수훈의 대목은 다음과 같은 구절로 시작된다 : 「심령이 가난한 자는 복이 있나니 천국이 저희 것임이요(5장 3절).」 어린 시절 이 구절을 처음 접하고서 얼마나 커다란 감동을 받았던가. 특히 '심령이 가난한 자' 라는 인상적인 표현 앞에서 내 마음의 현은 얼마나 슬프게 떨리며 미묘한 음향을 발했던가.

그런데 내가 어른이 되고 난 후 연세대학교 신학과 교수인 서중석의 역저(力著) 〈복음서해석〉(대한기독교서회, 1991)을 읽어보았더니, 거기에는 대략 다음과 같은 뜻으로 풀이될 수 있는 내용이 들어 있었다.

——「누가복음」 6장 20절을 보면 「가난한 자는 복이 있나니 하나님의 나라가 너희 것임이요」라는 구절이 있다. 그런데 이와 동일한 기원을 가지고 있는 말이 「마태복음」 5장 3절에는 「심령이 가난한 자는

복이 있나니 천국이 저희 것임이요」로 변모되어 나타난다. 왜 이런 변화가 생겼는지 아는가. 그것은 「마태복음」 기자가 속해 있었던 집단 즉 마태공동체가 비교적 부유한 사람들의 공동체였기 때문이다. 부유한 사람들의 공동체에 속해 있는 사람이 자기 공동체의 구성원들에게 읽힐 목적으로 복음서를 쓰면서 문자 그대로의 뜻에서 가난한 사람들, 즉 빈민층에게 특별한 복이 있다는 소리를 할 수는 없는 게 아닌가. 심령이 가난한 자라는 멋있는 표현은 알고 보면 이런 사정에서 나온 것에 불과하다. 「마가복음」 12장 41~44절과 「누가복음」 21장 1~4절에 모두 실려 있는 가난한 과부의 헌금 이야기가 「마태복음」에 나오지 않는 것도 같은 사정 때문이다. 아리마대 요셉을 소개하는 대목에서 그 의로운 사람이 부자라는 얘기를 하고 있는 것은 「마태복음」뿐인데 이것 역시 같은 사정에서 나온 것이다.——

　이렇게 되면 「심령이 가난한 자는……」 이하의 구절을 처음으로 접했을 때 내가 느낀 감동이라는 것은 아무래도 한번쯤 다시 생각해 보아야 할 것이 되고 만다.

2

　「마가복음」 10장 13절에서부터 16절까지에 걸쳐 있는 내용을 보면 어린이가 예수에게 오는 것을 그 제자들이 제지하자 예수가 제자들을 나무라며, 「어린아이들의 내게 오는 것을 용납하고 금하지 말라 하나님의 나라가 이런 자의 것이니라 내가 진실로 너희에게 이르노니 누구든지 하나님의 나라를 어린아이와 같이 받들지 않는 자는 결단코 들어가지 못하리라」고 말했다는 얘기가 나온다. 어린 시절 처음으로 이 대목을 읽었을 때 나는 힘도 없고 철도 없지만 그러나 세속적인 타산에 의하여 때묻지 않은 어린이들의 순수성이 기독교의 세계 속에서는 참으로 소중한 것으로 존중받고 있구나 하고 생각하면서 깊은 감동을 느낀 바 있다.

그런데 내가 어른이 되고 난 후 〈복음서해석〉을 읽어보았더니 거기에는 다음과 같은 내용이 들어 있었다.

> 어린이가 예수에게 오는 것을 금한 제자들의 이야기는 어린이의 순수성에 대한 어른의 비순수성을 보여주는 것이 아니라, 마가공동체와 베드로계 공동체의 관계를 보여주는 것이라 할 수 있다. 어린이의 접근에 대한 제자들의 거부는 부활한 주님에 대한 마가공동체의 직접적인 접근을 거부한 베드로계 공동체의 입장을 반영해 주고 있다. 곧 이 이야기는 마가공동체를 포함한 다른 모든 그리스도인 공동체들은 사도들의 지시와 방향에 따라야 한다는 사도계 주장을 반영해 주고 있다. 그리고 사도들의 '중개(filter)'를 통해야만 한다는 이러한 사도계 주장은, 마가가 본 예수의 명령 곧 '금하지 말라'는 말씀에 의해 반박되고 있다(pp. 90~91).

이렇게 되면 「마가복음」에 나오는 어린이와 예수의 이야기를 처음으로 읽었을 때에 내가 느낀 감동이라는 것은 아무래도 한번쯤 다시 생각해 보아야 할 것이 되고 만다.

3

「요한복음」이 말해주고 있는 바에 따르면 예수는 다음과 같은 존재이다 :

(1) 그는 본래 하나님이었다(「이 말씀은 곧 하나님이시니라(1장 1절)」「나와 아버지는 하나이니라(10장 30절)」).

(2) 그러나 그는 스스로를 낮추기로 작정, 육신을 입고 이 땅에 내려왔다(「말씀이 육신이 되어 우리 가운데 거하시매(1장 14절)」).

(3) 그는 수난을 통하여 영광을 얻게 된다(「지금 인자가 영광을 얻었고 하나님도 인자를 인하여 영광을 얻으셨도다 만일 하나님이 저로 인하여 영광을 얻으셨으면 하나님도 자기로 인하여 저에게 영광을 주시리라(13장 31~32절)」).

대략 이상과 같은 「요한복음」의 예수관(觀)을 처음으로 접했을 때 나는 그러한 예수관에 담겨 있는 사상의 높이와 아름다움에 대해 진정에서 우러나오는 경외의 마음을 품었던 것이 사실이며, 그러한 경외의 마음이 얼마 후 한동안은 믿음이라고 일컬어 모자람이 없는 단계로까지 나아갔던 것도 사실이다.

그런데 내가 어른이 되고 난 후 〈복음서해석〉을 읽어보았더니 거기에는 다음과 같은 내용이 들어 있었다.

요한 기자는 예수가 본래 하나님이었으나, 육신을 입고 이 땅에 내려온 것으로 묘사한다. 예수의 영광은 그가 자신의 본래의 신분, 곧 하나님의 신분을 회복할 때 그 정점에 도달한다. 하향이동되었던 신분이 그 본래의 위치에 이르기까지 상향이동될 때 예수는 완전한 의미의 영광을 얻게 된다. 독특한 형태로 전개된 이러한 요한의 영광의 신학 사상 속에는 요한공동체가 처한 현실과 희망이 반영되어 있다. 말을 바꾸면, 요한의 영광사상은 유대교로부터의 축출로 인해, 사회적 신분의 현저한 하향이동을 겪은 요한공동체 멤버들의 불안한 현실과, 그 현실로부터의 상향이동에 대한 희망을 표출시키고 있다는 말이다(p. 355).

이렇게 되면, 어린 시절 내가 처음으로 「요한복음」의 예수관을 접하고서 깊은 경외의 마음을 품었던 것이나 얼마 후 한동안 그러한 경외의 마음을 믿음이라고 일컬어 모자람이 없는 단계로까지 발전시켜 갔던 것은 아무래도 한번쯤 다시 생각해 보아야 할 것이 되고 만다.

예수, 마르코 폴로, 프로이트

1

유명한 인류학자 에드먼드 리치는 그의 명저 〈성서의 구조인류학〉 속에서 다음과 같은 발언을 하고 있다.

> 나는 예수가 역사상의 인물이라는 것을 전혀 믿지 않는다. 나에게 예수는 소포클레스의 오이디푸스왕과 같이 신화적 현실성, 극적인 현실성, 시적인 현실성을 가진 존재이다. 나아가 요세푸스 시대에 나중에 선지자가 된 한 유태인 목수의 아들이 존재했다 하더라도 우리는 그에 대해 무엇 하나 알 수 있기를 바랄 수도 없다. 신약복음서가 실존했던 예수(실존했다고 가정하면)에 대해 우리에게 말해주지 않는 것은 셰익스피어 희곡이 실존했던 셰익스피어에 대해 말해주지 않는 것과 같다.

이러한 부족함을 현행 복음서의 어느것과도 상응하지 않는 부가적

복음서를 창조해 냄으로써 보충하겠다는 시도는 전적으로 불합리할 것이다. 물론 현재 우리가 가지고 있는 신약복음서는 지금은 사라져버린 초기의 고문서들에서 파생된 것임에는 틀림이 없다. 그러나 설령 사라져버린 이러한 고문서들을 지금 우리가 가지고 있다고 해도 역사적 예수에 대해 지금 우리가 알고 있는 것 이상의 그 무엇을 알게 될 것이라는 추정에는 아무런 근거도 없다. 희곡 〈햄릿〉의 바탕이 된 셰익스피어의 자료들이 희곡 〈햄릿〉 그 자체보다 '역사'에 더 가깝다는 식은 있을 수 없다. 그리고 덴마크의 역사를 알려고 〈햄릿〉을 읽지도 않으며, 아테네나 테베의 역사를 알려고 소포클레스를 읽을 리도 없다(《성서의 구조인류학》, 신인철 역, 한길사, 1996, p. 311).

이러한 리치의 주장은 상당히 강한 설득력을 갖고 있다. 어쩌면 그의 주장이 전적으로 옳을지도 모르겠다. 하지만 어이하랴. 지난 2천 년 동안 실로 헤아릴 수 없이 많은 사람들이 예수는 역사상 실재했던 인물임에 틀림없으며 그의 행적은 네 편의 복음서에 적혀 있는 그대로라 믿고 그러한 믿음 위에다 자기들의 삶을 건설하였으니. 바로 그러한 믿음이 수많은 사람들을 죽음에서 구해내는가 하면 똑같은 그 믿음이 수많은 사람들을 억울한 비명횡사의 길로 내몰기도 했으니. 그리고 지금 현재도 이러한 믿음 위에다 자기들의 삶을 건설하고 있는 사람이 부지기수이니. 앞으로도 이러한 믿음 위에다 자기들의 삶을 건설하는 사람은 부지기수로 나올 터이니. 자, 여기서 잠시 가던 길을 멈추고 생각해 보자. 그러한 믿음으로 해서 죽을 목숨을 구원받은 자는 무슨 사주팔자를 타고난 것이며, 똑같은 그 믿음으로 해서 더 오래 살 수도 있었을 생을 비명횡사로 마감해 버린 자는 또 무슨 사주팔자를 타고난 것이냐?

2

1995년 10월 27일자 《조선일보》에 실린 「이원복 만화칼럼」은 매우 재미있는 내용을 담고 있다. 그중 마지막 두 칸을 제외한 나머지 부분의 글 전부를 아래에 옮겨 적어본다.

베니스 상인 마르코 폴로는 중국을 방문한 최초의 이탈리아인 —— 동·서양을 이은 첫 '세계인'으로 알려져 있다. 그러나 영국의 권위 있는 중국학자(대영박물관 도서관 중국부장 프랜시스 우드 박사)가 그 사실을 전면 부인하고 나서 큰 관심을 끌고 있는데('마르코 폴로는 한 번도 중국에 간 적이 없다!'), 그 근거는 첫째, 인류 최대 역사(役事)의 하나인 만리장성에 대한 언급이 전혀 없다. 쿠빌라이 시대 중국을 누비고 다녔다면 그가 웅장무비의 규모인 만리장성을 모를 리 없었다는 것('중국은커녕, 그가 가장 멀리 간 곳은 콘스탄티노플(지금의 이스탄불)이다!'). 둘째, 전세계에 뒷날 전파된 차(茶)에 대한 언급도 없으며 유명한 중국 도자기 얘기도 없다. 셋째, 중국에는 일반적이었지만 서양인에겐 신기하기 그지없었을 전족(纏足)도 언급되지 않았을 뿐더러, 2년간에 걸친 문헌조사 결과 어느 곳에도 마르코 폴로는커녕 이탈리아인이 중국에 왔었다는 기록은 없다는 것('그럼 〈동방견문록〉은?' '들은 풍월＋소문＋상상!'). 그는 피사 출신 문필가 루치엘로와 제노아 감옥에서 10개월간 같은 감방에서 지냈는데, 폴로의 이야기를 루치엘로가 받아쓴 게 〈동방견문록〉이다('어, 심심한데…….' '얘기 계속해. 받아쓸게!'). 흥미 있는 사실은 이 책이 뒷날 판을 거듭할수록 더욱 자세하고 재미있어진다는 것으로('그래설라무니 내가 황제에게 따지고 들었지…….' '순 뻥이지만 상상력은 끝내준다니까!'), 초판본은 남아 있지 않고, 이 책이 처음

베스트 셀러가 된 것은 그가 죽은 뒤 234년이 지난 1558년이었다 ('그러니까 〈동방견문록〉은 2백여 년 간 여러 사람이 손댄 공상, 들은 풍월 모음집?').

여기에 소개되어 있는 프랜시스 우드라는 사람의 주장은 상당히 강한 설득력을 갖고 있다. 어쩌면 그의 주장이 전적으로 옳을지도 모르겠다. 하지만 어이하랴. 〈동방견문록〉이 처음 나온 후로 수백 년이 지나는 동안 참으로 많은 사람들이 그 책의 내용을 사실 그대로라 믿고 그러한 믿음 위에다 자기들의 삶을 건설하였으니. 콜럼버스라는 사람으로 하여금 서쪽으로 가는 항해의 길에 나서도록 한 결정적 계기도 바로 그 책이었으니. 그리고 콜럼버스의 그 항해로 인해서 인류의 역사는 근본적으로 새로운 단계를 맞이하게 되었으니. 그 새로운 단계라는 것이 어떤 사람에게는 엄청난 부와 권력을 선사해 주었는가 하면 어떤 사람에게는 비참한 노예의 운명을 안겨주기도 했으니. 자, 여기서 잠시 가던 길을 멈추고 생각해 보자. 그 새로운 단계라는 것 덕분에 엄청난 부와 권력을 선사받은 자는 무슨 사주팔자를 타고난 것이며, 바로 그 새로운 단계라는 것 때문에 비참한 노예의 운명을 강요받은 자는 또 무슨 사주팔자를 타고난 것이냐?

3

1996년 10월 29일자 《동아일보》 12면을 보면 다음과 같은 기사가 실려 있다.

독일 심리학자들이 최근 오이디푸스 콤플렉스의 허구성을 주장하는 실험 결과를 발표, 주목을 끌고 있다.

독일 심리학자 베르너 그레페와 자네터 로스는 최근 심리학 전문잡지인 《프시홀로기 호이테(오늘의 심리학)》에 이 같은 내용의 연구보고서를 발표하는 한편 〈오이디푸스 콤플렉스의 몰락—신화에 대한 반론〉이라는 제목의 책을 출간했다. 오이디푸스 콤플렉스란 '정신심리요법의 아버지'인 독일의 지그문트 프로이트가 그리스 신화의 한 부분을 심리학에 도입한 개념으로 사내아이가 어머니한테 사랑을 느끼는 반면 어머니를 독차지하고 있는 아버지에게는 반감을 품는 심리적 경향을 말한다. 그러나 그레페와 로스는 최근 130명의 아동과 그들의 부모를 대상으로 연구를 실시한 결과 프로이트의 명제가 잘못된 것이며 따라서 신경질적 행동의 가장 중요한 원인으로 간주돼 온 오이디푸스 콤플렉스의 존재 자체가 매우 의심스러운 것으로 드러났다고 주장했다.

이들은 연구 결과 아이들은 부모 중 어느 한쪽에 대한 감정적 선호를 보이지 않았다고 말했다. 즉 남자와 여자 아이를 불문하고 부모 중 어느 한편에 특별히 매력을 느끼거나 반대로 공격성이나 적개심을 보이지 않으며 부모들도 아이들에게서 오이디푸스 콤플렉스와 같은 심리상태를 관찰하지 못했다고 밝혔다는 것이다.

여기에 소개되어 있는 그레페와 로스의 주장은 상당히 강한 설득력을 갖고 있다. 어쩌면 그들의 주장이 전적으로 옳을지도 모르겠다. 나는 프로이트의 이론을 처음 접했을 때부터 그 이론의 타당성에 대해 의심을 품었던 사람이며, 김용옥이 〈여자란 무엇인가〉(통나무, 1986) 속에서 자신있는 어조로 개진하고 있는 프로이트 비판론을 깊은 공감 속에서 읽었던 사람이며, 국내외의 수많은 고명하신 문학이론가들이 프로이트다 정신분석학이다 오이디푸스 콤플렉스다 하면 쩔쩔매는 것을 볼 때마다 그것 참 웃긴다고 생각해 온 사람인데, 나 자신이 이런 사람이기 때문에 위의 신문기사 속에서 소개되고 있는 두 사람의 주장에 대해서 특히 높은 정도의 신뢰를 보내게 되는 것인지도 모르겠다. 하지만 어이하랴. 오이디푸스 콤플렉스라는 개념을 주축으로 해서 구성되어 있는 프로이트의 정신분석학 이론이 처음 나온 후로 백여 년이 지나는 동안 참으로 많은 사람들이 그 이론을 진리라 믿고 그러한 믿음 위에다 자기들의 사상을, 이론을 건설하였으니. 그리고 지금도 그렇게 하는 사람들이 계속 나오고 있으니. 특히 우리 한국의 경우, 그런 사람이 최근 들어 더욱 증가하는 바람에, '프로이트 르네상스'라는 말까지 나올 지경이 되고 있으니. 만약 위에 소개된 두 사람의 주장이 정말 옳다면, 프로이트를 과거에 줄레줄레 따라다녔거나 지금 줄레줄레 따라다니고 있는 그 많은 사람들은 결국 헛다리를 짚느라고 아까운 세월을 다 보냈다는 얘기가 되는 셈인데, 자, 이 일을 어찌한다?

〈삼국지〉의 여러 번역본 중에서 제일 좋은 것은?

　보통 〈삼국지〉라는 이름으로 통용되고 있는 중국 소설 〈삼국지연의
(三國志演義, 이하에서는 〈삼국지〉라는 이름만 쓰기로 한다)〉를 내가
처음으로 접한 것은 초등학교 6학년 때의 일로 기억한다. 별로 두껍
지 않은 책 한권 분량으로 축약되어 《소년소녀 세계명작문고》 속에
포함된 것을 구해 읽었던 것인데, 그때 내가 그 책으로부터 받은 인상
은 세상의 수많은 〈삼국지〉 팬들이 보편적으로 겪어온바 그대로, 정
말 강렬한 것이었다. 여광여취(如狂如醉)의 경지라는 게 바로 그런
것이 아니었을까 싶다.

　내가 〈삼국지〉의 완역본을 읽은 것은 그 이듬해, 그러니까 중학교
1학년으로 올라가서였다. 정음사 사장 최영해가 번역하여 자기 출판
사에서 낸 세 권 분량의 책(세 권이라 하지만 세로 2단 조판으로 빽빽
하게 인쇄된 600페이지 두께의 책 세 권이니까 요즘 식으로 다시 찍
으면 아마 대여섯 권 분량은 될 것이다)을 사서 읽은 것이다. 한 번만

읽은 것이 아니다. 다 읽고 나면 처음부터 또 읽고, 또 한 차례 다 읽고 나면 다시 처음으로 돌아가 세 번째로 읽기 시작하고……. 그런 식으로 해서 그 두꺼운 책 세 권을 거의 다 암기할 수 있을 정도로까지 읽었다. 무슨 정성이 그렇게 뻗쳤었는지 참 모를 일이다.

내가 가지고 있는 정음사판을 그런 식으로 반복 숙독하는 한편, 다른 번역본들을 구해 읽으며 정음사판과 비교해 보는 수고도 아끼지 않았다. 김용제가 번역한 다섯 권 분량의 책(출판사 이름은 기억나지 않는다)을 급우에게 빌려서 자세히 읽었고, 김동리·황순원·허윤석 공역(共譯)이라는 간판을 달고——실제로 그 세 사람이 공역을 했으리라고는 그때도 이미 믿지 않았지만 어쨌든——나온 박영사판도 열심히 읽었다. 박영사판에는 다행히도 〈삼국지〉의 내용을 더 잘 알 수 있게 해주는 지도가 실려 있었기에 그것을 베껴서 그려놓고는 열심히 짚어가며 다시 한번 정음사판을 읽어나가기도 했다.

내가 처음부터 끝까지 꼼꼼하게 따져가며 읽어본 〈삼국지〉 번역본은 이상에서 언급된 네 가지이지만 일부분만을 조금씩 살펴본 것까지 합치면 모두 여섯 가지 번역본이 내 시야에 들어왔던 셈이다(일부분만을 살펴볼 수 있었던 두 가지 번역본은 정비석이 번역한 것과 최근에 이문열이 평역(評譯)한 것이다). 그런데 그 여섯 가지 번역본 중에서 내가 처음부터 제일 좋아했고 지금도 제일 좋아하고 있는 것은 내가 사서 읽은 정음사판이다. 어째서 그런가. 여기에는 두 가지 이유가 있다.

(1) 내가 접해본 여섯 가지 번역본 가운데서 한문투를 가장 충실히 살리고 있는 것, 다시 말해 현대적 언어감각으로부터 가장 멀리 떨어져 있는 것이 바로 정음사판이다. 또한 현대 독자의 취향에 맞추려는

의도에서 번역자가 소설가적 상상력을 발동, 이렇게저렇게 손질해 놓은 흔적을 가장 적게 보여주고 있는 것이 정음사판이다. 예를 들어 보이자면, 이 대하소설의 서두가 정음사판에서는 다음과 같이 되어 있다.

> 옛날부터 이르기를 천하대세(天下大勢)란 분열(分裂)된 지 오래면 반드시 통일(統一)하고, 통일된 지 오래면 또 반드시 분열되는 법이라 하였다.
>
> 주(周)나라 말년에 일곱 나라가 서로 나뉘어 다투다가 진(秦)나라로 통일이 되고, 진나라가 멸망한 뒤에 초(楚)나라와 한(漢)나라가 다투다가 다시 한나라로 통일되었거니와, 한고조 유방(漢高祖 劉邦)이 참사기의(斬蛇起義)하고 일통천하(一統天下)한 뒤로 이래 사백 년──그 기수(氣數)가 장차 다하여 또다시 천하가 어지러우려 함이냐, 나라 정사는 날로 문란하여 가고, 백성은 도탄(塗炭)에 빠져 허덕이는데, 또한 가지가지 상서롭지 못한 조짐이 뒤를 이어 일어난다(〈삼국지〉 상, 최영해 역, 정음사, 1963, p. 8).

나는 위에서 보듯 '참사기의'니 '일통천하'니 하는 한문 숙어가 현대어로 변형되지 않고 그냥 튀어나오는 그 고풍스러운 스타일이 좋았다. 또한 작품의 서두를 현대의 독자들이 재미있게 받아들이도록 만들기 위해 이런저런 손질을 가하지 않고 어디까지나 충실한 번역자의 길을 가는 최영해의 고지식한 자세가 좋았다. 이런 사람이야말로 정직하고 신뢰감이 가는, 그리고 인간적인 친근감이 느껴지는 번역자라고 생각되었다.

(2) 정음사판을 제외한 나머지 판본들은 유비가 죽은 뒤의 내용은

대체로 축약해서 서술하고 특히 제갈공명이 죽은 뒤의 내용은 매우 간단하게 줄여서 거의 귀찮은 부록처럼 처리해 버리는 데 예외가 없다. 역시 현대 독자들의 취향을 고려한 자의적 수정이다. 그런데 이 점에 관해서도 정음사판만은 예의 '고지식함'을 그대로 발휘하여, 내가 아는 한 유일한 예외를 만들어놓고 있다. 유비가 죽은 뒤의 이야기라고 해서, 더 나아가 제갈공명까지 죽은 뒤의 이야기라고 해서 조금이라도 홀대하는 법이 없다. 세 권으로 되어 있는 책 중에서 유비가 죽는 대목은 제2권 끝부분에 나오며 제갈공명이 죽는 대목은 제3권 중간쯤에 나온다는 사실이 그 점을 명백히 말해준다. 나는 이 점이 얼마나 좋았는지 모른다. 왜 좋았을까? 나로 하여금 신뢰감과 친근감을 느끼지 않을 수 없도록 만드는 번역자의 인품을 여기서 또한번 엿볼 수 있었기에? 물론 그렇다. 그것도 한 가지의 이유였음에는 틀림없다. 하지만 그것만이 유일한 이유였던 것은 아니다. 여기에는 그 밖에도 다시 두 가지 이유가 더 있었던 것이다.

　(가) 유·관·장 3형제 중 마지막 순서로 유비가 죽은 뒤에도, 그리고 가을바람 부는 오장원에서 제갈공명이 죽은 뒤에도 〈삼국지〉의 이야기는 그 나름의 아름다움을 여전히 간직한다. 그 아름다움은 유비가 죽기 이전까지의 부분에서 〈삼국지〉의 이야기가 보여주었던 아름다움과는 종류가 다른 것이지만, 어쨌든 결코 무시할 수 없는 아름다움이다. 보다 분명하게 표현하자면, 그것은 유비가 죽기 이전까지의 부분에서 〈삼국지〉의 이야기가 보여주었던 아름다움에 비해 조금도 못하지 않은 정도의 매력을 동반하고 있는 아름다움이다. 그것은 쓸쓸한 황혼의 색조가 자아내는 아름다움이며, 비가(悲歌)의 아름다움이다. 그리고 특히 제갈공명이 죽은 뒤의 부분은, 제갈공명이라는 초인적 영웅이 학소(郝昭)라는 유일한 난적(難敵)을 제외한 모든 다른

사람들을 갖고 노는 것 같았던 그 앞부분의 세계와는 사뭇 대조적으로, 역량이 비슷한 사람들끼리 겨루는 자리에서만 창출될 수 있는 긴박감과 현실감을 보여주며, 그 점에서 진짜로 인간적인 분위기를 느끼게 한다. 이런 '진짜로 인간적인 분위기'를, 그리고 저 황혼의 아름다움, 비가의 아름다움을, 정음사판을 제외한 다른 모든 판본의 번역자들은 의도적으로 지우고, 자르고, 깎아버렸다──그것이 현대 독자들의 취향에 맞지 않는다는 이유로. 내가 살펴본 바로는, 오로지 최영해만이 그런 행동을 하지 않았다.

(나) 원래의 〈삼국지〉에 있어서 유비가 죽고 다시 제갈공명까지 죽은 후에도 이야기가 진행되어 가는 속도에 아무런 변화가 없다는 사실은 독자들로 하여금 역사의 강이 얼마나 크고 그 흐름이 얼마나 유유한가를 몸서리쳐질 정도로 생생히 느끼게 한다. 「제갈공명 같은 초인적 영웅조차도 이 엄청나게 큰 역사의 강물 앞에서는, 그 강물의 얄밉도록 유유하기만 한 흐름 앞에서는 정말 아무것도 아니로구나…….　역사라는 장강의 흐름을 주관하는 신에게 놀라움을 안겨주고 그 놀라움으로 말미암아 흐름의 속도를 바꾸게끔 할 정도의 힘은 아무에게도 없는 거구나…….」이런 생각을 독자들이 갖지 않을 수 없도록 만든다. 그런데 정음사판 이외의 다른 모든 번역본들에서는 유비가 죽은 후부터 이야기 진행의 속도를 빨리하고 제갈공명이 죽은 후부터는 한번 더 거기에 가속도를 붙임으로써 방금 말한 바와 같은 효과를 없애버린다──안타깝게도. 다행히도 최영해는 그런 과오를 범하지 않았다.

〈삼국지〉 하면 떠오르는 이야기를 두 가지만 덧붙이고 이 글을 마치기로 하자.

(1) 내가 중학교 2학년이 되던 해, 즉 1968년에 〈후삼국지〉라는 다섯 권 분량의 소설책이 동양출판사에서 간행되었다. 나는 당장에 그 책을 사서 역시 흥미진진하게 읽었다. 이 〈후삼국지〉는 무외자(無外者)라는 별명으로만 전해지는 일본인이 17세기 초엽에 쓴 〈통속속삼국지(通俗續三國志)〉라는 책을 이원섭이 구해 읽고 흥미를 느껴 우리말로 옮기고 가필, 윤색하여 출간한 작품이다. 이 작품에서는 서진(西晉)을 멸망시킨 한(漢)의 창시자 유연(劉淵)은 유비의 손자(유비의 셋째아들의 아들)요 후조(後趙)를 세운 석륵(石勒)은 조자룡의 손자라는 식으로 〈삼국지〉에 나오는 촉한의 주역들과 5호 16국시대의 주역들 사이에 혈연관계를 설정, 〈삼국지〉의 뒷이야기를 전개해 나가고 있다. 그런데 역사책을 보면 유연은 흉노족 출신이요 석륵은 흉노의 방계인 갈족(羯族) 출신으로 나와 있으니 결국 저 혈연관계라는 것은 모두 억지로 꾸며낸 허구임에 틀림없다. 그럼에도 불구하고 〈후삼국지〉는 의미 있는 책이며, 그 책을 읽은 것은 나에게 유익한 경험이 되어주었다. 〈삼국지〉에서 제갈공명이 죽고 난 후를 다루고 있는 대목을 읽으며 가질 수 있었던 역사의 광대함과 유유함에 대한 실감을 다시 한번 새롭게 확인하도록 일깨워주었다는 점 한 가지만으로도 〈후삼국지〉는 이러한 평가를 받을 자격이 있다.

(2) 대학 시절의 일이었던 것으로 기억한다. 친우 윤지관과 이야기를 나누다가 화제가 〈삼국지〉에 미친 김에 내가 「〈삼국지〉에 등장하는 모든 인물들 중 나에게 가장 매력적으로 다가오는 사람은 조조인데 너의 경우는 누구냐?」 하고 물었더니 그는 응구첩대(應口輒對)로 '맹획!' 이라 대답하였다. 전혀 예상하지 못한 대답이었지만 듣고 나서 생각하니 참 여러 가지 측면에서 묘미가 있는 대답이라 함께 웃은 기억이 있다. 요즘 와서 다시 생각해 보면 맹획은 중화주의(中華主

義)에 맞서 싸운 〈삼국지〉 속의 여러 인물들 가운데서도 가장 집요한 투지를 보여준 사람이라는 점에서 각별한 관심의 대상이 될 자격이 충분하다. 우리가 한국인이라는 사실을 생각해 보면 독자 여러분은 나의 말을 금방 수긍할 수 있을 것이다. 또 중심/주변의 이분법을 깨뜨린 자리에서 〈삼국지〉를 다시 읽는 일이 절실하게 필요하다는 사실을 생각해 볼 경우에도 역시 여러분은 나의 말을 수긍하게 되리라 믿는다.

아메리카 원주민의 학살에 대해서는
칭기즈 칸도 책임이 있다?

존 키건은 〈세계전쟁사〉(유병진 역, 까치, 1996)라는 책 속에서 다
음과 같은 주장을 개진하고 있다.

——유목민은 원래 농경민보다 잔인하고 호전적이게 마련이다. 과
연 세계의 전쟁사를 살펴보면, 잔인성을 과시했다는 점에서 단연 메
달감에 해당하는 존재는 대체로 초원의 유목민들이었다. 그중에서도
가장 높은 명성을 떨친 것은 바로 칭기즈 칸과 그의 후예들이 이끌었
던 몽골의 군사들이었다. 그런데 이런 잔인성은 일종의 전염력을 갖
는다. 몽골 군대에 맞서서 싸우는 사람들도 승패에 관계없이 나중에
는 결국 그 잔인성을 배우게 되는 것이다. 몽골 군대에 맞서서 싸우다
가 그 군대의 잔인성을 배우게 된 무리로는 이슬람 군대와 슬라브 군
대를 들 수 있다. 그리고 이들은 다시 유럽 군대에게 그러한 잔인성을
가르치는 교사가 되었다. 동방 십자군은 이슬람 군대와 싸우다가, 북
방 십자군은 슬라브 군대와 싸우다가 각각 그러한 잔인성을 배우게

된 것이다. 이리하여 유럽에까지 흘러들어온 '잔인한 학살'의 교리는 특히 에스파냐에서 위세를 떨치게 되었다. 「그곳(에스파냐——인용자)에서 레콘키스타(에스파냐의 기독교도들이 무어인 추방을 위해서 일으킨 국토회복 운동)의 기사들은 이슬람교도들과 잔인하게 싸웠는데, 칭기즈 칸이 그런 모습을 보았다면 박수를 보냈을 것이다. 이렇게 하여 극단으로 치닫는 전쟁이 에스파냐에서 뿌리를 내렸다(pp. 314~315).」 이상과 같은 관찰에서 최종적으로 내려지는 결론은 다음과 같은 것이다 : 「에스파냐 정복자들의 손에 파괴된 잉카 족과 아즈텍 족의 가공할 운명이 궁극적으로는 칭기즈 칸에게까지 거슬러올라간다는 생각은 허무맹랑한 것이 아니다(p. 315).」

나는 에스파냐를 비롯한 여러 유럽 제국주의 강대국의 국민들에 의하여 수백 년간 어마어마한 규모로 자행된 아메리카 원주민 학살의 드라마에 대하여 오래 전부터 깊은 관심을 기울여왔다. 그 드라마야말로 우리가 사는 이 시대를 지배하고 있는 '근대성'과 '문명'이라는 화사한 논리의 저 밑바닥에 숨어 있는 진짜 알맹이가 무엇인가를 가장 생생하게 드러내 보여주는 것이라고 생각해 왔기 때문이다. 한데 온갖 다양한 시각으로부터 그 드라마에 접근해 보려는 시도를 거듭하면서도 나는 저 악명 높은 칭기즈 칸의 지휘 아래 유라시아 대륙을 마구잡이로 휘젓고 다니던 몽골 군대가 그 드라마의 주요 배역 가운데 하나로 지목될 수 있으리라는 생각만은 정말이지 꿈에도 떠올려보지 못했다. 그랬기 때문에 키건의 위와 같은 설명을 처음으로 접했을 때 나는 마치 대단히 의미 깊은 개안(開眼)을 한 것 같은 충격과 흥분을 느끼지 않을 수가 없었다. 이때에 내가 느낀 충격과 흥분 속에는 물론 「이런 놀라운 생각을 해내다니, 이 키건이라는 영국인은 그야말로 세계사 전체를 한손에 올려놓고 들여다보는 거시적 안목의 소유자로 군!」하는 감탄이 동반되어 있었다.

그러나 위의 설명을 처음으로 접하고 나서 다시 얼마쯤의 시간이 흐른 지금의 시점에서 곰곰이 생각해 보면, 과연 그 설명을 액면 그대로 수용할 수 있을 것인가에 대하여 강한 의심이 일어나는 것이 사실이다. 구체적으로 예를 들어서 이 문제를 검증해 보자. 키건은 동방 십자군이 이슬람 군대와 싸우다가 이슬람 군대로부터 잔인성을 배우게 되었다고 설명하지만, 이건 역사적인 진실을 완전히 거꾸로 뒤집고 있는 소리가 아닐까?

동방 십자군이 이슬람 군대로부터 예루살렘을 빼앗았다가 88년 후에 다시 빼앗긴 사건만 보아도 그렇다. 1099년에 예루살렘을 점령한 제1차 십자군은 그곳의 이슬람교도들과 유대교도들을 정말 잔인무도하게 학살하였다. 단 이틀 동안에 4만 명 정도의 민간인을 죽여버린 것으로 전해지고 있다. 그런 일이 있었기 때문에 1187년에 이슬람의 영웅 살라딘이 예루살렘을 탈환하자 그 동안 그곳을 점령하고 살아왔던 기독교도들은 모두 이젠 죽었구나 하고 벌벌 떨지 않을 수가 없었다. 그런데 정작 예루살렘을 탈환하고 난 살라딘은 그곳의 기독교도들 중 아무도 죽이지 않았다. 소액의 보상금만을 받고 다 자유롭게 풀어주었다. 보상금을 내지 못할 만큼 가난한 사람들에게는 대불(代拂)도 허용했다. 보상금 납부기일도 40일이나 주었다. 끝내 보상금을 내지 못한 사람들 중에서도 노인들은 나중에 모두 그냥 풀려났다. 이것은 기독교측의 역사가들도 다 인정하고 있는 사실이다. 그런데도 동방 십자군이 이슬람 군대와 싸우다가 잔인성을 배우게 되었다니, 이게 무슨 소리인가?

이러한 지적에 대해서는, 예루살렘 점령시의 행동 하나만 보고서 동방 십자군 전부와 이슬람 군대 전부를 다 파악했다고 말할 수는 없다는 반론이 예상된다. 하지만 '잔인한 기독교 군대' 대 '점잖은 이슬람 군대' 사이의 대비는, 제대로 조사해 보면, 에스파냐를 무대로 해서 벌어졌던 두 군대 사이의 전쟁에서도 역시 마찬가지로 나타나는 터이다. 그렇다면 예루살렘을 점령했을 때의 태도에 있어서 제1회 십자군과 살라딘의 군대가 보여준 잔인 대 관용의 극명한 대조는 문자 그대로 '전형'에 해당하는 것이지 결코 '예외'에 해당하는 것이 아님을 단언해도 무방할 듯하다.

　반드시 동방 십자군과 이슬람 군대 중 어느편이 정말로 잔인했던가 하는 문제와 같은 구체적인 쟁점을 따지지 않고 생각해 보더라도, 키건의 설명은 유럽 제국주의 강대국의 국민들이 아메리카 대륙에서 ――그리고 더 나아가, 전세계에서―― 저지른 엄청난 범죄행위의 책임 중 적어도 일부를 유럽인이 아닌 사람들에게 슬쩍 떠넘기려는 저의를 숨기고 있는 것이 아닌가 하는 혐의를 피할 수 없다. 물론 키건 자신은 이런 점을 분명히 의식하지 않았을 수도 있다. 하지만 그가 이런 점을 분명히 의식했느냐 의식하지 않았느냐 하는 것은 기실 그렇게 중요한 문제가 아니다. 설령 그가 이 점을 분명히 의식하지 않았다 하더라도 결국 그로 하여금 위와 같은 주장을 펼치게 만든 궁극적인 원동력은 그의 마음속 깊은 곳에 잠복해 있는 유럽인으로서의 욕망 ――자기와 같은 유럽인들이 저지른 죄악에 대하여 유럽인들 자신이 져야 할 책임의 무게를 되도록이면 줄여보려는 욕망―― 이었으리라는 추론이 충분히 가능하기 때문이다.

정찬의 「섬」, 마르크스 그리고 야훼

1

정찬의 소설 「섬」에 나오는 이상주의자 정섭은 그의 친구에게 보낸 편지 속에서 다음과 같은 말을 하고 있다.

> 마르크스의 사상은 꺼져가는 인류의 심장 속으로 새로운 피를 공급했다. 그의 사상을 잉태시킨 당시의 자본주의가 보여준 모습은 소돔과 고모라의 타락 그것이었다. ……이런 세계 속에서 의인은 어디에 숨어 있는가?
>
> ……마르크스는 소돔과 고모라적 세계의 맨얼굴을 본 최초의 인간이었다. 세계를 꿰뚫은 그의 순결한 열정은 그 세계와 근본적으로 다른 세계를 설계했다. ……인류사에서 마르크스만큼 인간에게 높은 도덕을 요구했던 이는 일찍이 없었다.
>
> ……마르크스는 자본주의의 타락에 대항하기 위해 인간에게 새로운

도덕을 요구했다. 그것은 물신적 관능과의 정면 대결이었다. 그가 이룩한 사상의 세계에는 오랜 세월 동안 인류가 갈망해 온 유토피아가 아름답게 펼쳐져 있었다. 그런데 이 유토피아의 세계가 100년을 채 버티지 못하고 무너져내렸다. 사회주의의 외투가 벗겨진 그들의 세계는 타락한 권력의 부패와 빈곤에 피폐된 인민의 지친 얼굴을 보여주고 있었다. 마르크스의 이론에 무슨 오류가 있었던가? 있었다. 마르크스가 저지른 최대의 오류는 인간의 도덕적 능력을 너무 높이 평가한 데 있었다. 그는 인간의 어깨 위에 감당하기에 너무 무거운 짐을 올려놓았다. 사회주의의 패배는 자본주의의 승리가 아니라 도덕에 대한 인간의 패배다. 고결한 꿈에 대한 물신적 관능의 승리며, 구원에 대한 천박한 욕망의 승리다. 사회주의의 허물어짐은 이데올로기의 패배가 아니라 인간의 패배며, 지상에서 영원한 혁명은 존재할 수 없다는 뼈저린 사실을 보여주고 있다. 인간이라면, 비록 그가 자본주의 신봉자라 한들 이것에 대해 마땅히 슬퍼해야 한다.

……내가 마르크스 상 앞에 섰을 때 저문 해가 붉은 석양빛을 가득 뿌리고 있었다. 나는 그에게 흰 장미꽃 한 송이를 바쳤다. 사람들이 세계의 모습을 보지 못했을 때 그는 홀로 보았다. 예언자 예레미야처럼. 신 앞에 언제나 혼자였던 예레미야는 어디를 가나 불행의 입김을 내뿜었다. 그는 이스라엘의 타락을 보고 성전과 이스라엘의 파멸을 예언했으나 아무도 그의 말에 귀를 기울이지 않았다.

……1849년 프랑스 정부로부터 추방당한 후 영국으로 망명한 마르크스는 격심한 빈곤에 시달렸다. 유럽의 혁명적 언론은 절멸되었고, 망명한 혁명가에게 원고를 청탁하는 언론이나 출판사는 없었다. 가난은 해마다 마르크스를 쫓아다녔다. 몇 주 동안 먹을 것이라고는 빵과 감자뿐이었으며, 의복을 전당포에 잡혀 외출을 못하는 경우도 있

었다. 가난과의 싸움, 그리고 과도한 저술 활동으로 마르크스의 건강은 파괴되었다. 이 가난은 그에게 7남매 중 네 명의 자녀를 앗아갔다. ……독일 사회주의자 프란츠 메링은 마르크스의 불행에 대해 다음과 같이 썼다.

「그 천재에게 부르주아 사회가 베푼 것은 격심한 고뇌와 시련뿐이다. 이 고뇌와 시련은 외면적으로는 고대 사회의 십자가형이나 중세 사회의 화형보다 덜 야만적인 것으로 보일지 모르나 실제로는 훨씬 더 잔인했다.」

……신성은 꿈속에 깃들인다. 그러므로 인간의 꿈이 깃들인 곳이 바로 신의 집이다. 예루살렘의 성전은 이스라엘인들의 꿈의 장소였고, 그들의 신 야훼의 집이었다. 이 도시가 침략자에 의해 파괴되자 야훼는 불길에 싸인 성소를 보고 울면서 예레미야에게 우는 법을 제대로 알고 있는 이들을 보고 싶다고 말했다. 사회주의의 패배는 꿈의 허물어짐이었다. 모스크바는 인간의 꿈이 허물어진 도시며, 불타는 성전이었다. 꿈이 허물어졌으면 누군가가 슬퍼해야 한다. 슬퍼하고 또 슬퍼하여 머리가 우물이 되고 눈은 눈물의 샘이 되어야 한다.

……구약의 신 야훼는 모세를 산으로 불러 그의 말과 법을 주었다. 모세는 산에서 내려와 그것을 백성들에게 전하자 그들은 한 목소리로 야훼의 모든 말과 법을 지키겠다고 맹세했다. 이로써 그들은 야훼의 백성이 되었는데, 이 계약의 바탕은 바로 그들이 지키겠다고 맹세한 야훼의 말과 법이었다. 그러나 신의 말과 법을 지키기에 인간은 너무나 불완전한 존재였다. 인간의 불완전성은 야훼와 맺은 관계를 도저히 지킬 수 없게 했다. 이 관계의 파멸을 막기 위해 생긴 것이 희생 제사 제도였다. 즉 그들이 지은 죄를 속죄하기 위해 회개와 희생을 바침으로써 야훼와의 깨어진 관계를 회복시킬 수 있었다. 희생이

란 슬픔의 가장 깊은 드러냄이다.

친구에게 보낸 편지 속에 위와 같은 구절들을 적어놓았던 정섭은 결국 그가 말한 슬픔의 극한점에서 자살로 삶을 마감한다. 친구의 표현을 빌리자면, 한 사람의 관객도 없이 홀로 제사를 치르고 스스로 희생제물이 되는 제사장의 길을 간 것이다.

그런데 참으로 유감스럽게도 나는 이러한 정섭의 모습을 보면서 아무런 감동도 받을 수가 없다. 감동을 받기는커녕 불쾌한 전율을 느끼게 될 뿐이다. 그것도 아주 강하게.

왜 나는 정섭의 저렇게도 비장한 모습을 보면서 아무런 감동도 받을 수가 없는가. 감동을 받기는커녕 불쾌한 전율을 느끼게 될 뿐인가.

이 물음에 대한 해답을 나는《현대문학》1994년 10월호에 발표한 「순진성, 마르크스주의, 단절과 소외」라는 제목의 평문 속에 이미 다 제시해 둔 바 있다. 그리고 그 평문을 쓸 때에 내가 지녔던 생각은 그로부터 다시 수년이 지난 오늘에 이르러서도 아무런 변화가 없다. 그러니만큼 여기서 위의 물음에 대한 나의 답변을 다시 장황하게 늘어놓을 필요는 없을 것이다.

그렇다면 지금 내가 「섬」의 본문을 길게 인용하면서 또 한 편의 글을 써보려고 마음먹게 된 이유는 무엇인가? 그것은 극히 단순한 이유이다. 위에 인용된 정섭의 편지 내용을 읽어보면, 그는 첫째로 마르크스라는 독일인이 도덕적인 측면에서 볼 때 아주 대단한 존경을 받아 마땅한 인물이라고 믿어 의심치 않고 있는 모양이고, 둘째로 〈구약성서〉에 나오는 야훼라는 신과 인간들 사이의 관계에 대한 이야기 및 그것과 관련해서 제기되고 있는 '희생제의'에 대한 이론을 아주 그럴듯한 것으로 보고 있는 모양인데, 그 두 가지 생각 모두가 알고 보면 타당성을 인정받을 수 없는 오류라는 것이 나의 견해이며, 그중에서도 특히 첫번째의 사항에 관해서는 간단하게라도 한번 지적해 두고 넘어가야겠다는 충동을 느꼈다는 게, 내가 이 글을 써보려고 마음먹게 된 이유인 것이다.

2

마르크스가 많은 장점을 가진 특출한 사람이라는 사실은 부정될 수 없다. 그러나 위에 인용된 정섭의 편지 속에서 묘사되고 있는 수난받는 거룩한 예언자 같은 마르크스의 이미지는 사실로부터 전혀 동떨어져 있다. 너무나 멀리 동떨어져 있어서 웃음을 자아낼 정도이다.

우선 위의 편지 속에서 자못 비장한 어조로 언급되고 있는 마르크스의 가난에 대해서부터 이야기해 보자. 영국에서 마르크스와 그의 가족이 몹시 가난한 생활을 영위해야 했던 것은 사실이다. 하지만 마르크스와 그의 가족을 괴롭혔던 가난에 대해서 거론하고자 하는 사람은 그 가난의 진정한 원인을 제대로 알고 나서 무슨 말을 해도 해야 할 것이다. 위에 인용된 편지 속에서 정섭이 취하고 있는 태도 즉 사태의 실상을 구체적으로 알아보려는 노력은 전혀 없이 지레 흥분부터 해서 감상적으로 목청을 높이는 태도는 이 문제에 대해서 우리가 취할 수 있는 여러 가지 태도들 중 가장 수준이 낮은 것이라고 말하지 않을 수 없다.

그러면 사태의 실상은 어떤 것이었던가. 마르크스와 그의 가족이 그토록 극심한 가난에 시달려야 했던 데에는 마르크스 자신의 책임이 작지 않다는 것이 바로 그 실상이다. 마르크스는 적지 않은 액수의 유산을 물려받은 바 있으며 처가의 도움 또한 없지 않았던 터이다. 그리고 엥겔스와 알게 된 이후부터는 그로부터 끊임없는 경제적 지원을 받았다. 엥겔스는 마르크스와 그의 가족에게 처음에는 부정기적으로, 나중에는 정기적으로 금전적 지원을 제공했는데 그것은 결코 적은 액수가 아니었다. 엥겔스 덕분에 마르크스는 1856년 이후로는 늘 고용인 두 명을 두고 살 수 있었을 정도이다.

그럼에도 불구하고 왜 마르크스는 항상 경제적 궁핍에 시달려야 했으며 급기야는 그의 네 자식들까지 잃어야 했던가. 그것은 마르크스가 자신의 분수를 모르는 낭비벽을 가지고 있었을 뿐 아니라 그 자신의 노력에 의하여 생계를 꾸려가려는——아니면 적어도 엥겔스의 도움에만 의지하는 경우보다 조금 더 나은 수준의 삶이라도 개척하려는——의지를 결여하고 있었다는 사실을 도외시하고서는 도저히 설명될 수가 없다. 그 당시 런던에 살고 있던 망명자들이 정규적인 수입을 보장받는 직업을 가진다는 것은 불가능한 일이 아니었다. 실제로 그런 직업을 가지면서 사회주의 운동을 계속한 망명자들이 여럿 있다. 그러나 마르크스는 단 한 번 사무원 모집에 응모했다가 글씨가 너무 악필이어서 떨어진 것을 제외하고는, 아무리 가족이 굶주리고 있을 때에도, 아예 직업을 구하려는 시도 자체를 행해본 일이 없다. 그런 시도를 행하는 대신에 마르크스가 열심히 했던 일은 엥겔스에게 도움을 구하는 편지를 써 보내는 일이었다.

이런 사실을 전혀 알지 못하고 또 알아보려고 하지도 않은 상태에서 자못 비장하게 목청을 높여가며 덮어놓고 부르주아 사회를 규탄해서 도대체 어쩌자는 것인가(여기서 한마디 덧붙여둘 것이 있다. 우리가 논하고 있는 소설의 주인공 정섭과는 달리 사태의 실상을 제법 잘 알고 있었으리라 짐작되는 프란츠 메링이라는 사람이 그 실상을 슬쩍 외면하고, 제법 점잖게 시치미를 떼면서, 「고대 사회의 십자가형이나 중세 사회의 화형보다 실제로는 훨씬 더 잔인……」 운운의 소리를 지껄인 것은 정말로 용납하기 어렵다. 로마의 십자가에 못박혀 죽은 스파르타쿠스와 그 동지들이나 중세 교회의 마녀 사냥에 희생된 결과로 화형대에 올라서야만 했던 수많은 여성들이 메링을 찾아와서 어떻게 감히 자신들이 겪어야 했던 고통을 저 낭비가(浪費家) 마르크스의 고통보다 하찮은 것으로 평가할 수 있느냐고 항의한다면 그는 과연 어떤 표정을 지을는지, 그 얼굴을 한번 보아두고 싶다).

이제는 그 다음의 문제로 넘어가서, 도덕적 차원에서 볼 때 마르크스라는 인물은 과연 어떤 평가를 받을 수 있을 것인가 하는 점을 생각해 보기로 하자. 나는 마르크스의 가슴에 자리잡고 있었던 정의감이라든지 사명의식이라든지 하는 것들이 갖는 도덕적 차원에서의 무게를 결코 과소평가하고 싶지 않다. 하지만 내가 보기에 위의 인용문에서 자못 장중한 어조로 제시되고 있는 '마르크스=도덕적인 측면에서 볼 때 아주 대단한 존경을 받아 마땅한 인물'이라는 이미지는 아무래도 우습게 보인다. 기어이 그러한 마르크스의 이미지를 고집하려고 한다면 정섭은 다음 몇 가지 질문에 대하여 그럴듯한 답변을 들려주어야만 할 것이다.

(1) 마르크스가 결혼할 때 그 부인의 하녀로 따라와서 1890년에 죽을 때까지 그의 집에서 헌신적으로 일하였던 헬렌 데무트에게 마르크스는 평생 한푼의 급료도 주지 않고 부려먹었는데 이러한 사실은 어떻게 이해해야 하는가?

(2) 마르크스는 아내 몰래 헬렌과 간통하여 아이를 낳았는데 이러한 사실은 어떻게 이해해야 하는가?

(3) 마르크스는 헬렌이 낳은 아이가 자기의 자식이라는 사실을 체면 때문에 감추었으며 그 대신 엥겔스에게 '죄'를 뒤집어써달라고 부탁, 그의 승락을 받아냈는데 이러한 사실은 어떻게 이해해야 하는가?

(4) 마르크스는 헬렌이 낳은 자기 아이를 끝끝내 아는 체하지 않고 무시해 버렸는데 이러한 사실은 어떻게 이해해야 하는가?

(5) 마르크스는 자기의 세 딸이 모두 우수한 자질을 보여주었음에도 불구하고 그들이 교육 혹은 직업훈련을 받는 것을 허용하지 않았는데 이러한 사실은 어떻게 이해해야 하는가?

(6) 엥겔스가 열렬하게 사랑했던 매리 번즈라는 여성이 죽었을 때 엥겔스는 마르크스에게 슬픔으로 가득 찬 편지를 보내 그 소식을 알렸다. 그런데 마르크스는 엥겔스에게 보낸 답장에서 매리의 죽음에 대해서는 별 관심이 없다는 사실이 명백하게 드러나보이는 아주 간단한 말로 인사치레를 한 후 곧장 화제를 바꾸어 정말 자기가 하고 싶었던 이야기——돈이 필요하다는 이야기——를 길게 늘어놓았다. 마르크스의 이런 태도를 보고 엥겔스는 참으로 큰 충격을 받았다. 이때 두 사람은 거의 절교할 뻔했다. 이 사건에서 드러나는 마르크스의 인품은 어떤 것인가?

(8) 마르크스는 그 자신의 낭비벽 때문에, 엥겔스가 정기적으로 보내는 금액만으로는 늘 부족함을 느꼈다. 그래서 그는 엥겔스에게 재정적인 속임수를 써서 수입을 늘려보라고 권유하는가 하면, 엥겔스가 쓴 원고를 마르크스 자신의 이름으로 발표하고 자신이 원고료를 챙기기도 했다. 엥겔스가 하루종일 업무에 시달리고 밤까지 일을 해야 했던 시기에도 마르크스는 엥겔스에게 그 원고를 빨리 써 보내라고 독촉하는 것을 늦추지 않았다. 이런 행동에서 드러나는 마르크스의 인품은 어떤 것인가?

(9) 마르크스가 엥겔스에게 보낸 편지를 보면 라살레에 대하여 다음과 같이 말한 대목이 나온다 :「이제 난 알게 되었소, 머리 형태나 길게 기른 머리칼로 보아 그 녀석은 이집트에서 탈출한 모세를 따라

다닌 니그로의 자손이었다는 것을. 그렇지 않다면 할머니나 증조모가 니그로하고 살았다고 할 수 있을 거요. 니그로를 가운데 두고 유대인과 독일인이 붙는다면 보나마나 잡종이 태어나게 마련이지.」 이 문장은 마르크스가 자신의 논적을 욕할 때 자주 취했던 태도의 전형을 보여준다. 이런 태도로부터 우리가 감지해 낼 수 있는 마르크스의 인품은 어떤 것인가?

(10) 마르크스는 그의 저서 속에서 자신의 이론적 주장을 어거지로 정당화하기 위하여 분명한 객관적 사실 혹은 자료를 제멋대로 왜곡·변조하는 일을 예사로 행했는데, 학자적 양심이라는 측면에서 볼 때 이러한 그의 행동은 어떻게 평가될 수 있는가?

(11) 마르크스는 노동자 출신의 사회주의 운동가·사상가들과 사이가 나빴으며, 노동자들의 실태를 직접 조사·관찰하는 데에는 전혀 흥미를 갖지 않았다. 이런 그의 태도는 대단한 존경을 받을 자격이 있다고 간주되는 사회주의 운동가·사상가·학자에게 우리가 당연히 기대함 직한 태도와는 상당히 거리가 먼 것이라고 생각되지 않는가?

3

앞에서 이미 말했던 바와 같이 나는 〈구약성서〉에 나오는 야훼라는 신과 인간들 사이의 관계에 대한 이야기 및 그것과 관련해서 제기되고 있는 희생제의에 대한 이론을 정섭이 다분히 긍정적인 시선으로 바라보고 있는 데 대해서도 이견(異見)을 가지고 있다. 좀더 분명하게 표현하자면, 나는 이 문제에 대한 그의 시각이 엄청나게 잘못된 것이라고 생각한다. 그런데 내가 왜 그렇게 생각하는가를 제대로 밝히기 위해서는, 〈구약성서〉의 본문을 다양하게 인용해 가면서 긴 글을 쓰는 것이 필요할 터이다. 굳이 하려고 들자면 그것은 나에게 있어서는 지극히 쉬운 일이다. 하지만 지금 여기서 그 '쉬운' 일을 실제로 행하고 싶은 생각은 나에게 없다. 왜 그런가? 그 이유는 두 가지이다. 우선은, 이 글을 읽어볼 기회를 가지리라고 예상되는 이들 가운데에는 「섬」이라는 소설을 논하면서 내가 마르크스에 대한 자신의 견해를 개진하면 자못 강한 관심을 나타내지만 야훼 사상에 대한 나의 견해를 개진하면 「아, 나는 그런 문제엔 별 관심이 없어」 하면서 시선을 돌려버릴 사람이 대부분일 거라고 짐작되기 때문에 그렇다. 그 다음으로는, 〈구약성서〉에 나오는 야훼라는 신과 인간들 사이의 관계에 대한 이야기 및 그것과 관련해서 제기되고 있는 희생제의의 이론에 대하여 정섭이 택하고 있는 관점이 얼마나 잘못된 것인가를 독자들에게 일깨워줄 수 있는 텍스트는 굳이 내가 긴 글을 초하지 않더라도 우리 주변에서 별로 어렵지 않게 발견할 수 있기 때문에 그렇다(그런 텍스트에 해당하는 글을 가까운 데서 찾아본다면, 이 책 속에도 있다).

내가 이렇게만 이야기하고 이 글을 끝내버리면 아쉬움을 느낄 독자들이 전혀 없지도 않을 것 같아서, 몇 마디만 덧붙여두기로 한다. 내가 판단하기로는, 〈구약성서〉라는 텍스트와 관련해서 이 정섭이라는 인물이 위의 인용문에 나타난 바와 같은 얘기를 하고 있는 것을 보니, 그는 필시 〈구약성서〉를 제대로 읽지 않은 듯하다. 사실 그 점에 관해서라면 정섭이라는 인물을 크게 나무랄 것도 없을지 모른다. 우리나라의 기독교인들 가운데 대다수도 역시 〈구약성서〉를 제대로 읽지 않은 상태에서 독실한 신자로 자처하며 열심히 교회에 다니고 있는 형편이니까. 그렇다면, 〈구약성서〉를 제대로 읽었다는 소리를 듣기 위해서는, 그 텍스트를 어떤 식으로 읽어야 하는 것인가? 그 답은 간단하다. 다음과 같은 세 가지 조건만 충족시키면 〈구약성서〉를 '제대로'

읽었다는 소리를 들을 수 있다.

(1) 대중적으로 널리 알려져 있는 대목만 읽고 만다든지 〈구약성서〉의 텍스트를 슬슬 넘겨보다가 마음에 쏙 들어오는 구절만 골라서 읽고 만다든지 하는 따위의 편법을 취하지 않고, 「창세기」 1장 1절부터 「말라기」 4장 6절까지의 전문(全文)을 빠짐없이 읽는다.

(2) 야훼의 본성이나 희생제의의 본질을 제대로 파악하기 위해서는 「레위기」 「민수기」 「신명기」 세 편을 잘 알아두는 것이 필요하다는 사실을 알고 그 세 편을 특히 공들여서 여러 번 읽는다.

(3) 〈구약성서〉 텍스트의 기록 및 편집을 담당한 유대교 사제집단의 편협하고 독선적인 시각에 무턱대고 맹종하는 몰주체적 독법을 거부하고, 자유로운 시각을 확보한 상태에서 텍스트를 읽는다. 특히 유대인들이 승승장구하던 시절 그들로부터 잔인무도한 침략, 수탈, 박해를 당했던 여러 민족들의 구성원이라는 자리에 스스로를 놓고, 그런 사람들이 오늘날 살아서 이 텍스트를 읽는다면 과연 어떤 느낌을 가질 것인가 하는 점을 깊이 생각해 보면서 텍스트를 읽어나간다.

내가 알기로는, 우리나라의 기독교인들 중 (1)과 (2)의 조건만 충족시키고 있는 사람도 그렇게 흔하지 않다. 하물며 (3)의 조건까지 충족시키고 있는 사람은 거의 전무하다. 그러니만큼 위에서 내가 우리나라의 기독교인들 가운데 대다수도 역시 〈구약성서〉를 제대로 읽지 않은 상태에서 독실한 신자로 자처하며 열심히 교회에 다니고 있는 형편이라고 말한 것은 한치의 과장도 없는 진실이라고 자부할 수 있다.

〈어린 왕자〉가 정말 그렇게 대단한 작품인가?

프랑스 작가 앙트완느 드 생텍쥐페리가 1943년 4월에 발표한 동화
체의 소설 〈어린 왕자〉는 지난 수십 년 동안 이 나라의 청소년 독자들
로부터 대단한 인기를 누려왔다. 지금도 물론 그 인기에는 변함이 없
다. 이 책은 진지한 자세로 인생을 생각하고 삶의 지혜를 탐구하고자
하는 청소년들에게 권할 만한 필독서 목록의 최상위 그룹 열 편 안에
속하는 존재로 공인된 지 이미 오래다. 고종석 · 김병익 · 김현 · 법
정 · 조세희 등의 제일급 지성인들이 각기 자기 나름의 시각에서, 자
기 나름의 스타일로 〈어린 왕자〉를 찬양하는 글을 쓴 바 있는데 그 글
들 중 어느 하나도 명문이 아닌 것이 없다. 참고삼아 그중 고종석의
글과 김병익의 글 중에서 각각 한 대목씩만 인용해 보도록 하자.

솔직히 나는 스스로를 무슨 동심의 인간, 연대의 인간, 사랑의 인간
이라고 생각하지는 않지만, 그래도 이 텍스트는, 그 텍스트의 잠언들

은, 날 항상 들뜨게 해. 예컨대 「마음으로 보지 않으면 잘 볼 수 없어」 「사막이 아름다운 것은 그게 어딘가에 우물을 숨기고 있어서 그래」 「집이든, 별이든, 사막이든, 그것들을 아름답게 하는 것은 보이지 않는 어떤 것이야」 「가장 중요한 것은 눈에 보이지 않아」 등으로 이어지는 일종의 신비주의적 매니페스토라든가, 「네 장미를 그렇게 소중하게 만드는 것은 네가 그 장미를 위해 들인 시간이야. ……넌 네가 길들인 것에 대해 영원히 책임을 지게 되는 거야」 따위의 우애와 사랑의 계명 같은 것은 그것이 진부한 바로 그만큼 위력이 있는 어떤 세계 인식의 주문(呪文)처럼 들려. 나는 그래서 내가 띄엄띄엄이라도 읽을 수 있는 몇 개의 외국어로 이 얄팍한 텍스트를 되풀이 읽어왔어. 지난해 여름에는 이탈리아어판으로 읽었었어(고종석, 「생텍쥐페리, 행동으로 나아가는 페시미즘」, 〈고종석의 유럽통신〉, 문학동네, 1995, p. 108).

완벽한 순수함에서 방사되는 아름다운 상상력, 그것이 동반하는 아가페적 사랑, 그리고 그 모든 것들이 종국적으로 결론하는 허무함의 승화——들은 논리적인 분석이나 객관적인 논평을 하려는 당초의 의도를 무산시켜 버리는 것이다. 요컨대 〈어린 왕자〉는 인간이 내놓을 수 있는 책 중에 가장 순결하고 아름답고 비극적인 것의 하나다(김병익, 「허무주의적 낙관」, 김요섭 편, 《아동문학사상 제8집——쌩떽쥐뻬리 연구》, 보진재, 1973, p. 43).

위에 인용된 두 사람의 글은 모두 감동적이고 설득력 있는 것들이다. 그리고 이 글들이 발휘하고 있는 '감동을 주는 힘'과 설득력으로 미루어보건대, 〈어린 왕자〉라는 작품은 정말 대단한 작품임에 틀림없을 것 같다. 그리고 만일 이처럼 대단한 작품을 읽고서도 깊은 감명을 받지 못하는 사람이 있다면 그 사람은 감수성의 측면에서나 도덕성의 측면에서나 뭔가 문제가 있는 사람임에 틀림없을 것 같다.

그런데 참으로 유감스럽게도 나 자신이 바로 그런 부류에 드는 사람이다. 이 일을 어찌하면 좋을까?

나도 물론 〈어린 왕자〉 가운데 몇몇 부분은 상당한 매력을 지니고 있다는 사실을 인정하는 데 주저하고 싶지 않다. 하지만 그 정도의 사실을 인정해 주는 단계로부터 다시 몇 걸음을 더 나아가 위에 인용된 두 글의 필자들처럼, 혹은 김현이나 법정이나 조세희처럼 〈어린 왕자〉라는 작품 앞에다 열정 어린 찬탄의 말을 헌납하고 싶은 생각은 전혀 들지 않는다. 이 작품을 처음 읽어본 23년 전에도 그러했고 지금도 역시 그러하다. 그 많은 사람들 중 아무도 지적하지 않은, 그러나 나의 눈에는 분명하게 보이는 이 작품의 결함이 너무나 크고 심각하기 때문이다. 지금부터 그중의 몇 가지만 이야기해 보기로 한다.

(1) 나는 우선 이 작품이 페미니즘의 시각에서 볼 때 대단히 심각한 문제점을 드러내고 있다는 사실을 지적하지 않을 수 없다. 어린 왕자가 떠나온 별, 즉 소혹성 B 612호에 피어났던 장미꽃을 작가가 어떤 식으로 형상화하고 있는지 한번 자세히 읽어보라. 그리고 이 장미꽃은 여성 일반을 대표하는 존재로 설정되어 있음에 틀림없다는 사실을 상기하면서, 장미꽃이 등장하는 대목 전부를 다시 한번 찬찬히 읽어보라. 어린 왕자와 장미꽃의 관계가 어떤 식으로 설정되어 있는지 꼼꼼하게 살펴보라. 그러고 난 후에도 당신은 이 작품에 대해서 여전히 열정 어린 찬탄의 말을 바치고 싶은 생각이 날까?

(2) 〈어린 왕자〉 속에는 다음과 같은 대목이 들어 있다.

나는 어린 왕자가 살던 별이 소혹성 B 612호라고 믿을 만한 상당한
이유가 있다. 이 소혹성은 1909년에 터키 천문학자가 망원경으로 한
번 보았을 뿐이다. 이 천문학자는 그때 국제천문학회에서 자기발견
에 대한 굉장한 증명을 했었다. 그러나 그의 옷 때문에 아무도 그의
말을 믿지 않았었다. 어른들은 이렇게 생겨 먹었다.
B 612호 소혹성의 명성을 위해서는 다행한 일로 터키의 어떤 독재자
가 자기 국민에게 양복 입기를 명하고, 거역하는 자는 사형에 처한다
고 했다. 이 천문학자는 1920년에 멋있는 양복을 입고 증명을 다시
했다. 그랬더니 이번에는 모두들 그의 말을 믿었다(안응렬 역, 〈어린
왕자〉, 《아동문학사상 제8집 —— 쌩떽쥐뻬리 연구》, 보진재, 1973,
p. 81).

나는 프랑스를 비롯한 몇몇 제국주의 강대국의 여러 작가가 그들의
수많은 작품 속에서 끊임없이 되풀이해 보여주어 온 '반성 없는 제국
주의적 발상'에 대하여 특별히 민감한 반응을 보이지 않을 수 없는 한
사람의 반제국주의자(反帝國主義者)로서, 위에 인용된 대목이 노골
적으로 보여주는 '1920년의 터키'에 대한 작가의 부당한 조소와 폄하
를 그냥 지나칠 수 없다.
(3) 마찬가지 이유에서 나는 다음의 대목 중 괄호 속에 들어 있는
부분을 작가가 왜 굳이 집어넣었는가 하는 점을 곰곰 생각해 보지 않
고 그냥 지나갈 수가 없다.

지구는 시시한 별이 아니다. 거기에는 임금이 백열한 명(물론 흑인

임금님까지 쳐서 말이다), 지리학자가 7천 명, 상인이 90만 명, 7백
50만 명의 주정뱅이, 3억 1천1백만 명의 허영쟁이, 즉 20억 가량 되
는 어른들이 살고 있다(p. 120).

(4) 지금까지 얘기한 몇 가지 사항만으로도 나로 하여금 〈어린 왕자〉
를 찬탄의 대상으로 삼는 것을 거부하도록 만들기에는 충분하다. 하
지만 사실 나는 이 밖에도 몇 가지 이유를 더 열거할 수 있다. 그중에
서 가장 중요한 것은 이 작품의 처음부터 끝까지를 일관되게 지배하
고 있는 '어른들의 타락/어린 왕자의 순수성' 이라는 극단적 대립구도
에 대해서도, 또 그러한 대립구도에 기초하여 제기되고 있는 '타락한
어른들' 을 향한 강경한 비난의 말들에 대해서도, 나로서는 긍정의 시
선을 보낼 수 없다는 점이다. 문제의 초점을 선명하게 하기 위해 〈어
린 왕자〉의 본문 중에서 방금 내가 말한 바와 같은 면모를 전형적으로
보여주는 예들을 몇 개 제시해 두고 나서 이야기를 계속하기로 한다.

어른들은 나보고 속이 보이고 안 보이고 하는 보아 구렁이 그림은 집
어치우고, 차라리 지리, 역사, 산수, 문법에 취미를 붙이는 것이 좋을
게라고 했다. ……어른들은 혼자서는 아무것도 이해하지 못한다. 그
러니 언제나 언제나 그분들에게 설명을 해준다는 것은 어린이들에게
는 힘이 드는 노릇이다(p. 72).

'어린 왕자가 몹시 예뻤고, 웃었고, 양을 가지고 싶어했고 한 것이
그가 있은 증거가 된다. 누가 양을 가지고 싶어하면 그 사람이 있는
증거가 된다' 고 어른들에게 말하면, 그분들은 어깨를 들먹하며 우리
를 아이로 취급할 것이다. 그러나 '그가 떠나온 별이 B 612호 소혹

성이라' 고 하면 그분들은 우리 말을 알아들을 것이고, 또 여러 가지 질문으로 귀찮게 굴지도 않을 것이다. 어른들은 그렇게 되어먹었다. 그것을 가지고 그분들을 나쁘게 생각해서는 못쓴다. 어린이들은 어른들에게 아주 너그러워야 한다(p. 82).

그는 참으로 성이 잔뜩 나 있었다.
그는 샛노란 금발을 바람에 휘날리고 있었다.
「나는 어떤 얼굴 시뻘건 양반이 살구 있는 별을 하나 알구 있어. 그이는 꽃 향기를 맡아본 일두 없구, 더하기밖에는 아무것도 한 일이 없어. 그리고 온종일 아저씨처럼, 나는 착실한 사람이다! 나는 착실한 사람이다! 하구 뇌이구 있어. 그리구 이것 때문에 잔뜩 교만을 부리고 있어. 그렇지만 그건 사람이 아니야, 버섯이야!」
「뭐라구?」
「버섯이란 말이야!」
어린 왕자는 이제는 성으로 해서 얼굴이 하얗게 질려 있었다(p. 91).

〈어린 왕자〉를 향해 찬탄의 언어를 헌납하는 사람들은 위에 든 예문들에서 전형적으로 나타나고 있는바, 어른들의 타락/어린 왕자의 순수성이라는 극단적 대립구도에 대해서나, 그러한 대립구도에 기초하여 제기되고 있는 타락한 어른들을 향한 비난의 말에 대해서나 전폭적으로 동의하는 태도를 취하는 데 예외가 없다. 그렇게 함으로써 그들은 그들 자신이 저 타락한 어른들에 속하지 않으며 어린 왕자의 '순수성' 을 공유하는 존재라는 보증을 얻었다고 생각하는지도 모르겠다. 하지만 나는 다음과 같은 몇 가지 이유에서 그들과 견해를 달리한다.
　(가) '타락/순수성' 이라는 대립구도나, 그러한 대립구도에 기초하

여 제기되는 타락한 자들을 향한 비난은 모두 지극히 상투적인 것에 불과하다.

　(나) 그것들은 또한 유치한 것이기도 하다(이러한 지적에 대해서는, 〈어린 왕자〉라는 작품 자체가 본래 동화적 상상력을 바탕으로 삼고 있는 게 아니냐, 그런데 동화적 상상력에 있어서는 유치하게 보인다는 사실이 반드시 결점으로 간주될 수 없는 게 아니냐, 그렇다면 유치하다는 말로써 〈어린 왕자〉의 어떤 측면을 공격하는 것은 잘못이 아니냐라는 반론이 나올 수 있다. 하지만 나는 그러한 반론에는 설득력이 없다고 생각한다. 아무리 〈어린 왕자〉가 동화적 상상력을 바탕으로 삼고 있다 하더라도 그것은 아동들을 독자로 상정하고 있는 진짜 ‘동화’ 는 분명 아니다. 〈어린 왕자〉는 표면상 동화에 가까운 양상을 띠고 있지만 실제에 있어서는 이미 아동기를 벗어나 어느 정도의 성숙에 이른 독자들을 대상으로 해서 씌어진 작품이다. 그런데 유치하게 보인다는 사실이 반드시 결점으로 간주될 필요가 없는 경우는 어디까지나 진짜 동화의 경우로 한정된다. 그러니만큼 진짜 동화를 평가할 때 사용되는 기준을 이 작품에 그대로 적용하여 「유치하게 보인다는 것이 반드시 결점으로 간주될 수는 없는 게 아니냐」 운운의 말을 하는 것은 전적으로 잘못된 처사이다).

　(다) 그것들은 상투적이고 유치한 것일 뿐 아니라 유해(有害)한 것이기도 하다. 그것들은 인간의 삶을 풍요롭고 건전한 것으로 만드는 데 반드시 필요하며 또 그것 자체로서도 분명히 소중한 가치를 지니고 있는 몇 가지 자질들을 ‘타락’ 운운의 규정으로써 부당하게 매도하는가 하면 분명 어느 정도의 유용성과 가치를 지니고 있기는 하지만 그렇게까지 높이 평가될 이유가 없는 또다른 몇 가지 자질들을 ‘순수성’ 운운의 규정으로 지나치게 미화·과장함으로써, 이 작품에 심취

한 많은 독자들로 하여금 삶에 대한 균형 있는 안목을 갖지 못하도록 만들 가능성을 크게 가지고 있다.

(라) 위에 든 세 개의 예문들 중 앞의 두 예문에서 공통적으로 나타나는 바와 같이 '타락/순수성'의 대립구도를 대표하는 존재로 '어른들 일반/어린이들 일반'을 즐겨 부각시켜 보이는 작가의 태도도 나에게는 거부감을 준다. 타락/순수성의 대립구도가 지니고 있는 상투성·유치함·유해함은 그 대립구도가 '어른들 일반=타락' '어린이들 일반=순수성'이라는 두 개의 상투적이고 유치하며 유해한 등식과 결합될 때, 다시 그 원래의 몇 배씩으로 증폭되지 않을 수 없다.

이 글의 첫 부분에서 이야기했던 것처럼 〈어린 왕자〉는 우리나라에서 오래 전부터 대단한 인기를 누려왔고 또 많은 권위 있는 사람들로부터 찬탄의 글을 헌납받은 바 있는 작품이다. 그러나 이 작품을 읽어본 독자들 가운데에는 이 유명한 작품으로부터 별다른 감명을 받지 못한 사람들도 분명 적지 않게 있을 것이다. 그런데 이 작품의 명성이 너무나 대단하기 때문에 그러한 사람들 중의 적어도 일부는 「나는 왜 이토록 유명한 작품으로부터 별다른 감명을 받을 수가 없는 걸까? 나는 감수성의 측면에서나 도덕성의 측면에서나 아무래도 뭔가 문제가 있는 모양이구나」하고 생각하면서 공연히 주눅이 드는 것을 경험하지 않을 수 없었으리라. 그러한 경험을 가진 사람들에게 나의 이 짧은 글이 위안과 격려의 언어로 다가갈 수 있기를 나는 바란다.

나는 처음부터 리영희의 문화혁명관에
현혹되지 않았다

내가 아직 젊은 대학생이었던 시절에 써서 혼자 읽어보고 서랍 속
에 넣어두었다가 그만 잃어버린 여러 편의 글들 중 지금도 무척 아깝
게 생각하는 것이 하나 있다. 그 당시 의식 있는 젊은이의 필독서 제
1호로 떠받들어졌던 리영희의 〈전환시대의 논리〉(창작과비평사,
1974)를 읽고 쓴 독후감이 그것이다. 그 글에서 나는 리영희가 중국
의 문화혁명을 자못 긍정적으로 평가하고 있는 데 대하여——중국의
문화혁명을 거론하는 과정에서 리영희가 실제로 사용한 표현들은 상
당히 조심스러운 것이었지만 그 조심스러운 표현들의 배후에서 문화
혁명에 대한 그의 열렬한 애정을 읽어내는 것은 어떤 독자에게 있어서
나 지극히 쉬운 일이었다——'진정한 자유와 관용과 다양성을 사랑하
는 정신'의 이름으로 신랄한 비판을 가했었다. 〈전환시대의 논리〉를
읽어본 대부분의 주위 사람들이 그 저자의 주장에 현혹되어 새로운
개안(開眼) 혹은 각성의 감동을 피력하고 있을 때에 나는 감히 그 저

자의 논리를 정면으로 비판하고 나섰던 것이니, 지금 생각해도 그것
은 참으로 예외적인 이단자의 행동이 아닐 수 없었다. 하지만 나에게
는 내 주위의 어느 누구가 무슨 소리를 하더라도 옳은 것은 그들이 아
니라 나라고 하는 확신이 있었다. 그리고 이러한 나의 확신은 그로부
터 약 15년의 세월이 흐른 후 문화혁명의 자세한 실상이 우리나라의
많은 사람들에게 소상히 알려지면서 객관적으로도 그 정당성을 인정
받을 수 있게 된 셈이다.

　리영희가 〈전환시대의 논리〉에 이어 두 번째로 낸 저서의 제목은
〈우상과 이성〉(한길사, 1977)이었다. 그가 자기 저서의 제목을 이렇
게 붙인 것은 말할 나위도 없이 리영희 자신이야말로 참다운 이성의
대변자이며 거짓 우상에 도전하여 그 권위를 파괴하는 자라는 확신에
서였으리라.
　이 책을 보면 중국의 문화혁명에 대한 그의 열렬한 애정은 〈전환시
대의 논리〉에서보다도 좀더 분명한 표현을 얻고 있거니와, 이 책이
나왔을 당시 나는 이 책을 읽어보면서 다음과 같은 생각을 했다 :「나
는 이 리영희라는 사람의 견해 중 많은 부분에 대하여 단호히 반대하
지 않을 수 없다. 중국의 문화혁명에 대한 그의 찬양은 물론이요, 동
독의 공산정권에 대한 그의 옹호, 소련의 한계는 중국과 같은 문화혁
명을 수행하지 못한 데 있다는 그의 주장 따위를 나는 단 하나도 받
아들일 수 없는 것이다. 내가 보기에 리영희의 이런 모든 견해들은
바로 이 리영희라는 사람이야말로 한 사람의 어리석은 우상숭배자라
는 사실을 입증해 주는 것으로 여겨진다. 그러니까 이 책의 많은 부
분에 있어서 우상이라는 말과 이성이라는 말 모두는, 리영희가 이 책
의 제목을 붙이면서 생각했던 것과는 정반대의 자리에 놓이는 것으

로 파악되어야 마땅하다.」

〈전환시대의 논리〉 및 〈우상과 이성〉에 나타나 있는 리영희의 문화
혁명관을 어떻게 평가할 것인가 하는 문제에서 이미 뚜렷하게 드러났
던 나의 이단자적 위치는 그후 리영희식의 세계관·정치관·역사관이
우리나라의 지식인 사회를 압도적인 힘으로 장악하게 되면서 더욱 움
직일 수 없는 것으로 굳어지게 되었다. 그러나 나는 〈전환시대의 논리〉
에 대한 독후감을 쓰던 당시에 내가 지녔던 확신, 즉 내 주위의 어느
누구가 무슨 소리를 하더라도 옳은 것은 그들이 아니라 나라고 하는
확신을 줄기차게 유지하였다. 그 확신의 힘으로 나는 내가 그 독후감
을 쓴 후의 20년 동안 계속해서 이 나라의 지식인 사회를 지배한 자칭
진보주의의 탁류를 헤쳐나왔다.

리영희가 〈전환시대의 논리〉에서 처음으로 제시하고 〈우상과 이성〉
에서 더욱 분명한 어조로 피력했던 문화혁명 긍정론에 내가 조금도
현혹되지 않을 수 있었던 까닭은 무엇일까? 이 물음에 대한 답은 여
러 가지로 제시될 수 있다. 하지만 그 여러 가지 답 중에서 제일 중요
한 것 하나만을 제시하라고 한다면 그 답은 다음과 같은 것이 될 수밖
에 없다 :「당시 리영희는 40대의 어른이었고 나는 아직 어린 대학생
에 불과했지만, 그럼에도 불구하고 리영희보다는 내가 인간이라는 혼
란스럽고 모순된 존재의 실상을 훨씬 더 냉철하고 정확하게 파악하고
있었다.」

소련·동유럽 사회주의체제의 붕괴를 보고서
충격을 받았다고?

1980년대 말에서 1990년대 초까지에 걸친 수년 동안에 세계의 역사는 거대한 지각변동을 겪었다. 그 변동의 요체는 「소련 및 동유럽 사회주의체제의 전반적 붕괴」였다. 사회주의체제의 종주국인 소련이 바로 그 사회주의에 등을 돌리더니 급기야는 소련이라는 나라 자체가 해체되었다. 폴란드에서도, 체코에서도, 헝가리에서도, 유고슬라비아에서도, 루마니아에서도, 불가리아에서도 사회주의의 일당독재 시대는 종말을 고하였다. 동독에서도 같은 방향으로 사태가 진행되어 가더니 결국 서독이 동독을 흡수하는 형태로 독일의 통일이 이루어졌다.

그런데 이런 식으로 세계사의 거대한 지각변동이 전개되어 가자 다음과 같은 외침을 토해내는 사람들이 다른 곳 아닌 우리 한국의 지식인 사회 속에서 잇따라 나타났다.

「나는 소련 및 동유럽 사회주의체제의 전반적 붕괴를 목격하면서 엄청난 충격을 받았다. 나는 이 한국 사회를 소련 및 동유럽 사회주의 체제와 같거나 비슷한 모습으로 바꾸는 것이야말로 이 한국 사회를 어둠으로부터 건져내는 길이라고 굳게 믿고 있었기 때문이다. 말하자면 소련 및 동유럽의 사회주의체제는 나에게 있어서는 하나의 소중한 전범(典範)이었던 것이다. 나는 한국 사회를 그 전범과 같거나 비슷한 모습으로 바꾸기 위해 싸우는 투쟁의 대열 속에서 내 삶의 전부를 바칠 각오도 하고 있었다. 그런데 바로 그 전범이 저토록 허망하게 무너져내리다니! 이럴 수가 있는가.

여기서 나를 충격 속에 빠뜨린 것은 일차적으로는 물론 그 전범이 그토록 허망하게 무너져내렸다는 사실 그 자체이다. 하지만 그와 더불어, 이러한 무너짐의 과정 속에서 처음으로 내 눈앞에 드러난 그 전범의 실상(實像) 또한 나를 커다란 충격의 소용돌이 속으로 몰아넣기에 부족함이 없었다. 그 동안 내가 미처 모르고 지내왔던 그 전범의 내면적인 실상은 상상외로 추악한 면모를 지니고 있었기 때문이다. 이렇게도 추악한 면모를 지닌 존재를 전범으로 삼아왔으니, 나는 얼마나 어리석은 존재였던가.」

대충 이상과 같은 요지의 외침을 토해내는 사람들이 다른 곳 아닌 우리 한국의 지식인 사회 속에서 잇따라 나타났기 때문에, 한국의 지식인 사회 속에 몸을 담고 있는 한 인간으로서 나는 그러한 발언을 담고 있는 글들과 만나는 체험을 어지간히 자주 반복해서 겪지 않을 수 없었다. 그런데 이런 체험을 겪을 때마다 나는 그 발언의 주인공에게 다음과 같은 몇 가지 질문을 던지고 싶은 충동에 사로잡히곤 했다.

──리처드 크로스먼이 편집한 〈실패한 신(The God that Failed)〉

이라는 책이 있습니다. 일찍이 소련 및 동유럽의 사회주의체제에 대해서 애정을 느끼고 접근해 갔다가 그 추악한 실상을 알고 나자 그만 깊은 환멸에 사로잡혀 등을 돌린 체험을 공유한 여섯 사람의 일급 지식인이 자신의 그러한 체험을 고백한 글들을 모은 책입니다. 그중 네 사람——아서 케스틀러·이냐치오 실로네·앙드레 지드·스티븐 스펜더——의 기록은 〈깨어진 꿈〉이라는 제목으로 아주 오래 전에 번역되어 나왔습니다. 당신들은 1980년대 말 이전에 이 책을 읽어보지 못하였습니까? 읽어보고 가슴속에 절절하게 울려오는 진실의 목소리를 듣지 못하였습니까? 그 따위 악랄한 반공주의의 선전 책자 따위는 읽어볼 필요가 없다고 생각해서 처음부터 외면하였습니까? 일단 한번 읽어보기는 했지만 읽고 나서는 당장 「이따위 악랄한 반공주의의 선전 책자 따위를 누가 믿어?」 하고 중얼거리며 그 책을 쓰레기통에 던지고 말았습니까?

——솔제니친이 쓴 〈수용소군도〉라는 책을 당신들은 1980년대 말 이전에 읽어보지 못하였습니까? 읽어보고 가슴속에 절절하게 울려오는 진실의 목소리를 듣지 못하였습니까? 그따위 악랄한 반공주의의 선전 책자 따위는 읽어볼 필요가 없다고 생각해서 처음부터 외면하였습니까? 일단 한번 읽어보기는 했지만 읽고 나서는 당장 「이따위 악랄한 반공주의의 선전 책자 따위를 누가 믿어?」 하고 중얼거리며 그 책을 쓰레기통에 던지고 말았습니까?

——당신들은 스탈린이 행한 지노비에프·카메네프 숙청, 부하린 숙청, 농민 대학살 등등의 진상에 대해서, 혹은 스탈린의 소련군이 제2차 세계대전 초기 폴란드의 군인들을 상대로 해서 저지른 이른바 카친 숲 학살 사건의 진상에 대해서 1980년대 말 이전에는 전혀 한마디도 들은 바가 없었습니까? 들은 바가 있기는 했지만 「악랄한 반공주

의자들의 그런 선전술에 누가 속아넘어간대?」하면서 웃어넘기고 말
았던 것입니까?

　—1968년의 체코 사태 때 당신은 어느 정도만큼이라도 성숙한 사
고를 행할 수 있는 나이였습니까? 그런 나이였다면 그때 당신은 구체
적으로 무슨 생각을 했었습니까? 체코라는 소중한 전범이 자칫하면
무너질 뻔했는데 소련군의 탱크가 프라하를 쓸어버리고 시민들을 학
살한 결과 그 전범이 파탄 일보 직전에서 구출받게 되었으니「정말 다
행이다, 아이구 큰일날 뻔했지」하면서 놀란 가슴을 진정시켰었습니
까?

　—1980년대 말 이전, 베를린 장벽을 넘어서 서방세계로 가려다가
동독 경비병들의 총을 맞고 죽은 동독 사람들의 이야기가 보도될 때
마다 당신들은 무슨 생각을 했습니까?「이런 악랄한 반공주의자들의
선전술에 누가 속아넘어간대?」하고 생각했습니까?「전범의 나라를
버리고 사악한 자본주의의 땅으로 가려 들다니, 한마디로 평하자면
그야말로 죽어 마땅한 인간들이로군!」하고 생각했습니까?

　—레흐 바웬사가 자유노조 운동을 전개하고 있을 때 당신들은 그
를 과연 어떻게 평가했습니까? 전범의 나라에 공연히 흠집을 내려고
드는 나쁜 놈이라고 평가했습니까?

　—아나톨리 리바코프가 쓴 〈아르바트의 아이들〉이 우리말로 번역
된 것은 1988년의 일이었습니다. 당신들은 그 소설이 번역 출간된 직
후에 그것을 구해 읽어보았습니까? 읽어보았다면 읽고 나서 대체 무
슨 생각을 했습니까? 그 책은 사회주의의 소중한 전범을 악랄한 필치
로 모욕한 작품이라더라, 하는 소문을 듣고 그런 해로운 책은 아예 나
의 서재 근방에도 오지 못하게 하겠다, 하고 결심했었습니까?

진정한 양식(良識)과 이성과 자유혼을 지닌 지식인이라면 위에 열거된 질문들 중 단순한 사실관계의 확인을 목표로 하는 것——예를 들면「1968년의 체코 사태 때 당신은 어느 정도만큼이라도 성숙한 사고를 행할 수 있는 나이였습니까?」같은 것——을 제외한 나머지 질문 모두에 대해서「아니오, 나는 그러지 않았습니다」라고——첫번째 질문의 경우를 예로 들어서 적어보자면, 「아니오, 나는 그 책을 읽어보았습니다. 아니오, 나는 진실의 목소리를 들었습니다. 아니오, 나는 외면하지 않았습니다. 아니오, 나는 그 책을 쓰레기통에 던지지 않았습니다」라는 식으로——대답할 수 있어야 할 것이다. 여기에는 의심의 여지가 없다.

그런데 이와 같은 나머지 질문들 모두에 대해서「아니오, 나는 그러지 않았습니다」라고 말할 수 있는 사람이라면, 1980년대 말에서 1990년대 초에 걸쳐 소련 및 동유럽의 사회주의체제가 붕괴되었을 때에「나는 소련 및 동유럽 사회주의체제의 전반적 붕괴를 목격하면서 엄청난 충격을 받았다……」운운의 외침을 토해낼 필요를 느끼게 되었을 리가 없다. 1980년대 말 이전에 이미 〈깨어진 꿈〉을 읽어보았는데, 그 책을 읽고 가슴속에 절절하게 울려오는 진실의 목소리를 들었는데, 그 진실의 목소리를 외면하지 않았는데, 그 책을 쓰레기통에 던지지 않았는데, 그리고 두 번째 이하의 질문들과 관련해서도 역시 일관되게 동일한 맥락의 얘기가 성립되는데, 대체 무엇 때문에 그가「나는 소련 및 동유럽 사회주의체제의 전반적 붕괴를 목격하면서 엄청난 충격을 받았다……」운운의 외침을 토해내고자 하는 욕망에 사로잡히게 될 것인가? 대체 무엇 때문에?

우리를 충격과 전율 속으로 몰아넣는 책
─ 진 P. 새슨의 〈베일〉

우리들을 말할 수 없는 충격과 전율 속으로 몰아넣는 책이 있다. 〈베일〉[1] 이 바로 그러한 책이다. 우리들이 이제까지 전혀 몰랐던 세계에 대하여 눈뜨고 그럼으로써 신선한 발견의 기쁨을 누릴 수 있도록 이끌어주는 책이 있다. 〈베일〉이 바로 그러한 책이다. 우리들이 사회와 역사와 종교의 근원적인 의미를 새로이 따져 묻고 그러한 과정을 통해 보다 깊어진 존재로 거듭날 수 있도록 고무해 주는 책이 있다. 〈베일〉이 바로 그러한 책이다.

「당신은 사우디아라비아라는 나라에 대하여 과연 무엇을 알고 있습니까?」라는 질문을 받았을 경우, 우리들 가운데 대다수가 내놓을 수

---

1) 이 책의 원제는 〈Princess : A True Story of Life behind the Veil in Saudi Arabia〉이다(정성호 역, 대정진, 1992).

있는 대답은 지극히 막연하고 피상적인 데서 그칠 것이다. 기껏해야 사막·석유·이슬람교·걸프전 등등의 낱말을 중심으로 해서 엉성하게 얽어진 몇 마디 구름잡는 얘기가 고작이 아닐까. 이런 수준에 머물러 있는 우리들에게, 이 책은 하나의 기습으로 다가온다.

사우디아라비아 왕가의 한 공주가 구술한 내용을 활자로 옮겨놓은 이 책은 우리를 그 구름잡는 얘기의 공간에서 끌어내어, 살아 있는 사우디아라비아 여성들의 피와 땀과 눈물이 질펀하게 깔려 있는 현장의 한복판으로 데려간다. 그런데 이 현장의 한복판에서 맞닥뜨린 그네들의 삶이 너무나도 충격적이고 전율스러운 것이기에 우리는 한동안 숨을 멈출 수밖에 없다.

우리는 이 책을 읽으면서, 사우디아라비아의 여성들에 대한 동정의 염이 마음속 깊은 곳에서부터 솟아나는 것을 느끼고 울지 않을 수 없으며, 대대로 그네들을 처참한 어둠의 밑바닥에 가두어온 가부장제의 폭력에 대한 분노로 온몸을 떨지 않을 수 없다. 그러면서 우리는 이처럼 수많은 사람들에게 부당하고도 무의미한 희생을 강요해 온 것이 어떤 개인적 수준에서의 악의가 아니라 보다 거시적인 구조의 차원에서 해명되어야 할 모순임을 인식하면서 사회와 역사의 차원에로 새삼 날카로운 비판과 성찰의 눈길을 집중시키지 않을 수 없다. 또 한편으로는, 이런 거대한 모순을 끈질기게 지속시켜 온 가장 큰 힘 가운데 하나가 「그것은 신의 뜻이다」라는 논리였음에 주목하면서 종교의 이데올로기적 기능과 관련된 문제로 새삼 치열한 탐색과 고뇌의 불빛을 쏟아 붓지 않을 수 없다. 이런 점으로 본다면 이 책 〈베일〉은 우리들에게는 참으로 고마운 계몽의 텍스트가 되어준다고 할 수도 있으리라. 그러나 이 책 전체를 메우고 있는 저 피와 땀과 눈물의 무게 앞에서 우리가 느끼는 고마움이란 얼마나 참담한 역설이 되는 것일까.

  마지막으로 우리는 자신의 모든 것을 빼앗겨버릴 위험을 무릅쓰면서 이 책의 내용을 구술한 사우디아라비아의 공주에게 진심으로부터의 경의를 표하지 않을 수 없다. 인류의 역사에 혹시라도 진보라는 것이 존재한다면 그 밑바탕에는 이런 사람들의 고귀한 투쟁이 가장 큰 원동력의 하나로 깔려 있는 것이리라. 우리가 이 책을 접으면서 그래도 어떤 희망을 간직할 수 있다면 그중 일부는 바로 이런 사실에 대한 인식에서 연유할 것이다.

뒤렌마트의 재미있는 소설 〈법〉

　내가 프리드리히 뒤렌마트의 대표적인 희곡 〈로물루스 대제(大帝)〉(1948), 〈노부인의 방문〉(1955), 〈미시시피씨의 결혼〉(1956) 등을 읽은 것은 지금으로부터 20년 전의 일이다. 당시에 그 몇 편의 희곡들이 나에게 던져준 감명은 참으로 큰 것이었다. 인간의 본성 한가운데 똬리를 틀고 있는 악과 거짓과 폭력에 대한 냉엄한 통찰, 인류의 역사 전체를 도마 위에 올려놓고 화려한 가식 아래에 숨어 있는 그것의 어두운 실체를 파헤쳐보는 발상의 대담성, 부단히 독자의 의표를 찌르며 감탄을 불러일으키는 흥미 만점의 극작술 등등이 모두 나에게는 인상 깊은 것으로 다가왔으며, 전망이 보이지 않는 시대에는 영웅을 등장시키지 않는 희극이 비극보다 더 높은 정도의 적합성을 갖기 때문에 자기는 희극만을 쓰노라고 한 그의 발언 역시 나의 마음속으로부터 깊은 공감의 울림을 불러일으키기에 부족함이 없었던 것이다.

당시에 내가 커다란 감명과 더불어 읽었던 그 세 편의 희곡들 가운데서도 가장 강렬하게 나의 마음을 움직인 것을 들라면 〈로물루스 대제〉를 꼽아야 할 것이다. 서로마제국의 마지막 황제를 주인공으로 등장시킨 이 작품에서 뒤렌마트는 세계사 위에 찬연히 빛나는 로마제국의 영광이라는 것이 따지고 보면 헤아릴 수 없이 많은 침략과 학살과 착취에 의해서만 가능했던 것임을 신랄하게 지적한다. 이 작품 속에 등장하는 서로마의 마지막 황제 로물루스는 바로 이러한 로마의 영광을 심판하고 그것에 종지부를 찍기 위하여 제위에 올랐으며 '아무것도 하지 않는 정치'를 통하여 마침내 그 뜻을 이룬 인물로 그려진다. 그러나 로마가 멸망한 것은 잘된 일이로되, 앞으로의 세계사 속에서 또다른 로마의 영광을 지향하는 유혈의 드라마가 연이어 전개되는 것을 막을 도리까지는 없는 것이기에, 로마의 멸망이 주는 안도감 위에는 다시 짙은 우수의 그림자가 깔리지 않을 수가 없다……. 대충 이상과 같은 설명으로 요약될 수 있는 〈로물루스 대제〉를 읽으면서 나는 세계사 전체를 하나로 꿰뚫어 파악하는 가장 의미 있는 시각의 하나를 그것으로부터 찾아낼 수 있었고 근대 서양의 세계 제패를 비판적으로 이해하게끔 이끌어주는 훌륭한 조언자를 또한 그것으로부터 찾아낼 수 있었기에 그 작품은 나에게 있어서 정말 오래도록 지워지지 않는 감명의 원천으로 남게 되었던 셈이다.

20년 전에 이루어졌던 뒤렌마트와 나의 만남이 나에게 있어서는 이처럼 인상적이고 유익한 것으로 남았기에, 이번에 새로 번역된 그의 장편소설 〈법〉(김인순 역, 솔, 1995, 원작은 1985)을 읽기 시작한 순간에 나의 마음을 가득 채웠던 것은, 당연히, 그때와 같은 수준의 감동을 다시 한번 느낄 수 있으리라는 기대감이었다. 그리고 실제로 〈법〉을 읽어가는 과정에서 이러한 나의 기대감은 〈노부인의 방문〉이나

〈미시시피씨의 결혼〉을 기준으로 해서 생각해 본다면, 조금도 어긋나지 않고 훌륭하게 충족된 셈이다. 다시 말하자면, 〈로물루스 대제〉를 읽었던 당시처럼 일순간에 눈앞이 활짝 열리는 듯한 감격을 맛보지는 못하였으나, 다른 두 편의 희곡을 읽었던 당시에 느꼈던 정도의 감명에 비한다면 조금도 모자라지 않는 수준의 감명을 나는 이번에 느낄 수 있었다는 이야기다. 그러면 〈법〉이라는 소설이 과연 어떤 면모를 지닌 작품이기에 이러한 결과가 가능했던가?

〈법〉의 줄거리를 간단히 요약하면 이렇다. 주 참의원 콜러가 대낮의 식당에서 대학교수 빈터를 쏴 죽이고 체포된다. 마침 그 식당에 식사를 하러 왔던 현직 시경국장을 포함한 많은 사람들이 그 현장을 목격한다. 그런데 콜러는 일심에서는 유죄선고를 받지만, 항소심에서는 그 자신과 유명한 변호사 로이펀이 공동으로 편 기묘한 논리가 그대로 먹혀들어간 결과 무죄선고를 받고 풀려난다. 그 논리에 따르면 콜러가 빈터를 죽였음을 증명하는 아무런 물증도 없고, 콜러에게는 살해동기도 없으며, 사건 당시 식당에 있었던 사람들의 증언은 각양각색이어서 증거능력이 없다는 것이었다. 콜러 대신 벤노 박사가 누명을 뒤집어쓰며, 이에 견디다 못한 벤노는 자살하고 만다. 처음에 콜러로부터 변호 의뢰를 받고 작업을 진행하다가 나중에 물러났던 소장변호사 슈패트는 이러한 사태를 보고 분노를 느껴 콜러를 살해하기로 결심하지만 그것은 성공하지 못한다. 근 30년의 세월이 흐른 후, 슈패트가 당시의 경과를 적어놓은 기록이 시경국장을 거쳐 한 작가에게 전해진다. 작가가 그 뒷이야기를 추적해 본 결과, 베일에 감춰져 왔던 의외의 진상이 드러난다(이 다음의 내용은 장차 이 책을 읽게 될 독자들을 위하여 생략하기로 하자).

위에서 대충 요약해 본 줄거리만으로도 능히 짐작할 수 있듯이, 〈법〉

이라는 소설은 현실세계에서 일어나기는 도무지 불가능한 극단적인 상황을 전개해 보이고 있다. 하지만 그처럼 도무지 발생불가능한 상황을 작품 속에서 실제로 전개시켜 나가는 과정에서의 구체적인 서술은 어디까지나 진지하고 치밀하기만 하다. 그렇기 때문에 이 작품을 읽는 독자들은 환상과 현실이 기묘한 방식으로 조합된 공간 속에 빠져들어와 헤매는 듯한 느낌을 갖게 되는데, 따지고 보면 이러한 느낌은 뒤렌마트의 희곡들에서 자주 경험할 수 있었던 것과 기본적으로는 같은 종류의 느낌에 다름아니라고 말할 수 있다.

하지만 희곡장르와 소설장르 사이에 가로놓여 있는 근본적인 차이 ——희곡장르의 작품들이 대부분 전진적 모티프, 즉 줄거리를 빠르게 앞으로 밀고 나가는 모티프로 이루어져 있는 반면 소설장르의 작품들에서는 후퇴적 모티프, 즉 줄거리를 그 목표지점에서 멀어지게 만드는 모티프의 비중이 자못 크다고 하는 차이——가 작용한 결과로, 〈법〉을 읽으면서 우리가 받게 되는 헤매는 듯한 느낌의 강도는, 그의 여러 희곡들을 읽으면서 받게 되는 느낌의 강도보다 훨씬 더 큰 것이 될 수밖에 없다. 그러니만큼 〈법〉은 뒤렌마트의 여러 희곡을 읽을 때와 같은 수준의 속독을 독자들에게 허용하지 않는다. 독자들은 그의 여러 희곡들을 읽을 때와는 전혀 달리, 아주 힘들게 더듬거리면서, 앞이 잘 보이지 않는 언어의 숲을 느릿느릿 헤쳐나갈 수밖에 없는 것이다. 그러나 이와 같은 독서의 과정이 반드시 고통스럽기만 한 것은 아니다. 방황과 답보 속에서만 얻을 수 있는 특이한 종류의 기쁨—— 독자의 상상력과 창조적 사고력이 활발하게 움직일 수 있는 공간이 극도로 넓어진 결과로 발생하는 자못 뜻있는 성격의 기쁨—— 도 거기에는 풍부하게 존재하는 것이다.

그러면 〈법〉이라는 소설을 앞에 놓고 독자들이 그들 자신의 상상력과 창조적 사고력을 활발하게 작동시킨 끝에 궁극적으로 얻을 수 있는 깨달음은 어떤 것일까. 이 물음에 대해서는 물론 단일한 답이 허용되지 않을 것이다. 여기서는 이 물음과 관련하여 한가지 사항만을 생각해 보기로 한다. 중인환시리에 사람을 죽인 콜러가 법의 허점을 교묘히 악용하여 무죄판결을 받아내고 그 대신 엉뚱한 사람이 죄를 뒤집어쓰게 된다고 하는 이 작품 전반부의 이야기 전개는 결국 어떤 의미를 가지는 것으로 이해될 수 있는가. 소박하게 생각해 보면, 그것은 인간이 공동체의 이익과 복지를 위하여 만들어낸 제도가 진실을 짓밟고 영악한 자의 욕망에 봉사하는 도구로 전락한 것을 선명하게 보여주는 하나의 사례로 파악될 수 있지 않을까. 이런 판단 아래 〈법〉의 그 부분을 다시 찬찬히 정독해 가다 보면 우리는, '제도'와 '욕망'과 '진실'이라는 세 가지 항목 사이의 바람직한 상호관계는 무엇이며 현실 속에서 실제로 나타나고 있는 상호관계는 어떤 것인가라는 질문에 사로잡히지 않을 수 없게 된다. 그리고 이러한 질문의 연장선상에서 우리는 다시, 인류의 역사 속에서 그 두 가지 종류의 상호관계 사이에는 얼마나 엄청난 괴리가 줄기차게 존재해 왔는가를 불현듯 실감하고 커다란 충격을 받으며 깊은 고뇌를 동반한 사유의 공간으로 빠져들어가지 않을 수 없게 된다.

그런데 여기서 더욱더 인상적인 것은, 이러한 사유의 공간이 반드시 음울하지만은 않고 웃음을 동반하고 있다는 사실이다. 물론 그 웃음은 뒤렌마트의 수많은 희곡작품들에서 우리가 친숙하게 보아왔던 것과 똑같은 종류의 웃음이다. 라블레적인 생명력으로 충만한 것이 아니라, 오히려 그 반대에 가까운, 메마른 웃음인 것이다. 그러나 이 웃음이 메마른 것이라 해서 우리가 그것의 의미를 가볍게 볼 수는 없다. 웃음이란 그것이 라블레적인 것이든 아니든 언제나 경직된 인습적 사유를 부수고 뒤엎으며 인간의 삶에 자유의 빛을 끌어들이는 힘을 가진 것이기 때문이다. 뒤렌마트가 오로지 희극만을 쓰기로 결심하고 그 결심을 실천해 오게 된 원래의 이유가 무엇이든 관계없이 웃음의 그러한 힘은 그의 희곡들 속에서 예외 없이 작용함으로써 그 작품들 위에 큰 빛을 던져주곤 했거니와, 이 소설에서도 역시 그와 똑같은 현상이 나타나고 있는 셈이다.

■■■■

지금이 20세기 말이라고들 하는데……

「이제는 20세기가 끝날 날도 얼마 남지 않았다.」「얼마 안 있으면 21세기가 된다.」「오늘의 시점에서 20세기를 회고하고 21세기를 전망해 보는 것은 이루 말할 수 없이 중요한 일이다.」「20세기의 의미는 어떻게 규정될 수 있을까?」「21세기의 인류사는 어떤 방향으로 나아갈 것인가?」

오늘날 우리는 위와 같은 주제의 이야기들에 에워싸여 있다. 신문을 펼쳐보거나 잡지를 들춰보거나 TV를 시청하거나 하다가 「20세기……」「21세기……」 운운의 이야기들과 마주치는 일은 하도 자주 되풀이되어서 이제는 하나도 특별한 인상을 남기지 않는 종류의 경험이 되어버렸다.

그런데 20세기다, 21세기다 하고 떠드는 이야기들을 가만히 듣고 있다 보면, 상당히 신기하게 여겨지는 사실을 두 가지 발견하게 된다. 100년을 하나의 단위로 묶어서 거기에다 '세기'라는 이름을 달아준

후 바로 그 이름을 근거로 해서 이런저런 논의를 펼친다는 것 자체가 인류의 역사 속에서는 별로 오랜 연륜을 갖고 있지 않은 비교적 새로운 관행인데[1], 오늘날 20세기다, 21세기다 하고 떠드는 사람들 중에서 정작 그 점을 인식하고 있는 사람은 거의 없다는 사실이 그 첫째이다. 100년을 하나의 단위로 묶어서 거기에다 세기라는 이름을 달아줄 경우 지금을 20세기 말로 보아야 할 근거는 예수가 출생한 해를 기원 원년으로 설정할 경우 지금이 20세기 말에 해당된다는 사실인데, 예수라는 인물이 과연 역사 속에 실존했느냐에 대해서 심각한 의문이 제기되고 있다는 점이나, 예수가 출생한 해를 기원 원년으로 잡고 계산한 것이 나중에 알고 보니 4년 정도의 오차를 가진 것이었다는 점 등은 일단 논외로 치고 생각해 보더라도, 서양인도 기독교인도 아닌 수많은 사람들이 대관절 무엇 때문에 자기와 아무런 상관도 없는 예수라는 인물의 출생을 기준으로 해서 20세기 말이니 21세기 초니 하는 소리들을 해야 하는 건지 참 알기 어렵다는 사실이 그 둘째이다.

하지만 이러한 나의 지적은 100년을 하나의 단위로 묶어서 거기에다 세기라는 이름을 달아주고 그 이름을 근거로 해서 이런저런 논의를 펼치는 일 자체를 폐기하자는 주장을 담고 있는 것도 아니고, 지금을 20세기 말로 잡는 산출방식을 폐기하고 예컨대 인류의 탄생을 출발점으로 해서 지금을 2만 3천 몇 세기로 규정하자는 식의 주장을 담고 있는 것도 아니다.

우선 100년을 하나의 단위로 묶어서 사유하는 관습은 비록 인류사

---

1) 다니엘 J. 부어스틴에 의하면, 17세기에 와서야 세기라는 하나의 말이 기독교 기원으로부터 연속되는 100년씩의 하나로 사용되게 되었다고 한다(〈발견자들〉 2, 이성범 역, 범양사 출판부, 1987, p. 438).

속에서 오랜 연륜을 가진 것은 아니지만 그래도 알고 보면 꽤 쓸모 있
는 관습이라는 것이 나의 생각이다. 사람의 평균 수명이 어차피 100
년 미만이기 때문에 100년을 하나의 단위로 묶어서 이런저런 생각을
하다 보면 사람들은 자신의 개인적인 생존기간을 넘어서는 시간의 길
이를 단위로 해서 전개되는 일들에 관심을 기울이지 않을 수 없게 되
고, 그것은 곧 사람들이 자신의 개인적인 이해관계를 넘어서 여러 가
지 문제들을 사유할 수 있도록 이끌어주는 결과를 낳는다. 그런데
100년이라는 기간은 사람의 평균 수명보다 긴 기간이기는 하되 1,000
년 혹은 그 이상의 기간처럼 아득하게 긴 세월이 아니고 사람의 평균
수명보다 겨우 몇십 년 더 긴 정도의 세월이기 때문에, 100년을 단위
로 해서 사유하는 일은 사람들이 자신의 개인적인 이해관계를 넘어서
사유한다는 일이 아득한 추상의 차원으로까지 비약하지 않고 상당한
정도의 구체성을 유지한 채로 진행되게끔 만들어준다는 점에서 1,000
년 혹은 그 이상의 기간을 단위로 해서 사유하는 일보다 유용한 면을
가지고 있다. 그러고 보면 100년을 하나의 단위로 묶어서 사유하는
관습은 긍정적으로 평가될 만한 충분한 이유를 갖고 있는 것이다.

　그 다음으로, 예수가 출생한 해를 기원 원년으로 설정한 결과 지금
이 20세기 말로 규정되기에 이르렀다는 사실에 대해서는 어떤 말을
할 수 있을까? 서양인도 기독교인도 아닌 수많은 사람들에게 있어서
자기와 아무 상관도 없는 예수라는 인물의 출생을 기준으로 해서 자
기가 살고 있는 시점을 20세기 말이라고 불러야 한다는 것은 아무래
도 난센스임에 틀림없다. 그렇기는 하지만, 예수의 출생이라는 문제
를 일단 접어놓고 20 혹은 21이라는 숫자 자체에만 주의를 집중시켜
본다면, 그것은 꽤 적당한 규모의 숫자라는 결론을 내릴 수 있다. 예
컨대 지금이 2만 3천 몇 세기라는 식의 규정이 통용되는 시기에 우리

가 살고 있다고 한번 가정해 보라. 그 숫자의 엄청난 크기 자체에 그만 질려버리는 느낌이 들지 않는가? 거기에 비하면 20이다, 21이다 하는 정도의 숫자는 우리를 전혀 질리게 하지 않는 아담한 숫자다. 이 정도의 숫자라면 우리도 한번 맞붙어서 씨름해 볼 만하다는 생각이 들게 만드는 숫자다. 그걸로 괜찮지 않은가?

한 문학평론가의 역사 읽기

한국 문학에 나타난 사랑의 모습
—「황조가」에서 〈개척자〉까지

1

오늘날 우리들의 주변에는 남성과 여성 사이의 사랑에 관한 일종의 신화가 광범위하게 유포되어 있다. 그 신화는 헤아릴 수 없이 많은 영화·가요·소설·광고 등등을 통하여 끊임없이 재생산된다. 그 신화에 따르면 한 사람의 남성과 한 사람의 여성 사이에서 오고가는, 뜨겁고 격정적이며 낭만적인 사랑의 감정이라는 것은 인간이 원초적으로 타고난 본성에 기초한 것으로서 동서고금을 통하여 영원불변하는 것이라고 한다.

하지만 역사를 조금만 깊게 공부해 본 사람이라면 그러한 신화가 사실로부터 얼마나 멀리 떨어져 있는 것인가를 안다. 역사가 우리에게 가르쳐주고 있는 진실은, 방금 말한 신화의 내용과는 정반대로, 남녀간의 사랑에 있어서는 동과 서가 다르며 고(古)와 금(今)이 다르다는 것이다. 왜 다를 수밖에 없는가. 동과 서, 고와 금은 사회형태에 있어서 필연적으로 상이한 면모를 드러내게 되는 법인데, 사회형태가 달라지면 거기에 따라서 사랑의 형태도 달라질 수밖에 없기 때문이다. 좀더 구체적으로 말하자면 사회형태가 달라짐에 따라 「사회 속에서 남성과 여성이 서로에 대하여 어떤 지위를 차지하고 있는가」라는 측면에도 차이가 발생하며 「사회의 지배적인 가족구조가 어떤 것인가(예를 들면 대가족인가 핵가족인가)」라는 측면에도 차이가 발생하는데, 이러한 차이는 필연적으로 사랑의 형태에 대하여 크고도 본질적인 영향을 미치게 되는 것이다. 그러니까 이를테면 여성이 남성과 대등한 지위를 누리고 있는 사회와 여성이 남성에 대하여 종속적인 지위밖에 누리지 못하고 있는 사회는 남녀간에 사랑이 맺어지는 방식에 있어서 결정적인 차이를 보일 수밖에 없으며, 대가족제도가 절대적인 권위를 유지하고 있는 사회와 핵가족제도가 보편화된 사회 또한 그 방식에 있어서 결정적인 차이를 보일 수밖에 없다.

우리는 위와 같은 사실에 대한 인식을 바탕으로 하여, 「그렇다면 참으로 바람직한 사랑의 형태는 어떤 것인가」를 진지하게 따져보고, 「그처럼 바람직한 사랑의 형태가 우리 사회에서 보편화되게 하려면 우리는 우리 자신의 사회를 어떤 방향으로 만들어가야 할 것인가」라는 실천적 차원의 문제의식을 적극 키워나갈 필요가 있다. 그런 차원에까지 나아가지 않고 단지 위와 같은 사실을 하나의 지식으로 알아두는 정도에서 만족한다면 그것이 대체 무슨 소용이 있겠는가?

2

방금 말한 바와 같은 문제의식을 확고하게 유지하면서, 「우리 한민족은 한반도에 터를 잡고 살아온 지난 수천 년 동안 어떤 방식으로 남녀간의 사랑을 만들어왔을까」라는 문제를 한번 생각해 보기로 하자.

사회형태라는 것이 지역에 따라 다르게 나타나는 것인만큼 한반도에서 만들어진 사랑의 지배적인 방식이라는 것은 다른 지역에서 만들어진 사랑의 방식과 구별되는 특징을 가질 수밖에 없다. 또 사회형태라는 것이 시대에 따라 다르게 나타나는 것인만큼 같은 한반도 내에서 만들어진 사랑의 방식이라는 것도 시대에 따라서 상이한 면모를 띠게 될 수밖에 없다. 그런데 이러한 사실을 자명한 것으로 전제하면서 다시 한 걸음 더 나아가 지난 수천 년 동안 이 땅에서 펼쳐져 온 사랑의 역사를 구체적으로 파악해 보려 하는 사람은 그것이 의외로 쉽지 않은 작업임을 금방 깨닫게 된다. 그 동안 이 땅의 정치사나 사상사에 대한 연구는 꽤 많이 이루어진 셈이지만 이 땅에서 살다 간 사람들이 일상의 영역에서 어떤 삶을 영위했던가를 다루는 생활사(生活史)의 연구는 아직도 너무나 미숙한 수준에 머물러 있기 때문에 그러하다.

이러한 현실에 직면해서 우리가 한번 집중적으로 관심을 기울여볼 만한 것이 바로 이 땅에서 지난 수천 년 동안 창조되어 온 대표적인 문학작품들을 폭 넓게 살펴보고 그 속에 나타나 있는 사랑의 모습들을 조명해 보는 작업이다. 문학작품이란 적어도 부분적으로는 불가피하게 현실의 이런저런 양태를 고스란히 반영할 수밖에 없는 성격을 지니는 것이기 때문에 신중성을 견지하면서 그것들을 찬찬히 살펴가노라면 지난 수천 년 동안 이 땅에서 만들어져 온 사랑의 방식에 대한 의미 있는 증언을 풍부하게 얻어낼 가능성이 없지 않다.

그런가 하면 우리의 대표적인 문학작품들을 폭 넓게 살펴보고 그 속에 나타나 있는 사랑의 모습들을 조명해 보는 일은 앞에서 내가 말한 바 있는 실천적 차원의 문제의식을 키워가는 데에도 큰 도움을 줄 수 있다. 진지한 문학작품이란 한편으로는 현실의 이런저런 양태를 고스란히 반영하면서도 다른 한편으로는 현실의 질곡을 뛰어넘은 자유와 평화와 해방의 공간을 향해 부단히 팔을 뻗치는 양면성을 지니고 있는 것인데, 문학이 가지고 있는 이러한 양면성은 우리들로 하여금 앞서 언급된 실천적 차원의 문제의식을 심화시키고 구체화시키도록 하는 데 있어 참으로 큰 힘을 발휘할 수 있는 것이기 때문이다.

3

이 땅에서 지난 수천 년 동안 창조되어 온 대표적인 문학작품들을 폭 넓게 살펴보고 그 속에 나타나 있는 사랑의 모습들을 조명해 보는 작업을 지금 이 자리에서 수행할 수는 없다. 나 자신의 내적인 준비가 아직 제대로 갖추어져 있지 않은 것도 사실이지만 무엇보다 지면의 제약이 그것을 불가능하게 한다. 그러니만큼 여기서는 세 편 정도의 작품을 간략히 언급함으로써 약간의 시사를 던져보는 정도에서 그칠 수밖에 없다. 내가 이 자리에서 언급하고자 하는 세 편의 작품은 고구려의 두 번째 임금인 유리왕이 지은 것으로 기록되어 있는 「황조가(黃鳥歌)」와 15세기 사람인 김시습이 쓴 〈금오신화(金鰲新話)〉 속에 실려 있는 「이생규장전(李生窺牆傳)」, 그리고 이광수가 1918년에 발표한 소설 〈개척자〉이다.

〈삼국사기〉를 보면 유리왕이 「황조가」를 지은 것으로 나와 있지만 사실 그 작품이 유리왕이라는 특정 인물의 개인적인 창작물이라고 믿기는 어렵다. 그러나 유리왕이 이 시를 지었다고 하는 내용의 설화와 이 시 자체를 합쳐놓고 자세히 관찰해 보면 아득한 고구려 초기 시대의 이 땅에 어떠한 사랑의 형태가 존재했던가 하는 물음에 대한 해답의 단서를 어렴풋하게나마 얻을 수 있다. 그 사랑의 형태는, 정확한 것은 알 수 없지만, 최소한, 오늘날 우리가 막연하게 '한국적 전통'이라고 생각해 오고 있는 유교식의 남존여비·여필종부 사상 따위와 전혀 무관한 것, 여성의 자유가 훨씬 더 존중되는 것, 따라서 참다운 인간해방의 정신에 훨씬 더 가까운 것이었음에 의심의 여지가 없다.

유교식의 여성억압 사상과 전혀 다른 사랑의 형태는 조선 초기에 씌어진 「이생규장전」에서도 뚜렷하게 발견된다. 이씨 성을 가진 남자와 최씨 성을 가진 여자 사이의 죽음을 넘어선 사랑을 그린 이 소설을 보면 처음부터 끝까지 적극적인 태도로 운명을 극복해 가는 주역을 여성 쪽이 담당하고 있는 반면 남성은 어디까지나 소극적인 추종자로 일관한다. 성리학의 권위가 확고하게 정립되면서 여성의 사회적·경제적 지위가 크게 위축된 것이 대략 17세기부터의 일이었음을 감안하면 이 작품은 세상이 그 모양으로 변하기 이전, 바람직한 남녀관계의 이상형에 그래도 조금은 더 가까웠던 시절의 분위기를 반영하고 있는 셈이다.

그런가 하면 이광수의 두 번째 장편소설인 〈개척자〉는 비록 창작기법면에서 보면 실패작임에 틀림없지만, 성리학의 권위가 확고하게 정립되면서 여성의 사회적·경제적 지위를 크게 위축시킨 어둠의 세월이 수백 년간 지속된 후 20세기로 들어와서 겨우 그 어둠으로부터의 힘겨운 탈출이 시도되기 시작할 무렵, 남성이면서도 남다른 선구자적 혜안과 이상주의적 열정으로 그 탈출을 돕는 데 앞섰던 한 작가의 육성을 담고 있다는 점에서 반드시 기억될 필요가 있는 작품이다.

이러한 작품들을 읽어보면서 거기에 나타난 사랑의 형태를 음미하는 일은 오늘의 우리가 이른바 '한국적 전통'이라는 것의 허상을 깨뜨리고 보다 성숙한 시각으로 이 사회의 어제와 오늘과 내일을 생각하는 데 도움을 주는 것이며 그런 의미에서 우리 모두의 보다 자유로운 삶, 보다 자유로운 사랑을 가꾸어나가는 데 귀중한 보탬이 될 수 있다. 「황조가」나 「이생규장전」이나 〈개척자〉 같은 작품에 나타난 사랑의 양태 속에 이러한 의미가 깃들여 있음을 제대로 인식하고 우리 자신의 삶과 그 인식을 연결시켜 진지하게 사고하는 것이야말로 앞에서 언급한 바 있는 '실천적 차원의 문제의식'을 올바르게 키워나가는 한 가지 길에 다름아닐 터이다.

조선조 사대부 집단의 여성격하 운동이
우리에게 일깨워주는 것

한국고문서학회에서 펴낸 〈조선시대 생활사〉(역사비평사, 1996)를 읽어보면 우리나라 여성들의 사회적 지위가 크게 열악해진 것은 조선 후기에 들어와서이며 이때에 이르러 그런 사태가 빚어진 것은 성리학의 이념이 이 나라 사람들의 삶을 그 아주 세부적인 차원에까지 철저히 규율하는 힘을 가지게 된 것이 바로 그때이기 때문이라는 사실을 알 수 있다.

우리나라의 여성들은, 고려시대까지는, 물론 참다운 남녀평등의 이상형에는 여러모로 미달하지만 그래도 조선 후기에 비하면 월등 나은 지위를 누리며 살아왔었다. 그리고 이때까지는 여성의 지위를 격하시키려는 어떤 조직적 움직임도 존재하지 않았다. 그런데 고려 후기에 성리학이 도입되고 또 그것을 건국이념으로 삼은 나라, 즉 조선이 건국된 것이 이 나라의 여성들에게는 커다란 재앙이 되고 말았다. 성리학의 이념을 신봉하는 이른바 사대부 집단은 조선이 건국되던 그날부터 국가 권력을 등에 업고 대대적인 여성격하운동을 전개하기 시작했던바, 조선 전기에는 아직도 과거의 전통이 상당한 힘을 행사하고 있었기 때문에 그들의 노력이 그렇게 괄목할 만한 성과를 거두지 못하였으나, 조선 후기에 이르자 마침내 그 동안의 집요한 시도가 열매를 맺어, 여성들의 지위를 우리가 익히 아는 '전통적 여성'의 저 비참한 수준으로 떨어뜨리기에 성공하였다는 것이다.

이러한 사실을 확인하면서 우리는 참다운 인간해방의 과제에 대한 관심이 결여된 '진지성'이라든가 '이상주의'라든가 하는 것이 얼마나 사악한 폭력이 될 수 있는가를 다시 한번 절감하게 된다. 조선이 건국되던 그날부터 대대적인 여성격하운동을 전개하기 시작하여 마침내 성공을 거두고 만 저 사대부 집단의 무리들 가운데서도 특히 그 운동에 적극적이었던 것은 어떤 부류의 사람들이었을까? 성리학의 이념을 적당히 자신의 출세에 이용하기나 하고, 그래서 사서삼경이나 주자의 저서 같은 것을 대충 읽는 척이나 하던 그런 부류의 사람들은 아니었으리라. 이른바 성현이라고 불리는 이들의 가르침을 스스로 철저하게 준행함으로써 주위에 모범을 보인 사람들, 그리고 거기서 더 나아가 이 땅에 살고 있는 다른 모든 사람들까지도 빠짐없이 자기와 같은 성리학 이념의 모범생으로 만듦으로써 궁극적으로는 이 나라 전체를 성리학의 모범사회로 승화시키려는 의욕에 불타는 사람들──틀림없이 그런 사람들이 그 운동에 가장 적극적이었으리라.

그들은 분명 진지한 사람들이었을 것이다. 그리고 그들은 분명 순수한 이상주의자들이었을 것이다. 그리고 그들의 진지성과 이상주의는 역사 속에서 충분한 보상을 받았다. 그들은 역사 속에서 자기네의 목표를 멋있게 달성한 승리자가 된 것이다. 그 결과 무엇이 남았는가? 참다운 인간해방의 경지와는 정반대의 지점에 놓이는 극단적 남

녀불평등으로 특징지어지는 세상, 그 속에서 이루 말할 수 없는 고통
을 겪게 된 여성들의 비참한 삶(이러한 표현에 대하여 이의를 제기하
고 나서는 남성 독자도 없지 않겠지만 나는 지금 그런 답답한 사람들
에게 일일이 자세한 설명을 해줄 필요를 느끼지 않는다), 여성들이 그
지경으로 떨어졌다 하여 반드시 득을 보게 되었다고 할 수도 없으면
서(왜냐하면 남녀간의 관계란 본래 제로섬 게임의 관계가 아니니까)
어쨌든 가해자의 위치에 놓이게 되고 말았으며 그 결과 심각한 정도
로 불건전한 양상을 띠기에 이른 남성들의 비정상적인 삶——이런 것
들 외에 또 무엇이 남았는가?

'문중' 을 중요시하는 태도는 우스꽝스러운
것이라고 말하지 않을 수 없는 이유

지금까지도 적지 않은 수의 한국인들은 이른바 '문중' 이라는 것에 대하여 상당한 가치를 부여하고 있다. 「나는 무슨무슨 씨 무슨 파의 몇 대 자손이다」라는 것을 자랑으로 내세운다. 그러면서 제법 엄숙한 표정으로 말하곤 한다. 「현대인들은 전통을 소중하게 여길 줄 알아야 한다」고.

나는 오래 전부터 이러한 태도만큼 우스꽝스러운 것은 세상에 흔하지 않으리라는 생각을 가져왔다. 지금도 물론 그 생각에는 변함이 없다. 위와 같은 태도를 견지하는 사람을 보면 나는 문중이라는 것을 중요시하는 태도가 구체적으로 언제부터 이 땅에 자리잡게 된 것이며 그런 태도가 자리잡게 된 원인은 무엇인가 하는 점을 그가 제대로 알고서 「현대인들은 전통을……」 운운하는 소리를 늘어놓고 있는 것인지 한번 물어보고 싶어진다.

문중이라는 것을 중요시하는 태도가 이 땅에 자리잡게 된 것은 대체로 17세기 이후부터의 일이다. 17세기라면 지금으로부터 불과 3백 년 전이다. 「현대인들은 전통을……」 운운하며 덤비는 사람들이 막연하게 생각하고 있는 것처럼 그렇게 오랜 옛날이 아니다.

　그런가 하면, 문중이라는 것을 중요시하는 태도가 이 땅에 자리잡게 된 원인을 제대로 알기 위해서는, 변원림의 다음과 같은 설명에 귀를 기울여보는 것이 가장 적절하다.

　　1592년에 임진왜란을, 1598년에 정유재란을 거친 후에 미처 회복할 사이도 없이, 1627년에 정묘호란이, 1636년에 병자호란이 잇따라 일어나 전국이 혼란에 빠졌다. 전쟁의 혼란 상태가 그친 직후에 일반 백성이 전쟁공신으로 양반이 되거나, 또는 불타 없어진 관청문서의 재정리중에 문서위조를 통해 양반으로 등록하거나, 또는 정부에서 재정의 파탄을 수습하는 한 방법으로 돈을 받고 관직이나 품위(品位)를 팔아 양반층의 수가 급속히 증가하여 전인구의 1/3이 되었다. 한번 양반으로 등록이 되면 관리로의 길이 트일 뿐만 아니라 세금도 내지 않고 병역의 의무도 지지 않으므로 누구나 어떠한 수단을 써서라도 이 양반층에 들려고 노력하여, 약 2,000 정도의 관리직을 노리는 양반의 수가 전인구의 1/3이 되었다. 1672년의 인구조사를 보면 전국의 인구가 4,695,611명으로 나타난다. 이것이 얼마나 터무니없는 현상인가를 알기 위해 이를 분석하여 보자. 전인구의 1/3이 양반층이면 양반의 수는 약 1,500,000명이 된다. 17세기 이후의 일반적이었던 가족 수인 4명으로 이를 나누면 약 375,000명 정도의 사람이 가장(家長)으로서 이 2,000의 관직을 차지하기 위해 노력하였다는 결론이 나온다.

　　그리하여 이 관직을 둘러싸고 싸움이 치열하였는데, 한번 관리가 되

어 권좌에 앉으면 자신의 일가친척의 관리직을 마련하기 위해 노력
하여 이들만을 천거하였을 뿐만 아니라, 이미 있는 관리들을 몰아냈
다. 이러한 현상은 각 성씨간에 이해(利害)가 상반되어 점차로 각 성
씨간에 반목하게 되었고, 나아가서는 몰려난 성씨가 후에 다시 권력
을 잡아 자기 성씨에게 보복할 기회를 미연에 방지하기 위해 갓난아
기까지도 죽이는 극도의 상태로 발전하였다.
……이 현상은 씨족 감정을 북돋았으며 씨족 정신을 앙양하기 위해
집집마다 사당을 설치하고 아침저녁으로 조상에 문안하는 의식을
치르게 하여 가족원으로 하여금 그가 누구의 자손이며 이 씨족을 위
해서는 목숨도 버린다는 집단정신을 고무시켰다(〈역사 속의 한국
여인〉, 일지사, 1995, pp. 28~29).

위에 인용된 글에서 변원림은 '문중'이라는 어휘를 직접 사용하지
는 않았다. 하지만 이 글에 나오는 '씨족'이라는 말의 다른 표현이 바
로 '문중'이라는 것은 그 누구도 부정할 수 없는 사실이다. 그 점을
염두에 두고 다시 한번 위의 글을 읽어보라. 문중이라는 것에 상당한
가치를 부여하는 태도가 과연 오늘의 시점에서도 '전통'이라는 이름
으로 당당하게 그 정당성 혹은 권위를 주장할 수 있는 것인가, 그 반
대인가 하는 것이 저절로 명백해지지 않는가?
이러한 나의 지적에 대해서, 「현대인들은 전통을……」 운운하며
무게를 잡는 사람들은, 다음과 같은 말로 응수해 올지 모르겠다 : 「문
중이라는 것을 중요시하는 태도가 이 땅에 자리잡게 된 원인을 변원
림의 위 글이 남김없이 설명해 주고 있는 것은 아니다. 그 밖에 또다
른 측면이 있을 것이다. 너무 성급하게 결론을 지으려 들지 말라.」 그
들이 이런 식으로 나온다면 나는 「오냐, 좋다」 하면서 미야지마히로

시[宮島博史]의 〈양반〉에 제시되어 있는 설명을 들어보이겠다. 미야지마의 설명에 따르면 대다수의 재지양반집단(在地兩班集團)이 17세기에 이르러 경제적으로 예전보다 어려운 상황에 직면하게 되자 그 곤경을 뚫고 나가기 위하여 남계혈연(男系血緣) 중심의 소규모 동족집단 단위로 배타적인 단결을 강화하려는 노력이 나타났던바 이 '남계혈연 중심의 소규모 동족집단 단위'를 가리키는 명칭이 바로 '문중'이라는 것이다(〈양반〉, 노영구 역, 강, 1996, pp. 233~239). 어떤가? 이것은 분명 변원림의 설명에서 언급되지 아니한 '또다른 측면'에 초점을 맞춘 설명이 아닌가? 하지만 그런 가운데서도 궁극적으로는 변원림의 설명과 일치하는 방향을 가리키고 있는 것이 아닌가?

미야지마의 설명과 앞서 인용된 변원림의 설명은 서로 다른 측면에 초점을 맞춘 것이면서도——미야지마의 설명은 경제적 측면에, 변원림의 설명은 정치적 측면에 각각 초점을 맞춘 것이다——궁극적으로는 동일한 방향을 가리키고 있는 것이며, 그러니만큼 그 두 사람의 설명은 상호보완적인 관계에 놓인다고 말할 수 있다. 당연한 결과로, 두 사람의 설명을 결합시키면 사태의 실상이 온전히 드러나게 된다. 그리고 이렇게 해서 온전히 드러나게 된 사태의 실상은 어느 모로 보더라도 「현대인들은 전통을……」 운운하는 사람들의 낯을 무색하게 만들기에 모자람이 없는 것이다.

리영희가 행한 이승만 비판의 타당성
여부를 검증한다

이승만이 저지른 모든 과오는 과오로서 지적되고 비판받아야 마땅하다. 그러나 여기에는 한 가지 기본적인 조건이 붙는다. 그의 과오에 대한 모든 지적과 비판은 어디까지나 분명한 사실에 입각해서 행해져야만 하며, 만일 사실을 확인하기 어려운 경우라면, 적절한 추론의 절차에 의거하여 판단해 볼 때 사실일 가능성이 높다고 인정받을 만한 것을 기초로 해서 비판을 가해야 한다는 것이 바로 그 조건이다.

지금까지 실로 숱한 사람들이 이승만에 대하여 온갖 비판과 욕설을 퍼부어왔거니와, 그중 상당수는 방금 말한 조건을 전혀 지키지 않은 것들이었다. 그러한 것들 중에는 막연한 지레짐작만 가지고 흥분하여 소리를 높이는 것들도 있었고, 자기도 믿지 않는 내용을 그저 이승만에 대한 욕이 될 수 있는 것이라는 이유 하나만으로 덮어놓고 기정사실화하여 밀어붙인 것들도 있었다. 그 어느편에 속하는 발언이든, 이런 발언들은, 그런 발언을 입에 올리는 사람 자신이 참다운 지성이라는 것과는 거리가 먼 존재임을 증명해 주는 효과를 낳는 것이었다. 다음과 같은 리영희의 발언은 바로 이런 종류에 해당하는 발언의 한 표본적인 사례로 간주될 만한 것이다.

> 그 사람이 해방 후에 돌아와 미군정에 빌붙어서 분단을 조장하였습니다. 그리고는 단정 수립으로 자기가 대통령이 되고 김구 선생을 제거할 계획을 세웠습니다. 그것을 담당한 자들이 안두희였고 그 뒤의 김창룡, 장택상 이런 자들이었던 것입니다. ……이승만 씨는 정권을 잡으면서 어떤 인물을 썼냐 하면 전적으로 일제 앞잡이 노릇을 하던 자들입니다(《새는 좌 · 우의 날개로 난다》, 두레, 1994, p.241).

이러한 리영희의 발언이 어째서 앞서 내가 말한 바와 같은 평가를 받을 수밖에 없는 것인지, 그 이유를 좀더 구체적으로 따져보기로 하자.

(1) 이승만이 미군정에 빌붙었다는 것은 분명하게 증명될 수 있는 사실이거나, 적절한 추론의 절차에 의거하여 판단해 볼 때 사실일 가능성이 높다고 인정받을 만한 것인가? 그 어느쪽도 아니다. 이승만이 미군정과 계속해서 대립하였다는 것이야말로 '분명하게 증명될 수 있는 사실'이다.

(2) 이승만이 분단을 조장하였다는 발언은 어떤가? 리영희가 위에서 한 말 중 이것 하나만은 대체로 시인될 수 있을 것으로 생각된다. 하지만 공평을 기하기 위해서는 분단에 대한 이승만의 책임이 리영희와 같은 사람이 의도적으로 부풀려서 이야기하는 것만큼 크지는 않다는 사실을 반드시 지적해 두어야 할 것이다. 1946년 11월의 인민위원회 선거→1947년 2월의 인민위원회 대회 소집→1947년 11월의 헌법 제정위원회 발족→1948년 7월의 헌법 채택이라는 순서로 자못 일사

불란하게 진행된 북한측의 분단 고착화 과정을 상기해 보라. 리영희나 그와 입장을 같이하는 사람들은 이승만을 분단 고착의 원흉으로 규정하여 욕을 퍼붓는 자리에서 위와 같은 사실을 제대로 언급하는 법이 거의 없지만 그들이 모르는 척하고 그냥 지나친다 하여 엄연한 역사적 사실이 아득한 구름 저 너머 무의 세계로 사라지는 것은 아니다.

(3) 이승만이 김구를 제거할 계획을 세웠다는 것은 분명하게 증명될 수 있는 사실이거나, 적절한 추론의 절차에 의거하여 판단해 볼 때 사실일 가능성이 높다고 인정받을 만한 것인가? 현재까지 우리가 확보하고 있는 자료의 범위 내에서는, 그 어느쪽도 아니라고 할 수밖에 없다.[1]

---

1) 이 항목과 관련하여 참고할 만한 가치가 있는 두 가지 자료를 인용해 두기로 한다.
  (가) 안두희를 꾸준히 설득, 그로부터 녹음테이프 121개 분량의 진술을 받아낸 바 있는 김석종은 《신동아》 1996년 12월호에 기고한 「백범 암살 배후 규명은 끝나지 않았다」라는 글 속에 다음과 같은 말을 적어두고 있다 : 「(안두희는) 이승만의 개입 문제에 대해서는 확실한 증언을 끝내 하지 않았다. 그 동안 안두희의 자발적인 진술을 얻어내느라 잘 대해줬지만 이 부분에서는 안두희를 몰아쳤다. 그랬더니 안두희는 정색을 하며 '김 선생, 진실을 듣기 원한다면 내가 모르는 것을 어떻게 아는 것처럼 진술하느냐'며 몹시 섭섭해 했다(p. 362).」
  (나) 소설가 복거일은 같은 《신동아》 1996년 12월호에 기고한 「안두희, '애인', 장정일 그리고 공무원 부정……」이라는 글 속에서 다음과 같은 의견을 개진하고 있다 : 「김구 선생의 암살과 관련된 안씨의 행적은 이미 거의 다 드러났다. 그리고 그가 그 동안 밝힌 것으로 미루어보아, 그를 사주한 세력의 성격도 드러날 만큼 드러났다. 해방 뒤의 우리 역사를 제대로 쓰는 데 김구 선생의 암살에 관해 지금 알려진 것보다 더 자세한 사실들이 필요한 것은 아니다. 김구 선생의 암살에 관한 진실이 아직도 제대로 드러나지 않았다고 여기는 사람들은 물론 안씨의 뒤에 큰 세력이 있었다고 믿는 것이다. 그럴지도 모른다. 그러나 안씨가 그런 세력의 사주를 받았다면, 그는 하수인에 지나지 않았을 터이다. 실은 그가 그렇게 오래 살았다는 것이 신기하다. 자객들은 흔히 그들이 뒤에 입을 벌릴 것을 두려워하는 사람들에 의해 죽기 때문이다. 안씨가 오래 살았다는 사실은 그를 사주한 세력이 그의 입을 두려워할 필요가 없었음을 가리킨다. 따라서 안씨의 죽음에서 역사적 증인의 침묵만을 보는 사람들은 겹으로 사실을 잘못 보는 셈이다(pp. 94~95).」
  위에 인용한 두 가지 자료 중 (가)는 「이승만이 김구를 제거할 계획을 세웠다는 것은 분명하게 증명될 수 있는 사실인가?」라는 물음과 관련해서 참고할 만한 가치가 있는 자료이며, (나)는 「이승만이 김구를 제거할 계획을 세웠다는 것은 적절한 추론의 절차에 의거하여 판단해 볼 때 사실일 가능성이 높다고 인정받을 만한 것인가?」라는 물음과 관련해서 참고할 만한 가치가 있는 자료이다.

(4) 이승만이 정권을 잡으면서 전적으로 일제 앞잡이 노릇을 하던 자들을 기용하였다는 것은 분명하게 증명될 수 있는 사실이거나, 적절한 추론의 절차에 의거하여 판단해 볼 때 사실일 가능성이 높다고 인정받을 만한 것인가? 그 어느쪽도 아니다.[2] 이 문제에 관한 리영희의 발언은, 문자 그대로의 의미에서, '거짓말' 혹은 '중상'이라고 규정하지 않을 수 없다.

이상 구체적으로 따져본 결과에 의하여 명백하게 드러나듯이, 리영희의 위 발언은 이승만에 대한 온당한 비판으로 인정될 만한 자격을 전혀 갖추지 못한 것이다. 그는 단지 막연한 지레짐작만 가지고 흥분하여 소리를 높인 것이거나, 자기도 믿지 않는 내용을 그저 이승만에 대한 욕이 될 수 있는 것이라는 이유 하나만으로 덮어놓고 기정사실화하여 밀어붙인 것일 따름이다. 이런 행동을 하는 사람을 두고「참다운 지성이라는 것과는 거리가 먼 존재」라 부르지 않는다면 대체 어떤 사람을 두고 그렇게 부를 것인가?

새삼 말할 필요도 없는 것이지만, 나는 결코 이승만을 좋아하는 사람이 아니며, 지금의 시점에서 이승만을 새삼스럽게 변호해야 할 어

---

2) 이 문제에 관해 분명한 사실을 말해주는 증거물로 다음과 같은 기록을 제시할 수 있다 :「이승만 대통령은 초대 내각 각료들을 다음과 같이 대부분 항일운동 지도자로 채웠다(괄호 안은 항일관련 내용). 부통령 이시영(임정 내무총장), 무임소장관 이윤영(국내 항일), 외무장관 장택상(청구구락부 사건), 내무장관 윤치영(흥업구락부 사건), 법무장관 이인(항일 변호사·한글학회 사건), 재무장관 김도연(2·8 독립사건), 상공장관 임영신(재미 항일), 농림장관 조봉암(조선공산당), 체신장관 윤석구(국내 항일), 교통장관 민희식(재미 항일), 문교장관 안호상(항일 교육), 사회장관 전진한(국내 항일), 총무처장 김병연(국내 항일), 기획처장 이순탁(국내 항일), 공보처장 김동성(국내 항일) 등이다. 다만 법제처장 유진오는 약간의 친일 행적이 있다(이태호 편저, 〈김대중의 양날개 정치〉, 새앎출판사, 1996, pp.165~166).」위에서 항일운동 지도자로 거명된 사람들 중 일부가 일제 말기에 가서 친일의 행적을 남기고 만 경우가 있을 수도 있다. 하지만 그러한 부분적 유보사항에도 불구하고 위의 기록은 최소한 리영희의「전적으로 일제 앞잡이……」운운하는 발언이 얼마나 터무니없는 것인지를 입증해 주는 자료로서 모자람이 없다.

떤 이유를 느끼고 있는 사람도 아니다. 나로서는 단지 이승만에 대한 논의든 또다른 어떤 사람에 대한 논의든 그것이 참으로 의미 있는 것이 되게 하려면 리영희처럼 도대체 근거가 박약한 얘기를 유창하게 늘어놓는 따위의 수준은 넘어서야 한다는 사실을 말하고 싶었던 것일 따름이며, 오늘날 많은 사람들로부터 마치 대단한 지성의 표상이기라도 한 것처럼 존경받고 있는 리영희라는 사람이 도대체 근거가 박약한 얘기를 유창하게 늘어놓는 그런 면을 갖고 있다는 사실을 지적하면서, 이런 지적을 바탕으로 하여, 참다운 지성의 이름에 값하는 비판의 논리와 윤리는 과연 어떤 것인가를 한번 생각해 보고 싶었던 것일 따름이다.

덧붙이는 글

〈새는 좌·우의 날개로 난다〉의 서문에서 리영희는 자신의 글쓰기에 대하여 다음과 같은 내용의 자기규정을 행하고 있다.

> 20년 전에 첫 평론집의 머리말에서 밝혔듯이, 나는 좌·우의 어떤 정치·이데올로기적 권력이건 진실을 은폐·날조·왜곡하려는 흉계에 대항해서 진실을 찾아내고, 그것을 바른 모습대로 세상에 밝혀내는 것을 글쓰는 목적으로 삼고 일관하였다.

내가 보기에 이러한 그의 주장은 정직한 것이 아니다. 지난 수십 년 동안 '우' 쪽의 정치·이데올로기적 권력이 저지른 진실 은폐·날조·왜곡의 죄과도 물론 적지 않지만 같은 기간 동안 '좌' 쪽의 정치·이데올로기적 권력이 저지른 진실 은폐·날조·왜곡의 죄과는 질적인 측면에서나 양적인 측면에서나 '우' 쪽의 그것과 도무지 비교할 수가 없

을 정도로 크고 심각한 것임에도 불구하고 그는 대체로 '우' 쪽의 그
것에 대해서만 격렬한 비난의 말을 퍼부어왔을 뿐(그 비난의 말 속에
리영희 나름의 진실 은폐·날조·왜곡이 섞이는 경우도 종종 있었음
은 우리가 방금 위에서 본 바와 같다), '좌' 쪽의 그것에 대해서는 대
부분 보고도 못 본 체하거나 경우에 따라서는 오히려 그것을 적극적
으로 옹호·변명해 주기까지 하는 태도로 일관해 왔기 때문이다.

김명인도, 나도 〈태백산맥〉을 오해했었다

1

1987년 8월 풀빛에서 간행된 《전환기의 민족문학》 창간호에 평론가 김명인이 발표한 「지식인 문학의 위기와 새로운 민족문학의 구상」이라는 글이 있다. 처음부터 끝까지 잘못된 현실파악과 잘못된 주장으로 일관하고 있는 글이지만, 당대의 자못 특이했던 시류 덕분에 대단한 주목을 끄는 데 성공했으며, 근 10년이 지난 지금까지도 1980년대의 비평을 이야기할 때에는 거의 빠짐없이 거론되고 있는 '문제작'이다(이 글이 처음부터 끝까지 잘못된 현실파악과 잘못된 주장으로 일관하고 있다는 평가를 받을 수밖에 없는 이유의 일단을 나는 「삶의 현실과 문학」이라는 글——이 글은 《민족지성》 1989년 11월호에 처음 발표되었고 나중에 다시 평론집 〈혼돈 속의 항해〉(청하, 1990)에 수록되었다——속에 밝혀놓은 바 있다). 그런데 김명인의 이 글 속에는 그 당시 제1부 세 권만이 출간되어 있는 상태였던 조정래의 〈태백산맥〉에 대하여 다음과 같은 평가를 내려놓은 대목이 있다.

> 〈태백산맥〉(제1부)은 애써 노력한 흔적이 보이는 객관적 서술과 우
> 연성을 극복한 인물들, 전반적 진지함에도 불구하고(이는 아마도 현
> 재까지 나온 장편분단소설 중 최고의 경지가 아닐까 한다), 한 중립
> 적이고 회의적인 인물과 그를 둘러싼, 사실상 당대의 적대적인 두 개
> 의 인간집단 어디에도 뿌리박지 못한 몇몇 인물들의 오도가도 못하
> 는 처지와 의식을 중심으로 당대를 바라봄으로써, 결국 지금 역시 변
> 혁을 요구하는 대다수 민중과 이를 저지하려는 지배세력 간의 화해
> 되기 힘든 적대성과 갈등의 한가운데에 서서 감상적 휴머니즘과 시
> 효를 상실한 민족주의를 역설하는 셈이 되어 오히려 싸움에 나선 대
> 중들에게 '전선이탈'과 회의주의를 조장하는 반역사적 기능을 은연
> 중에 수행하게 된다(p.80).

김명인이 〈태백산맥〉 제1부에 대하여 이처럼 인색한 평가를 내리고
있는 것을 보았을 때, 〈태백산맥〉 제1부에 문자 그대로 '심취' 해 있었
고 그 심취의 결과로 「한국 분단소설의 새로운 전진」(《현대문학》
1986년 10월호)이라는 글까지 발표한 바 있었던 나는 상당한 불만을
느끼지 않을 수가 없었다. 그것은 후일 내가 「삶의 현실과 문학」이라
는 글 속에서 김명인에 대하여 표하게 되는 불만과는 또다른 종류의
불만이었다. 그런데 내가 김명인의 글 속에서 위와 같은 대목을 접하
고 불만을 느낀 지 얼마가 지나지 않은 시점에서 나에게는 그 불만을
공개적으로 표출할 기회가 주어졌다. 조정래가 〈태백산맥〉 제2부 두
권을 간행하자 《세계의 문학》에서 그것에 대한 서평의 자리를 마련하
고 나에게 그 원고의 집필을 청탁해 온 것이다. 옳다, 됐다 하고 생각

한 나는 「대화의 원리와 리얼리즘」이라는 제목으로 〈태백산맥〉 제2부에 대한 서평을 쓰면서 그 속에다 김명인의 〈태백산맥〉론에 대한 반론을 장황하게 늘어놓았다. 사실 따지고 보면 그 자리에서 내가 김명인의 〈태백산맥〉론을 굳이 거론해야 할 필요는 전혀 없는 것이었으나 나로서는 때맞춰 나에게 주어진 기회를 놓치고 싶지 않았던 것이다. 그렇다면 나는 어떤 논리를 가지고 김명인의 〈태백산맥〉론을 공격하였던가? 다음과 같은 대목 하나만 보면 이 물음에 대한 답은 일목요연하게 드러난다.

이 글의 필자는 한 중립적이고 회의적인 인물(이는 말할 나위도 없이 김범우를 가리킨다)과 그 주위의 사람들(이는 서민영, 손승호 등을 지칭한다)이 곧 〈태백산맥〉 전체의 시각을 도맡아 결정짓고 있는 것처럼 해석하는데 이는 〈태백산맥〉의 세계가 자유로운 대화와 토론의 공간으로 이루어져 있는 것이지 결코 어느 한 목소리에 의해 다른 모든 목소리가 압도당하는 독재의 공간으로 되어 있는 것이 아니라는 사실을 간과한 논리이다(《세계의 문학》 1988년 봄호, p. 353).

2

이제까지 나는, 지금으로부터 8~9년 전 조정래의 〈태백산맥〉이라는 소설에 대하여 김명인과 내가 상반된 견해를 피력한 바 있다는 사실을 이야기하면서, 그 상반된 견해 각각의 면모는 구체적으로 어떠어떠한 것이었다는 점에 대한 설명까지 다한 셈이다. 그런데 위에서 내가 제법 길게 이야기한 내용은 사실 다음과 같은 두 개의 명제로 간단하게 압축될 수 있는 것이다.

(1) 극단적인 좌파의 시각을 가지고 있었던 김명인은 〈태백산맥〉이

자신이 생각하는 바람직한 좌파 문학의 기준에 미치지 못하는 뜨뜻미지근한 작품이라고 생각하였기 때문에 〈태백산맥〉을 부정적으로 평가하였다.

(2) 다원주의자의 입장을 견지하고 있던 나는 〈태백산맥〉이 내가 생각하는 바람직한 다원주의 문학의 기준을 충족시키는 작품이라고 생각하였기 때문에 〈태백산맥〉을 높이 평가하였다.

위의 두 명제를 나란히 놓고 관찰해 보면, 한 가지 중요한 사실이 드러난다. 그것은 김명인과 내가 〈태백산맥〉을 어떻게 '평가'하는 것이 옳으냐라는 문제 앞에서는 분명 날카로운 대립을 보여주었지만 〈태백산맥〉에 나타나 있는 작가 조정래의 정치적·역사적 입장을 어떤 것으로 '규정'할 수 있느냐라는 문제 앞에서는 서로 같거나 아니면 적어도 비슷한 생각을 갖고 있었다는 사실이다. 「극단적인 좌파의 관점에서 볼 때 뜨뜻미지근한——그래서 불만스러운——것으로 규정되어 마땅한 입장」이란 「다원주의자의 입장에서 볼 때 바람직한 것으로 규정될 수 있는 입장」 바로 그것이거나 아니면 적어도 그것과 비슷한 입장이 될 수밖에 없는 것이니까.

그러면 〈태백산맥〉에 나타나 있는 작가 조정래의 정치적·역사적 입장을 어떤 것으로 규정할 수 있느냐라는 문제 앞에서 김명인과 내가 품었던 「서로 같거나 아니면 적어도 비슷한 생각」은 과연 정확한 것이었을까?

전혀 그렇지 않았다.

그 당시에 〈태백산맥〉을 부정적으로 평가했던 김명인도, 그 작품을 긍정적으로 평가했던 나도 이 작품에 나타나 있는 작가 조정래의 정치적·역사적 입장이 과연 어떤 것인가라는 문제 앞에서 엉뚱한 착오를 일으키고 있었다는 점에서는 완전히 동일하였던 것이다.

김명인이 생각했던 것과는 전혀 다르게, 〈태백산맥〉에 나타나 있는 작가 조정래의 정치적·역사적 입장은 김명인의 입장에 아주 가까운 것이었다. 그리고 내가 생각했던 것과는 전혀 다르게, 〈태백산맥〉에 나타나 있는 작가 조정래의 정치적·역사적 입장은 나의 입장과는 아득하게 먼 것이었다.

내가 이러한 사실을 깨닫게 된 것은 물론「대화의 원리와 리얼리즘」이라는 글이 발표되고 나서 다시 한참의 세월이 흐른 후의 일이었다. 그리고 이러한 사실에 대한 나의 깨달음은 해방에서부터 6·25까지에 이르는 기간 동안의 한국 역사에 대한 나의 공부가 점점 더 깊어져 간 덕분에 이루어질 수 있었다. 그 기간 동안의 한국 역사에 대한 더 많고 더 정확한 지식이 나의 내부에 쌓여가는 데 정비례하여, 〈태백산맥〉 속에서 그 기간 동안의 한국 역사가 극단적인 좌파의 구미에 맞는 방향으로 얼마나 심하게 왜곡되었는가에 대한 나의 인식도 날로 더 선명해져 갔던 셈인데, 이 문제에 대한 나의 인식이 선명해져 감에 따라서 저절로 떠오른 것이 「〈태백산맥〉의 작가가 제1부 첫 부분에서부터 제4부 마지막 부분에 이르기까지 그러한 왜곡과 조작을 일관되게 수행한 '이유'는 과연 무엇인가」라는 질문이었으며, 그러한 질문은 나의 마음속에서 곧바로 위에서 말한 바와 같은 내용의 깨달음으로 연결되었던 것이다.

이태영이 김병로에게 혼난 이야기

우리 시대의 지식인들이 '대법원장 김병로'에 대하여 갖고 있는 이미지는 일반적으로 상당히 좋은 편이라 할 수 있다. 대통령 이승만의 횡포에 굴하지 않고 대의와 원칙을 지키고자 노력한 '대쪽 법조인'의 이미지가 바로 김병로의 지배적인 이미지이기 때문에 그렇다. 그런데 〈인물여성사 : 한국편〉 속에 나오는 다음과 같은 에피소드를 보면, 그처럼 모범적인 법조인, 모범적인 원칙주의자로 기억되고 있는 김병로도, 최소한 여성문제에 관해서는 형편없는 보수주의자의 수준을 벗어나지 못하였음이 드러난다.

이들(이태영과 그의 동지들——인용자)은 법전편찬위원회에 「남녀평등을 이념으로 하는 헌법정신에 비추어(민법을——인용자 보충) 제정해 달라」는 건의서를 제출하고 대법원장(당시 김병로)을 찾아갔다. 김 대법원장은 「내가 살아 있는 동안은 그 법의 일자일획도 못

고친다」며 이태영을 향하여 이렇게 폭언을 퍼부었다.

「법조계의 초년생이면서 건방지게 법을 고치라고 나서다니 어디서 배운 버릇이냐? 조그만 것이 법률줄이나 배웠다고 벌써 꼬리를 휘젓고 다니느냐. 1천5백만 여성들이 불평 한 마디 없이 다 좋다고 잘살고 있는데 어째서 평지풍파를 일으키느냐?」

이태영은 얼마나 놀라고 무섭고 슬펐는지 「눈에서 눈물이 아닌 핏물이 쏟아지는 듯했고 목이 콱 막혔다.」 다리가 떨려서 걸음조차 제대로 걸을 수 없어 동행했던 황신덕 등 함께 갔던 사람들의 부축을 받아 가까스로 그 방을 물러나왔다. 그러나 악법 개정의 뜻을 굽힐 수는 없었다. 이태영은 뜻을 같이하는 사람들과 법제처장, 법무장관, 국회의원, 장관 등을 두루 찾아다니며 호소하는 한편, 좌담회나 강연회, 방송 등 모든 수단을 동원하여 활동하기 시작했다(박석분·박은봉, 〈인물여성사 : 한국편〉, 새날, 1994, p. 298).

위와 같은 기록과 마주친다는 것은 우리에게 있어서 별로 즐거운 경험은 되지 못한다. 하지만 그것이 엄연한 사실인 바에야, 그것을 외면하고 지나갈 권리가 우리에게는 없다. 그리고 우리는 이처럼 즐겁지 못한 발견을 기초로 하여 다시 두 가지 문제를 더 생각해 볼 수 있다.

(1) 한국의 현대사 속에서 뚜렷한 이름을 남기고 있는 지도자급의 여러 사람들에 대해 생각할 때마다 우리는 일반적으로 지나치게 단순한 한두 개의 이미지만을 가지고 그들 각자의 인물됨 전체를 판단하려 들지 않았는지 반성할 필요가 있다. 겨우 한두 개 정도의 이미지만을 가지고 그 전모를 판단하기에는 인간이란 너무나 복잡하고 다면적인 존재가 아니겠는가? 특히 혼돈과 모순으로 가득 찬 한국 현대사의 전개과정과 운명을 같이해야 했던 지도자급 인사들의 경우엔 그 복잡

성과 다면성이 유달리 증폭되어 나타날 수밖에 없었던 게 아닐까? 그럼에도 불구하고 '대쪽 법조인 김병로' 식의 단순명료한 이미지에만 기대어 그 사람들 하나하나를 쉽게 재단해 버리려 드는 안이함이 우리에게는 상당히 널리 퍼져 있는 게 사실이라 하지 않을 수 없다.

그 대표적인 예가 김구의 경우다. 우리들이 일반적으로 김구를 이해하고 평가하는 과정에 있어서, 인간이면 누구나 가지고 있는 복잡성과 다면성은 과연 얼마만큼이나 고려되고 있는 것일까? 그리고 김구 자신을 비롯하여 무릇 한국 현대사 속에서 지도자급의 위치에 있었던 사람들이라면 누구나, 그 역사적 상황 때문에 유달리 증폭된 상태로 가질 수밖에 없었던 복잡성과 다면성은, 또 얼마만큼이나 고려되고 있는 것일까?

(2) 어떤 인간이 정말로 존경받을 수 있는 사람인가 그렇지 못한 사람인가를 판별해 내는 기준은 물론 단일한 것일 수 없다. 그처럼 단일하지 않고 다양한, 수많은 기준들 가운데 하나로 우리는 다음과 같은 것을 상정해 볼 수 있으리라 : 「어떤 사람이 합리적인 근거 없이 기득권을 인정받는 집단에 속해 있을 경우, 그런 기득권을 인정받지 못하는 사람으로부터 제기되는 항의에 귀를 기울이고 그 항의의 정당성 여부를 신중히 검토하며 그것이 정당한 것으로 인정될 경우 수용할 자세가 되어 있다면 그 사람은 참다운 존경을 받을 만한 자격이 있다.」 이것은 우리가 상정할 수 있는 수많은 기준들 가운데서 특별히 중요한 유일의 것은 아닐지 모르지만 최소한 특별히 중요한 몇 가지 것들 중의 하나로 인정받을 만한 것임에는 틀림이 없다. 물론 이러한 기준에 비추어서 판단한다면 김병로는, 참다운 존경을 받을 만한 인물인가 아닌가를 알아내기 위한 시험의 마당에 설 경우, 예심 통과자의 명단에도 들지 못하고 탈락할 가능성이 높다.

홍성원 소설
〈그러나〉의 주인공이 행한 발언을 논박한다

1

홍성원이 최근에 낸 장편소설 〈그러나〉를 보면 주인공 김형진이 몇
명의 일본 지식인들을 향하여 다음과 같이 발언하는 대목이 나온다.

「애기가 좀 길어집니다만, 1961년 군사 쿠데타를 일으켜 무려 18년
동안 장기독재를 했던 박정희라는 대통령이 한국에 있지 않습니까.
그는 헌법을 파괴하고 민주주의를 말살했으며 무수한 학생과 지식인
을 투옥하여 국민의 기본권인 인권을 무자비하게 탄압한 인물입니
다. 그러나 상당수의 한국인들은 이 독선적이며 무자비한 군사 독재
자를 한국 경제를 부흥시킨 위대한 지도자로 아직도 높이 평가하고
있습니다. 말하자면 그의 독재는 잘못된 것으로 인정하지만, 한국이
오늘날의 눈부신 경제 성장을 이룩할 수 있었던 것은 그의 탁월한 리
더십과 국가 경영과 통치술 때문이라는 것입니다. 그러나 이러한 논

리 뒤에는 의도적으로 교묘하게 위장된 허구의 커튼이 드리워져 있습니다. 그 허구의 커튼 뒤에 숨겨진 참된 모습은 이렇습니다. 당시 한국의 국민적 여망과 시대적 여건, 주변 정세 등을 살펴보면 박정희라는 독재자가 아니었더라도 한국의 비약적인 발전은 이미 예약된 게 아니었던가 하는 것입니다. 그 이유는 똑같은 시기에 네 마리의 용이 된 홍콩과 대만과 싱가포르를 보아도 알 수 있습니다. 후진 아시아 지역에서 네 마리의 용이 동시에 태어난 것은 우연이 아닙니다. 그들의 탄생은 그 시대의 요구였을 뿐 결코 일개 독재자의 영도력의 결과가 아니라는 말입니다.」

(《그러나》 제1권, 문학과지성사, 1996, p. 81)

위에 인용된 김형진의 발언은 한국이 지난 1960~1970년대에 이룩했던 엄청난 경제발전과 박정희의 리더십 사이에 과연 어떤 관계가 있는가라는 문제에 대하여 우리 사회의 많은 지식인들이 가지고 있는 견해를 요령 있게 집약해서 대변해 준 것으로 생각된다. 그러면 김형진의 이러한 발언에 의하여 대변되고 있는 많은 지식인들의 견해는 과연 타당한 것으로 볼 수 있는가? 나는 그렇게 볼 수 없다고 생각한다.

위에 인용된 발언 속에서 김형진은 이런 말을 하고 있다 :「박정희라는 독재자가 아니었더라도 한국의 비약적인 발전은 이미 예약되어 있었다」고. 그의 이런 주장을 그대로 밀고 나가보면, 예컨대 5·16에 의하여 장면 정권이 무너지지 않았더라도, 혹은 1963년의 대통령 선거에서 윤보선 후보가 당선되었더라도 한국은 비약적인 경제발전을 이룩할 수 있었으리라는 결론이 나온다. 하지만 만약 지금 어떤 사람이 그를 찾아가서 당신은 장면 정권이 무너지지 않았더라도, 혹은 1963년의 선거에서 윤보선 후보가 이겼더라도 한국이 그 엄청난 경제발전을 이

록할 수 있었으리라고 정말로 확신하느냐고 물어본다면 그는 아마 웬만큼 얼굴이 두꺼운 사람이 아니라면 그렇다고 대답하지 못할 것이다.

그리고 위의 발언에서 그가 홍콩·대만·싱가포르의 경우를 근거로 삼아 자기의 논지를 옹호하려 한 것도 방향을 전적으로 잘못 잡은 시도였다. 그는 민주주의와 비약적인 경제발전이 얼마든지 양립할 수 있다는 주장을 펴는 가운데 그와 같은 얘기를 한 것이지만, 그를 위해서는 대단히 유감스럽게도, 홍콩이나 대만이나 싱가포르 중 어느 한 나라도 그가 생각하는 바와 같은 의미에서의 민주주의를 시행한 나라는 아니었다. 영국 총독의 통치하에 놓여 있었던 홍콩, 김일성·김정일의 부자세습보다 앞선 장개석·장경국의 부자세습과 수십 년간 지속된 국민당 일당체제(一黨體制)로 유명했던 대만, 이광요라는 독재자의 장기집권 아래 비약적인 경제발전을 이룩한 싱가포르──이런 나라들을 예로 들어가면서 자기의 논지를 뒷받침하려고 했으니, 이 김형진이라는 사람의 논지를 반박하고자 마음먹은 사람이 그때 만일 그 자리에 있었다면 그 사람은 내심 기뻐서 춤이라도 추었을 것이다. 세상에, 자기의 논지를 무너뜨리는 데 동원되면 기막히게 유용할 자료들을 수고스럽게 일부러 찾아가지고 나와서 자기의 논지를 옹호하려 들다니, 이런 어처구니없는 일이 또 어디에 있을 것인가?

김형진이 자기의 주장을 뒷받침하는 보조 자료를 끌어들이고자 시도하는 과정에서 초보적인 실수를 범한 것은 그렇다 치고, 이왕 말이 나온 김에, 홍콩·대만·싱가포르 등을 비롯한 여러 외국의 사례를 통하여 우리가 정말로 얻어낼 수 있는 깨달음은 무엇인가 하는 문제를 한번 짚어보면 어떨까. 이런 생각을 해보는 순간 대번에 떠오르는 것이, 정치학자 김일영의 다음과 같은 견해이다.

이론적 차원에서 민주주의와 경제발전이 양립하지 못할 이유는 없으며, 실제로 산업화의 성숙단계에 도달한 대부분의 서구국가들에서 그것은 경험적으로 실증되고 있다. 그러나 산업화의 초기 단계에 민주주의에 의거해서 경제를 도약시킨 사례는 찾아보기 어렵다. 특히 그 범위를 후발산업화 국가들과 그 이후에 본격적인 산업화를 추진한 국가들로 한정시킬 경우 그 예는 전혀 없다고 해도 과언이 아니다.

…… 적어도 개연성 면에서 현재까지는 양립불가능성의 명제가 절대적 우위에 있는 것은 사실이다. 그러므로 적어도 '경험적'으로는 산업화 '초기' 단계에서 권위주의와 자본주의적 경제발전 사이에 '선택적 친화력'이 있다고 말할 수 있다.

…… 필자의 주장이 자칫 권위주의나 군사독재를 옹호하는 것으로 여겨질 수도 있다. 단언컨대 필자는 결코 권위주의의 옹호자가 아니다. 현실에서 민주주의와 경제발전이 양립할 수 있다면 그것을 따르고 싶은 생각이 필자 또한 다른 사람 못지않게 크다. 그러나 경험적으로 그런 사례가 발견되지 않았다는 데 어려움이 있으며, 사회현상을 연구하는 과학자로서 필자는 그런 비난이 두려워 사실을 왜곡하고 싶지도 않다.

…… 동원가능한 자원이 태부족한 후발 내지 후후발 산업화의 초기 단계에서 국가가 한편으로는 자원을 균등분배하면서 다른 한편으로는 경제발전을 제대로 도모하는 것이 가능한지를 생각해 본다면 발전지향적 민주주의란 비현실적이면서 형용모순적인 개념임을 알 수 있다(김일영, 「정계의 영원한 초대받은 손님——장면론」, 《황해문화》 1995년 여름호, pp. 273~275).

내 생각으로는, 이러한 견해의 정당성을 의심할 여지는 전혀 없다고 여겨진다. 그렇다면 우리는 경제발전이라는 것 자체를 근본적으로 거부하고 배격하지 않는 한 박정희에 대한 김형진식의 평가를 심각하게 재고해 보아야 한다는 결론에 도달하지 않을 수 없다.

2

김일영이 독재의 옹호자가 아니듯, 나 역시 절대로 독재를 옹호하는 사람이 아니다. 박정희 시대 전반에 걸쳐 자행되었던 각종의 인권탄압을 생각할 때마다 격렬한 분노의 감정에 사로잡힌다는 점에서 나는 김형진 같은 사람과 조금도 다르지 않다. 하지만 그러한 분노의 감정을 김형진과 공유하고 있다 해서, 김형진의 논리 속에 담겨 있는 명백한 오류를 못 본 척하고 지나갈 수는 없는 노릇이다.

3

한때 나는 박정희가 앞장서서 추진해 나간 경제발전의 방향 자체가 바람직한 삶의 이념이라는 것에 비추어볼 때 근본적으로 잘못된 것이 아니었는가 하는 생각을 진지하게 품었던 적이 있다(그러한 생각에 입각하여 씌어진 것이 〈1970년대 문학연구〉(예하, 1994)라는 책에 실려 있는 나의 글 「유신시대의 소설과 비판적 지성」이다). 그러나 지금은 그러한 생각을 버렸다. 가슴에 손을 얹고 깊이, 정직하게 생각해 볼 때, 박정희가 추구했던 경제발전의 방향 자체를 바람직한 삶의 이념이라는 이름 아래 근본적으로 거부하고 배격할 경우 우리에게 돌아올 것은 '세계가 멸시하는 거지나라 백성들'의 운명 이외에 아무것도 없다는 사실을 부정할 도리가 없기 때문이다. 나는 사실 한국땅 바깥으로 나가보기 전에는 이 점을 잘 실감하지 못했었다. 그러나 일단 한국땅 바깥으로 나가보고 나서는 이 점을 실감하지 않을 수가 없었다.

그리고 내가 5대양 6대주를 돌아다니는 일을 거듭하는 동안, 내 마음 속에서 그 실감은 날로 더 강해져 가기만 했다.

4

앞에서 인용했던 김형진의 발언 가운데는 반드시 따져보고 넘어가야 할 것이 한 가지 더 있다. 그의 발언 속에 나오는 「의도적으로 교묘하게 위장된」이라는 표현이 그것이다. 김형진식의 논리에 동조하지 않고 박정희에게 유리한 얘기를 하는 사람들은 뭔가 불순한 '의도'를 그 배후에 숨기고 있으며 그 불순한 '의도'에 입각하여 교묘한 '거짓말'을 하고 있음에 틀림없다는 단정이 이러한 표현 속에는 들어 있다. 하지만 적어도 나 자신의 경우를 생각해 보면 이러한 단정은 문자 그대로 터무니없는 것이라 하지 않을 수 없다. 그런가 하면 김일영 같은 사람의 경우도 이 점에 있어서 나의 경우와 완전히 동일할 것임에 의심의 여지가 없다. 나나 김일영 같은 사람이 도대체 지금 박정희에게 유리한 얘기를 해서 무슨 부정한 이득을 몰래 얻어내 보겠다고 의도적으로 교묘하게 위장된 거짓말을 하고 다닌단 말인가?

내가 여기서 김형진의 발언 가운데 나오는 위의 표현을 굳이 문제 삼는 이유는 오늘날 소설이라는 허구의 공간이 아닌 현실의 세계 속에서도 김형진식의 아무 근거 없는 '덮어씌우기'(다른 말로 하면 '모함')를 가지고 자기 주장에 대한 반론을 제압해 버리려는 행태가 김형진류의 사고를 가지고 있는 지식인들 사이에서 드물지 않게 발견되기 때문이다.

박정희에 관한 또하나의 단상

오늘의 한국 지식인들에게 박정희는 정말 인기 없는 인물이다. 왜 그는 그토록 인기가 없을까?

(1) 우선 그는 그가 행했던 독재 때문에 인기가 없다——이것은 당연한 일이다.

(2) 그런가 하면 그는 그가 이룩한 엄청난 경제개발의 업적에도 불구하고 인기가 없다——이것은 당연한 일이 아니며, 무언가 특별한 설명을 필요로 하는, 상당히 기묘한 현상이다.

그러면 이 기묘한 현상에 대한 '특별한' 설명으로는 어떤 것이 가능할까? 나는 일단 두 가지가 가능하다고 생각한다.

(가) 박정희를 싫어하는 이 나라의 지식인이라는 사람들은 대부분 '선비＝문반(文班)의 후예'를 자처하는 존재로서, '군인＝무반(武班)의 후예'에 대해 조상 전래의 뿌리 깊은 경멸감을 가지고 있다. 정중부를 멸시했던 김돈중의 심리와 비슷한 것이 그들에게는 있다. 그런

154

그들로서는 바로 그 군인＝무반의 후예에 해당하는 박정희라는 인간
으로부터 18년 동안이나 통치를 받았다는 것이 잊을 수 없는 굴욕이
다. 그러니 박정희가 제아무리 대단한 경제개발을 이룩했다 해도, 그
리고 그 경제개발에 의해 지식인들 자신이 제아무리 대단한 혜택을 입
었다 해도, 그들로서는 도저히 박정희라는 인간을 용납할 수가 없다.
오히려 반대로, 경제개발을 앞장서서 이끌며 대단한 성공을 거두었다
는 바로 그 이유로 해서 박정희를 '히로뽕 판매자'라고 매도하는 투의
발언이 튀어나오게 된다.

(나) 박정희를 싫어하는 이 나라의 지식인이라는 사람들 가운데 상
당수는 역사의 발전법칙이니 절대적인 자유니 하는 따위의 공소하고
추상적인 대언장어(大言壯語)를 즐기며 또 그런 얘기를 정교하게 다
듬는 데에 대단한 재능을 발휘하는 반면, 경제·사회 분야의 실제적인
일에 대해서는 흥미도 없고 소질도 없으며 가치도 부여하지 않는 사람
들이다. 그들의 마음속 깊은 곳에는 그런 실제적인 일을 잘하는 인간
들이란 바로 저 미천한 중인 집단의 현대판에 다름아니며 따라서 대언
장어를 구사하는 일을 전문으로 삼았던 양반 집단의 현대판인 자기네
지식인들보다는 한 수 아래에 놓이는 존재들이라는 확신이 살아 있다.
그런데 이처럼 미천한 중인 집단의 현대판에 불과한 존재의 대표자에
게 18년 동안이나 통치를 받았다는 것이 고귀한 양반 집단의 현대판이
라는 자부심을 가지고 있는 지식인들에게는 도저히 잊을 수 없는 굴욕
이다. 그렇기 때문에 박정희가 경제·사회 분야의 실제적인 영역에서
아무리 대단한 일을 해놓았어도 그들의 눈에는 그것이 전혀 존중할 만
한 것으로 비치지 않는다. 오히려 반대로, 경제·사회 분야의 실제적
인 영역에서 대단한 일을 해놓았다는 바로 그 이유로 해서 박정희를
'히로뽕 판매자'라고 매도하는 투의 발언이 튀어나오게 된다.

윤보선에 관한 단상

「홍성원 소설 〈그러나〉의 주인공이 행한 발언을 논박한다」라는 글 속에서 나는 다음과 같은 말을 한 바 있다.

만약 지금 어떤 사람이 그를 찾아가서 당신은 장면 정권이 무너지지 않았더라도, 혹은 1963년의 선거에서 윤보선 후보가 이겼더라도 한국이 그 엄청난 경제발전을 이룩할 수 있었으리라고 정말로 확신하느냐고 물어본다면 그는 아마 웬만큼 얼굴이 두꺼운 사람이 아니라면 그렇다고 대답하지 못할 것이다.

이러한 나의 발언에 대하여 어떤 사람은 다음과 같은 질문을 제기할지 모른다 : 「당신의 말은 장면과 윤보선 두 사람에 대한 부당한 과소평가에서 나온 것이 아니냐?」
이러한 질문에 대해서 나는 자신있게 「그렇지 않다」고 답할 수 있

다. 장면과 윤보선 두 사람에 대하여 선입견 없이 관찰해 본 사람이라
면 누구나 나의 판단에 동의하지 않을 수 없으리라고 나는 확신한다.
　장면에 대해서는 나중에 다시 이야기할 기회를 찾기로 하고 여기서
는 윤보선 한 사람에 대해서만 논의를 조금 더 계속해 보자. 1963년의
선거에서 윤보선이 승리했을 경우 우리나라의 역사는 과연 어떤 방향
으로 전개되었을 것인가 하는 문제를 생각해 볼 때마다 나의 머릿속
에 금방 떠오르는 것이 있다. 그것은 「구름같이 떠도는 사나이 피터
현 회고록」에 들어 있는 한 대목이다. 1963년의 대통령 선거전이 치
열하게 벌어지고 있을 당시 《뉴욕 헤럴드 트리뷴》 임시특파원의 자격
으로 윤보선·박정희 두 후보를 차례로 인터뷰했던 피터 현은 자신의
회고록 속에 그 당시의 기억을 다음과 같이 적어놓고 있다.

　　60년대 초 남한은 세계에서 소득이 가장 낮은 나라의 하나로 알려져
　　있다는 사실을 나는 잘 알고 있었다. 특히 대적하고 있는 북한보다도
　　경제면에서나 군사면에서나 모두 뒤지고 있을 때였다. 나는 윤 전
　　(前)대통령에게 이 참담한 현실에 대한 대책을 물었다. 그의 대답은
　　「먼저 당선되는 게 중요하다. 일단 당선되고 나면 상황을 분석하겠
　　다」는 것이었다. 나는 내 귀를 의심했다. 유력한 대통령 후보가 어떻
　　게 이런 멍청한 발언을 할 수 있단 말인가.
　　이와는 대조적으로 그 다음날 회견한 박 장군은 그의 '혁명적인 공
　　약', 즉 '경제개발 5개년 계획' 시리즈를 아주 자세하게 설명해 주었
　　다. 나는 제1차 5개년 계획에서 연평균 7.1%의 GNP 성장률을 목표
　　로 세운 데 대해 의문을 던졌다. 내 예측으로는 그런 성장률은 한국
　　은 물론 대만이나 말레이시아 같은 어떤 개발도상국에서도 불가능한
　　일이라고 그에게 직접 지적했더니 이렇게 대답했다.

「제1차 5개년 계획이 끝나는 1966년에 다시 와보시지요. 당신은 그
때 내 대답을 확인할 수 있을 겁니다.」
나는 다시 그를 찔렀다.
「온 나라가 기아선상에서 허덕이는데 경험도 없는 군인들이 경제 기
적을 주장한다고 해서 국민들이 과연 그들의 경제관리능력을 믿을
수 있겠습니까?」
「그렇지요, 국민들은 허리를 졸라매고 자신들의 미래와 자식들의 장
래를 위하여 더 열심히 일하기만 하면 돼요.」
박 장군은 힘주어서 한마디 더했다.
「무슨 일이든 일단 시작하면 국민들은 하면 된다는 자신감을 가져야
해요. 나는 합니다…… 국민들도 할 수 있어요.」
(《월간조선》 1996년 3월호, pp. 509~510)

위의 글을 쓴 피터 현은 의도적으로 박정희를 편들고 윤보선을 폄
하할 이유가 전혀 없는 사람이다. 그는 「윤 전대통령 부처와는 집안끼
리 서로 잘 아는 사이였고 특히 부인 공덕귀 여사와 우리 어머님은 오
랫동안 두터운 친분을 가진 관계」였던 반면 박정희와는 그때의 인터
뷰가 있기 이전에나 그 인터뷰가 있은 이후에나 아무런 개인적 인연
을 맺지 않은 사람이라는 사실을 생각해 보면 여기에는 의심의 여지
가 없다. 게다가 그는 민주당 정권 시절 파리 주재 초대 유럽 문정관
으로 임명되었다가 5·16이 나자마자 군사정부로부터 일방적인 파면
통고를 받고 「분노로 가슴이 쓰렸」던 체험을 갖고 있는 터이기도 하
다. 말하자면 그는 차라리 의도적으로 윤보선을 편들고 박정희를 폄
하하는 쪽에 섰어야 자연스러울, 그런 사람인 것이다. 그런 위치에 놓
인 사람이 하고 있는 말이기 때문에 위에 인용된 대목은 우리들로부

터 전적인 신뢰를 받을 만하다.

자, 이상과 같은 사실을 전제하면서 위의 인용문을 다시 한번 차분히 읽어보라. 그렇게 하고 난 다음에도 당신은 내가 「1963년의 선거에서 윤보선 후보가 이겼더라도……」 이하의 말을 한 것이 윤보선에 대한 부당한 과소평가에 근거한 것이라는 의심을 계속 유지할 수 있을 것인가?

이왕 지난 1960년대에 윤보선을 직접 만나보았던 사람의 회상기를 인용하기로 한 김에 하나 더 인용해 보고 싶은 것이 있다. 강원용의 회고록 〈빈들에서〉 중, 한·일 회담 반대 시위가 절정에 이르렀을 무렵 그가 윤보선의 집을 찾아갔던 때의 기억을 적고 있는 부분이다.

학생 시위가 고조되던 5월 말, 나는 아무래도 심상치 않은 사태의 수습을 의논하기 위해 민정당 당수였던 윤보선의 집을 찾은 일이 있었다. 안국동에 있던 그의 집에 갔더니 「먼저 온 손님들과 얘기가 아직 안 끝났으니 잠시 기다려달라」는 전갈이어서 나는 안내하는 대로 빈방에 들어가 내 차례를 기다리게 되었다. 그런데 그 방이 윤보선과 손님들이 만나고 있는 방과 맞붙어 있는 방이었기 때문에 그들이 하는 얘기가 다 내 귀에 들려왔다.

우선 나를 어리둥절하게 만든 것은 억센 경상도 사투리를 쓰는 남자의 볼멘 목소리였다.

「내무장관이라면 몰라도 그건 안됩니더.」

무슨 소리인가 하고 주의깊게 들어보니 정말 어처구니없게도 그 방에 모인 사람들은 이제 곧 박정권이 무너진 후 윤보선이 정권을 잡는다는 가정 아래 자기들끼리 조각을 하고 있는 것이었다. 나는 그 꼴을 보고 너무 실망을 한 나머지 그냥 그 집에서 나오고 말았다(〈빈들에서〉 제2권, 열린문화, 1993, pp. 218~219).

위의 글을 쓴 강원용 역시 의도적으로 박정희를 편들고 윤보선을 폄하할 이유가 전혀 없는 사람이다. 그는 일찍부터 윤보선 내외와 가까웠던 사이이며 1963년의 선거에서는 윤보선의 승리를 확실한 것으로 만들기 위해 야당 후보 단일화를 성사시키려고 열정적으로 뛰어다녔던 사람이다. 그리고 박정희에 대해서는 그의 집권기간 내내 일관되게 비판적인 태도를 견지했던 사람이다. 그런 이력을 지닌 사람이 하고 있는 말이기에 위에 인용된 대목은 우리들의 전적인 신뢰를 받을 만하다. 그런데 이런 사실을 전제하면서 위의 인용문을 차분히 읽어볼 때, 당신은 어떤 생각이 떠오르는가? 윤보선이나 그를 둘러싸고 있던 사람들의 이미지가 당신에게는 어떤 것으로 다가오는가?

나는 윤보선이라는 개인에 대해서는 아무런 부정적 인상도 갖고 있지 않다. 그의 측근에 있었던 사람들이 남기고 있는 그의 훌륭한 인간적 면모에 대한 증언들은 다 신뢰할 만한 것들이라고 믿는다. 그러나, 지극히 당연한 일이지만, 그러한 측면에 대한 나의 견해는, 「그가 1963년의 대통령 선거에 승리하였을 경우 우리나라의 역사에 그가 미쳤을 영향」이라는 공적인 차원의 문제에 대한 나의 판단에는 아무런 영향도 미칠 수 없는 것이다.

근대화는 긍정되어야 합니다
― 천규석 선생님께

《녹색평론》통권 제21호(1995년 3·4월호)에 발표된 선생님의 「여행의 파괴성에 대하여」라는 글 중에서 다음의 대목을 접하였을 때 느낀 참으로 강렬하고도 복합적인 인상을 저는 그 글을 처음 읽은 지 1년 반이 지난 오늘까지도 영 잊어버릴 수가 없습니다.

끝없는 욕구충족을 위한 모든 여행의 결과는 홍수범람으로 비옥했던 한강과 낙동강의 모래벌을 거대한 시멘트 무덤과 공단지역으로 뒤덮고, 이것을 일컬어 한강의 기적이라고 미화예찬하고 있다. ……그런데 이 기적을 조작한 우리의 개발독재자를 나무라는 사람은 간혹 있어도 조작된 기적인 근대화 자체를 부정하는 사람은 별로 없다. 《월간조선》의 조갑제가 근대화의 당위성과 그 중심인물로서의 박정희의 예찬을 통해 김영삼 정부의 개혁정책과 소수 개혁인사를 몰아칠 때, 개혁진영도 근대화는 박정희 개인 한 사람의 작품이 아니라 이 시대 모든 민중의 땀이 함께했다거나, 지금은 한강의 기적을 이룬 능력 있고 양심적인 보수세력과 민주화 투쟁에 헌신한 도덕적이고 합리적인 진보세력이 힘을 합쳐 또다른 근대화 곧 국제화와 세계화를 이룰 때라는 대응이 고작이었다. 이런 대응은 근대화 자체는 그 누구도 거역 못할 절대가치이고 절대선이라는 전제를 포함한 것이다.

과연 근대화는 절대선인가? 근대화는 공업화고 시장화다. 자연 존재만 아니라 사람의 지식·영혼까지 포함한 모든 존재의 파괴적 상품화다. 도시화란 미명으로 저질러지는 농촌 파괴다. 모든 삶의 가치의 시장적 단일화 내지 획일화이다. 이런 근대화를 주도한 세력에 대한 일부 비판은 있었지만 근대화 자체와 이를 방조한 민중, 특히 이론적·학문적인 측면에서 오히려 적극적으로 가담한 사람들에 대한 비판은 전혀 없다. 이 사람들은 말할 필요 없이 해외유학파다. 서울 유학으로는 성이 차지 않아 동경과 뉴욕, 파리나 뮌헨을 남보다 한발 먼저 다녀온 해외유학파야말로 가난해도 자족했던 우리 공동체를 다투어 파괴해서 세계적 단일 시장가치 속에 몰아넣고, 지역공동체의 공생정서를 끝모를 욕망경쟁의 나락으로 추락시키는 데 협력하고, 가공할 오늘의 교육지옥 경쟁을 선도하고 있는 장본인들이 아닌가? 그런데도 이들이 비판, 거부되기는커녕 오히려 정당화되고 미화된다 (pp. 100~101).

저는 선생님의 위와 같은 발언을 접하고서 '참으로 강렬하고도 복합적인 인상'을 받았다고 표현하였습니다. 이러한 저의 표현 가운데서도 특히 '복합적'이라는 말에는 제가 선생님의 주장을 액면 그대로 수용하지 못한다는 뜻이 함축되어 있습니다. 아니 좀더 분명하게 말하자면 저는 전통적 농촌공동체의 가치에 관한 선생님의 견해에 대해서나 근대화의 가치에 관한 선생님의 견해에 대해서나 모두 단호히 반대하는 입장에 서 있는 사람입니다.

그렇다면 저는 왜 그처럼 선생님과 근본적으로 대립되는 위치를 지키고 있는 입장이면서도 선생님의 위와 같은 발언으로부터 '참으로 강렬한' 인상을 받게 되었을까요? 그 이유는 간단합니다. 근대화 자체에 대해서는 주저없이 긍정적인 평가를 내리면서도 정작 그 근대화의 불길을 일으킨 주인공에 대해서는 어디까지나 부정적인 평가로만 시종하여 단 한 걸음도 양보하지 않는——그리고 이처럼 양극단으로 엇갈리는 평가를 내린 결과 불가피하게 초래되는 논리적 모순을 호도하기 위하여 실로 다양한 곡예적 언어들을 창출해 내고 있는——이 나라의 수많은 지식인 군상들에 대하여 선생님이 던진 날카로운 비난이 저의 마음속에 불러일으킨 진한 공감 때문입니다.

여기서 잠깐 이야기를 정리해 보면 결국 위의 발언에 나타난 선생님의 주장과 관련해서 상정될 수 있는 입장으로는 세 가지가 존재하는 셈입니다. (1)한강의 기적이라는 표현으로 요약되는 이 나라의 근대화와 그 근대화의 주인공을 모두 부정하는 입장 (2)근대화는 긍정하면서 그 주인공은 부정하는 입장 (3)근대화도 긍정하고 근대화의 주인공도 긍정하는 제3의 입장. 이중에서 논리적인 일관성을 가지고 있는 것은 (1)과 (3)의 입장이지요. (1)은 선생님의 입장이고, (3)은 선생님이 예시한 바에 따르면 조갑제와 같은 사람이 취하고 있는 입장입니다. 그리고 논리적인 일관성을 결여하고 있으며 따라서 모순투성이라고 하지 않을 수 없는 (2)는 가장 많은 수의 이 나라 지식인들이 취하고 있는 입장입니다.

그런데 사실 선생님이 (3)의 입장을 취하고 있는 대표적 인물로 예시한 조갑제라는 사람도 알고 보면 근대화의 주인공 즉 박정희가 행한 일 가운데 분명한 인권탄압에 해당하는 것까지를 무차별적으로 긍정하고 있는 것은 절대로 아닙니다. 그리고 (3)의 입장을 취하고 있는 사람들 대다수가 그러합니다. 이것은 조금만 깊이 생각해 보면 누구나 인정할 수 있는 사실이지요. 그런데도 (1)이나 (2)의 입장을 취하고 있는 사람들 가운데 대다수는 누군가가 (3)의 입장을 밝히고 나오면 「너 이놈, 너는 박정희의 인권탄압을 긍정한단 말이지!」 하는 식의 공격을 퍼붓고 나옵니다. 한심한 일이지요.

지금까지 제가 이야기를 전개해 오는 태도를 보고 이미 분명하게 짐작하셨겠지만 제 자신은 (3)의 입장을 취하고 있는 사람입니다. 즉 기본적으로 근대화라는 것을 긍정하며 박정희의 경제개발 정책을 긍정하는 사람입니다. 그러면 이제부터는 왜 제가 선생님과는 정반대로 근대화라는 것을 긍정하는 입장에 서지 않을 수 없는가 하는 것을 조금 자유로운 방식으로, 다시 말해 글의 전체적인 체계 같은 것을 고려하지 않고 그저 저의 생각이 자유롭게 달리는 바를 따라가는 방식으로, 말씀드려 보겠습니다.

선생님은 우리의 전통적인 농촌공동체를 가리켜 '가난해도 자족했던' 것이라고 표현했습니다. 그러나 저는 이러한 선생님의 표현에 동의할 수 없습니다. 우리의 전통적인 농촌공동체가 가난했다는 것은 사실입니다. 하지만 우리의 전통적인 농촌공동체가 자족했다는 것은 사실이 아닙니다.

제가 우리의 전통적인 농촌공동체를 포함한 근대화 이전의 세계 전반을 두루 살펴볼 때마다 가장 압도적인 힘으로 저를 짓눌러오는 것은 그 세계 전반을 통하여 실로 어마어마한 규모로 저질러졌던, 박정희의 인권탄압 따위는 그야말로 명함조차 내밀 수 없을 정도로 지독한, 인권유린의 현상들에서 연유하는 분노와 슬픔입니다. 전통사회에 대한 가장 열렬한 예찬자 가운데 한 사람인 이문열조차도 차마 끝까지 모른 체할 수 없어 「기상곡」이라는 단편 속에서 그 편모를 그려주었던 그런 종류의 인권유린을 저는 지금 말하고 있는 것입니다. 이런 종류의 인권유린이 예사로 자행되고 그런 인권유린을 제어할 수 있는 아무런 현실적 장치도 존재하지 않았던 사회가 바로 우리의 전통적인 농촌공동체였음을 선생님은 부정할 수 있습니까? 그런데 이런 사회를 두고 어떻게 자족 운운의 표현을 쓸 수 있습니까?

박경리의 대작 〈토지〉를 잠깐 생각해 봅시다. 그 소설에 나오는 최 참판 가문의 재산축적이 그 지역 일대 농민들의 인권을 얼마나 잔학하게 유린하면서 이루어졌는가 하는 점을 생각해 봅시다. 그런데도 정작 그 소설 속에서 최 참판 가문의 후손들은 상당히 매력적인 존재로 그려지고 있습니다. 이러한 사실은 과연 무엇을 말하는 것일까요?

제가 과문한 탓인지 모르지만, 우리나라의 문학평론가들 가운데서 「기상곡」이 그리고 있는 인권유린의 문제에 대해서 제대로 주목한 사람은 아마 저뿐인 것 같습니다. 그리고 〈토지〉에 나오는 최 참판 가문의 재산축적 과정이 담고 있는 문제점에 대하여 주목한 사람은 반드시 저 하나뿐만은 아니지만 그래도 어쨌든 상당히 드문 것 같으며, 또 그들 중 어떤 사람도 그 관심의 강도에 있어서는 저와 동렬에 놓이지 않는 것 같습니다. 인간해방이다 인간옹호다 자유다 민중의 권리다 또 뭐다뭐다 하는 말들을 그렇게도 쓰기 좋아하는 우리나라의 문학평론계가 이런 현상을 보이고 있다는 사실은 참으로 흥미로운 것이 아닐 수 없습니다.

　선생님이 가난해도 자족했던 사회라고 표현한 우리의 전통적인 농촌공동체를 문학의 세계와 관련시켜 생각할 때 대번에 떠오르는 작가가 이문구입니다. 이문구의 소설들은 여러 가지 귀중한 미덕들을 지니고 있기 때문에 저도 그 작품들을 전반적으로 높이 평가합니다. 그러나 저는 이문구가 그의 소설들 속에서 전통적인 농촌공동체에 대한 애정을 이야기하고 그 공동체의 쇠퇴에 대한 아쉬움을 표시할 때마다, 그 작가 자신을 모델로 한 것임에 틀림없는 〈관촌수필〉의 화자가 「마을을 아주 떠나던 날까지도 일가 손윗사람 아닌 이에게는 무슨 경어나 존칭을 써본 적이 없었」던 사람이라는 사실을 꼭꼭 빠뜨리지 않고 상기할 수밖에 없습니다. 그런데 역시 우리나라의 문학평론가들 중에는 그 사실을 저처럼 꼭꼭 빠뜨리지 않고 상기하는 사람이 그렇게 흔하지 않더군요.

　막말로 해서, 〈관촌수필〉의 화자가 마을을 아주 떠나던 날까지도 일가 손윗사람 아닌 이에게는 무슨 경어나 존칭을 써본 적이 없었을 만큼 대단한 위세를 누릴 수 있었던 이유는 그가 어쩌다 우연히 힘있는 자의 자식으로 세상에 태어났다는 사실 한 가지밖에 없습니다. 그가 무슨 공을 쌓은 덕분도 아니고, 부지런히 노력해서 돈을 많이 번 덕분도 아니고, 남보다 머리가 똑똑했던 덕분도 아니고, 그저 어쩌다 우연히 이 세상에 태어나서 정신을 차리고 보니 자기는 자기 동네에서 힘있는 사람의 자식이더라 하는 것뿐이라는 얘기입니다. 저는 이런 우스꽝스러운 이유 하나로 해서 어떤 어린애가 나이 많은 어른 아니 노인들에게까지 예사로 반말을 하고 상대방으로부터는 깍듯한 존대말을 듣는 것이 상식이자 정당한 예법으로 통하는 세상을 옹호하는 논리는, 그 논리를 구사하는 사람이 그 어떤 현란한 수사학을 동원한다 해도, 절대로 긍정할 수 없습니다.

우리나라에서 가장 존경받는 문학평론가 가운데 한 사람인 김우창의 글 속에 다음과 같은 말이 나옵니다 : 「사람과 사람의 관계가 늘 억압이 없는 평등한 관계, 서로서로에 대해서 목적으로만 존재하는 사회성에 근거한 공동체적 양심은 전근대 사회에서 어느 정도 생존의 질서 가운데 뿌리내리고 있는 것이었다(〈지상의 척도〉, 민음사, 1981, p.54).」 저는 김우창의 업적 가운데 많은 부분에 대하여 마음으로부터의 경의를 품고 있는 터이지만, 방금 인용한 말 같은 것은 문자 그대로의 의미에서 난센스라고 규정하지 않을 수 없습니다. 전근대 사회의 역사 전체가, 김우창의 그 말이 순전한 허위임을 온몸으로 절규하며 증언해 주고 있기 때문입니다. 이처럼 사실을 왜곡하는 발언이 김우창처럼 존경받는 사람에게서 나왔다는 사실을 저는 진정 유감으로 여기지 않을 수 없습니다.

이제는 조금 다른 얘기를 해보겠습니다. 선생님은 앞서 제가 인용한 대목 속에서 「도시화란 미명으로 저질러지는 농촌파괴」를 격한 어조로 비난했습니다. 우리의 전통적인 농촌공동체는 가난해도 자족한 상태로 잘살고 있었는데 그만 도시화라는 사악한 바람이 불어서 그 좋은 공동체를 파괴해 버렸다는 비난이지요. 하지만 제 생각에 선생님의 그런 비난은 옳다고 할 수 없습니다.

우선 전통적인 농촌공동체라는 것이 선생님의 말처럼 그렇게 좋은 것이 아니었다고 하는 사실이 있습니다. 전통적인 농촌공동체가 안고 있었던 심각한 문제로는 위에서 제가 길게 이야기해 온 문제말고도 가난의 문제가 있지요. 가난의 문제(여기서 말하는 가난의 문제란 물론 개인의 단위가 아니라 공동체 전체의 단위에서 제기되는 가난의 문제를 가리킵니다)에 대하여 그렇게 초연한 척하지 맙시다. 그것에 대해서 초연한 척하는 태도로는 실제적인 논의를 한 걸음도 진전시킬 수가 없습니다. 예를 들면 수리조절시설을 제대로 해놓지 못한 전근대적 농촌의 한심한 상황 속에서 해마다 홍수가 나고 그 결과 엄청난 수의 사람들이 생명을 잃고 가족을 잃고 재산을 잃고 눈물을 쏟으며, 땅을 치며 하늘을 원망하곤 했던 긴 역사를 두고 「홍수범람으로 비옥했던 한강과 낙동강」이라는 실로 기발한 표현을 써서 초연을 가장하는 그런 투의 태도 앞에서는 무슨 얘기도 할 수가 없습니다.

또 한 가지, 도시화의 현상이라는 것이 선생님의 생각처럼 그렇게 나쁜 것은 아니라는 사실을 지적해야겠습니다. 물론 저도 도시화가 일백 퍼센트 좋은 것이라고는 절대로 생각하지 않습니다. 하지만 저는 도시화를 그렇게 일방적으로 매도하는 것이 진실을 왜곡하는 태도라는 사실만은 분명하게 알고 있습니다.

여기서 참고로 복거일이 쓴 「산업혁명 뒤의 농촌」이라는 글 중의 한 대목을 인용해 두겠습니다. 이 글에서 복거일은 저와 똑같은 생각을 저보다 훨씬 설득력 있는 스타일로 전개해 보이고 있기 때문에 저로서는 그의 글을 인용하는 것으로써 제가 하고 싶은 이야기의 많은 부분을 대신할 수 있다고 믿습니다.

가보의 이 말(「악은 그것이 가장 뚜렷하게 될 때 반드시 가장 나쁜 것은 아니다」라는 말——인용자)은, 우리에게 모든 사회 문제들을 긴

시평(時平)에 놓고 살피는 일의 중요성을 일깨워준다는 점으로 해서, 좀 길게 인용할 만하다 : 「악은 그것이 가장 뚜렷하게 될 때 가장 나쁜 것은 아니다. 예로써 영국의 산업혁명에서의 어린이 노동을 들어보자. 어디서 이 어린이들의 집단이 그렇게도 갑자기 나타났을까? 이 물음은 자주 제기되었고, 그것은 이들 어린이들의 대부분은 아무리 비참하게일망정 산업에 의해 살려진, 그리고 한 세대 전에는 조용히 굶어 죽었거나 구루병으로 사라졌을 어린이들이었다는 슬픈 답변을 들었다.」

아마도 우리는 스스로에게 물어야 하리라 : 「한 해에 몇십만 명의 사람들이 농촌을 떠난다. 특히 젊은이들이. 그래서 농촌에는 나이 든 사람들이 너무 많다. 그 젊은이들은 어디로 가는가? 왜 자라난 땅을 버리고 도회로 가는가?」 그런 질문에 대한 답변은 결코 슬프거나 어둡지 않다. 우리가 고개를 들고 좀 멀리 살펴보면, 정말로 슬프고 어두운 상황은 젊은이들이 갈 곳이 없어서 일거리가 없는 농촌에 그냥 머물렀던 1950년대 우리 사회의 모습이다(《현실과 지향》, 문학과지성사, 1990, p. 253).

도시화 · 근대화의 바람이 분 결과 수많은 젊은이들이 농촌을 떠났습니다. 그것이 근본적으로 부정되어야 할 일, 일어나지 않았어야 할 일일까요?

도시화 · 근대화의 바람이 분 결과 농촌에도 텔레비전이 들어오고 전화가 들어오고 냉장고가 들어왔습니다. 그것이 근본적으로 부정되어야 할 일, 일어나지 않았어야 할 일일까요?

도시화 · 근대화의 바람이 분 결과 농촌에서도 단지 우연히 힘센 자의 자식으로 태어났다는 이유 하나만으로 아직 열 살도 안된 어린아이가 할아버지 할머니뻘의 노인네들에게 반말을 하고 존대말로 대답을 듣는 풍경이 사라졌습니다. 그것이 근본적으로 부정되어야 할 일, 일어나지 않았어야 할 일일까요?

　도시화·근대화의 바람이 분 결과 농촌에서도 젊은 남녀의 결혼을 그 아버지 혼자 제멋대로 결정하고 정작 당사자는 제 의사 한마디를 내보일 기회조차 얻지 못하는 기괴한 풍속이 사라졌습니다. 그것이 근본적으로 부정되어야 할 일, 일어나지 않았어야 할 일일까요?

　도시화의 바람을 타고 농촌을 떠난 많은 젊은이들 가운데 신경숙이라는 소녀가 있었습니다. 도시화의 바람을 타고 도시로 간 신경숙은 오늘날 훌륭한 작가가 되어 있습니다. 젊은이들이 갈 곳이 없어서 일거리가 없는 농촌에 그냥 머물러야 했던 1950년대식의 상황이 계속되었다면 오늘의 훌륭한 작가 신경숙은 존재할 수가 없습니다. 신경숙은 도시로 가서 낮에는 공장, 밤에는 산업체 학교에 다니며 많은 고생을 했다고요? 물론 많은 고생을 했습니다. 하지만 그가 그런 고생 속에서 도시 생활을 영위하며 작가의 꿈을 키워가느니 차라리 1950년대식의 상황이 그대로 이어지는 가운데 그냥 농촌에 머물러 별 하는 일 없이 지내다가 우리의 전통적 농촌공동체가 지켜온 관습대로 본인의 의사 따위는 1%도 반영될 여지가 없이 그저 아버지가 마음대로 정해주는 웬 낯선 남자와——그런 남자는 으레 아버지가 마음대로 정해주는 것이니까——결혼을 해서 자식 낳고 늙어갔으면 더 좋았을까요? 신경숙 본인에게 한번 물어볼까요?

　가난의 문제에 대하여 초연한 척해서는 안된다는 이야기를 조금 더 하겠습니다. 어떤 한 나라의 국민들 대다수가 가난의 문제에 대하여 초연한 척하고, 가난을 물리치기 위하여 혼신의 투쟁을 벌이지 않을 때, 그 나라에 돌아오는 것은 가난하지 않은 나라들에 의하여 멸시당하고 침략당하고 착취당하고 심지어는 멸망당하는 운명뿐입니다. 이 것이 냉엄한 국제질서라는 것입니다. 그런 따위의 국제질서란 바람직하지 않은 것이라고 선생님은 말하겠지요. 저도 그것이 바람직하지 않은 것이라는 사실은 압니다. 저도 이처럼 잔혹한 게임의 법칙이 이 세계의 국제관계를 규율하고 있다는 사실에 대하여 혐오를 느끼는 사람입니다. 하지만 혐오를 느낀다고 해서 그러한 법칙이 작용하지 않는 세상으로 탈출해 갈 수는 없습니다. 그것은 불가능합니다. 개인의 자격으로서야 혹 가능할 수도 있겠지만 한 국가, 국민의 자격으로서는 그것은 전혀 불가능한 것입니다. 개인의 자격으로서야 「홍수범람으로 비옥했던 한강과 낙동강」이라는 투의 한가한 표현을 구사하고 지낼 수도 있지만 한 국가, 국민의 자격으로 그런 얘기나 하고 지낼 수는 없다는 말입니다. 한 국가, 국민의 자격으로 현실에 임할 때 우리가 해야 할 일은 그런 말을 하면서 지내는 것이 아니라 댐을 만드는 것이며 농토가 있던 땅들 중 많은 지역에 도시를 건설하는 것이며 「갈 곳이 없어서 일거리가 없는 농촌에 그냥 머물렀던」 수많은 젊은이들에게 일자리를 주는 것입니다. 그리고 바로 이런 일들이야말로 지난 수십 년간 근대화라는 이름으로 이 국가, 이 국민이 해온 일의 핵심을 이루는 것들입니다. 그렇지 않습니까?

1970년대의 한국을 아민 치하의 우간다와
동일시한 조세희의 발언을 논박한다

〈난장이가 쏘아올린 작은 공〉의 작가 조세희는《문학과 사회》1996 년 가을호에 발표한「파괴와 거짓 희망, 모멸의 시대」라는 글 속에서 자기가 〈난장이……〉를 썼던 1970년대의 한국 사회는 이디 아민이 통치하던 시절의 우간다와 다를 것이 없었다는 말을 하고 있다. 나는 1970년대에 대학 시절을 보내면서 그 시대의 문제에 대하여 누구 못 지않게 많은 고민을 했던 사람이지만, 조세희의 이러한 주장에 대해 서는 전혀 수긍이 가지 않는다. 조세희는 다음과 같은 세 가지 사항 중 단 한 가지에 대해서라도 진지하게 생각하는 시간을 가져보고 난 다음에 그런 발언을 한 것인지, 나로서는 의심하지 않을 수 없다.

(1) 1970년대의 한국 사회는 경제적인 측면에서 전세계를 놀라게 할 만큼 비약적인 발전을 이룩하였다. 이디 아민이 통치하던 시절의 우간다에서 그것의 절반만큼에라도 해당하는 경제적 발전이 이루어 진 바 있는가?

(2) 조세희의 〈난장이……〉는 상당한 수준의 교양과 감식안을 가진 독자라야만 이해하고 받아들일 수 있는, 결코 평이하지 않은 작품이었음에도 불구하고, 출간되자마자 폭발적인 판매고를 기록한 바 있다. 그것은 당시(1970년대 후반기)의 한국 사회 속에 그만한 교양과 감식안을 가진 다수의 독자층이 형성되어 있었기 때문에 비로소 가능했던 현상이다(그리고 당시의 한국 사회 속에 그만한 교양과 감식안을 가진 다수의 독자층이 형성되어 있었다는 사실은 당시의 한국 사회가 과연 얼마만한 경제적 수준에 도달해 있었는가 하는 문제를 도외시하고서는 전혀 설명될 수 없다는 점도 지적되어야 한다. 그만한 독자층의 형성이 가능했던 것은 무엇보다도 수준 높은 교육이 전사회적으로 확산되어 있었던 덕분인데, 수준 높은 교육의 확산은 그 사회가 전체적으로 볼 때 상당한 정도의 경제적 수준에 도달해 있어야만 가능한 것이기 때문이다). 이디 아민이 통치하던 시절의 우간다에서도 〈난장이……〉를 이해하고 받아들일 만한 교양과 감식안을 가진 다수의 독자층이 형성될 수 있었겠는가?

(3) 조세희의 〈난장이……〉는 당대 한국 사회의 지배층에 대한 격렬한 비난으로 가득 차 있는 작품이지만, 작가 조세희는 이런 작품을 썼다는 이유로 해서 당대 한국의 정부당국자로부터 아무런 불이익도 당한 일이 없다. 그 작품을 낸 출판사 역시 이런 작품을 냈다는 이유로 해서 아무런 불이익도 당한 일이 없다. 이디 아민이 통치하던 시절의 우간다에서 어떤 작가가 〈난장이……〉 같은 작품을 썼더라도, 또 어떤 출판사가 그런 책을 냈더라도 그들이 그렇게 무사할 수 있었으리라고 생각하는가?

1970년대의 한국 사회에 대해서——특히 그 시대에 한국 사회를 지배했던 사람들에 대해서——사실과 동떨어진 미화를 시도할 생각은 나에게 전혀 없다. 그 시대의 한국 사회에는 분명히 많은 심각한 문제들이 존재했다는 것을 나는 알고 있다. 그리고 그 시대에 한국 사회를 지배했던 사람들은 분명히 많은 점에서 신랄한 비난을 받아 마땅하다는 것도 나는 알고 있다. 하지만 1970년대의 한국 사회를 이야기하면서 그 사회에 존재했던 밝음과 어둠의 양면 모두를 진지하게 살피는 힘든 작업을 회피하고, 다른 시대 혹은 다른 사회의 경우와 냉정하게 비교해 볼 때 그 시대의 한국 사회는 정확히 어떤 수준을 보여준 것으로 자리매김될 수 있는가를 신중하게 따지는 어려운 작업 또한 기피한 채, 무조건 목소리를 높여 감정적인 규탄을 일삼는 것만으로 할 일을 다했다고 생각하는 태도에 대해서는 비판을 가하지 않을 수 없다.

조세희는 「파괴와 거짓 희망, 모멸의 시대」 마지막 부분에 다음과 같은 구절을 적어두고 있다 :「혁명이 필요할 때 우리는 혁명을 겪지 못했다. 그래서 우리는 자라지 못하고 있다. 제3세계의 많은 나라들이 경험한 그대로, 우리 땅에서도 혁명은 구체제의 작은 후퇴, 그리고 조그마한 개선들에 의해 저지되었다. 우리는 그것의 목격자이다.」조세희가 이 구절을 쓰면서 마음속에 그리고 있었던 혁명은 대체 어떤 혁명이었을까? 아니, 질문을 바꿔보자. 20세기에 이 지구상에서 일어났던 수많은 혁명들 가운데, 조세희가 이 구절을 쓰면서 마음속에 그리고 있었던 혁명의 이미지에 가장 가까운 것은 무엇일까? 레닌의 러시아 혁명인가, 마오의 중국 혁명인가, 카스트로의 쿠바 혁명인가, 산디니스타의 니카라과 혁명인가. 이왕 질문을 던진 김에 한 가지만 더 물어보자. 그래, '구체제의 작은 후퇴'나 '조그마한 개선' 따위의 시시한(?) 것들 대신에 정말로 화끈하게 '혁명'을 해버린 나라의 국민들은, 그래, 지금은 얼마나 훌륭하게 잘 자랐는가? 훌륭하게 잘 자란 결과가 오늘의 러시아 국민, 오늘의 중국 국민, 오늘의 쿠바 국민, 오늘의 니카라과 국민인가?

〈난장이가 쏘아올린 작은 공〉에 나오는
'사랑'의 논리에 나는 반대한다

조세희의 연작 장편 〈난장이가 쏘아올린 작은 공〉 중 「잘못은 신에게도 있다」를 보면 다음과 같은 대목이 나온다.

아버지가 꿈꾼 세상은 모두에게 할 일을 주고, 일한 대가로 먹고 입고, 누구나 다 자식을 공부시키며 이웃을 사랑하는 세계였다. 그 세계의 지배 계층은 호화로운 생활을 하지 않을 것이라고 아버지는 말했다. 인간이 갖는 고통에 대해 그들도 알 권리가 있기 때문이라는 것이었다. 그곳에서는 아무도 호화로운 생활을 하려고 하지 않을 것이다. 지나친 부의 축적을 사랑의 상실로 공인하고, 사랑을 갖지 않은 사람네 집에 내리는 햇빛을 가려버리고, 바람도 막아버리고, 전깃줄도 잘라버리고, 수도선도 끊어버린다. 그런 집 뜰에서는 꽃나무가 자라지 못한다. 날아들어갈 벌도 없다. 나비도 없다. 아버지가 꿈꾼 세상에서 강요되는 것은 사랑이다. 사랑으로 일하고 사랑으로 자식

을 키운다. 사랑으로 비를 내리게 하고, 사랑으로 평형을 이루고, 사
랑으로 바람을 불러 작은 미나리아재비꽃줄기에까지 머물게 한다.
그러나 아버지가 그린 세상도 이상 사회는 아니었다. 사랑을 갖지 않
은 사람을 벌하기 위해 법을 제정해야 한다는 것이 문제였다. 법을
가져야 한다면 이 세계와 다를 것이 없다. 내가 그린 세상에서는 누
구나 자유로운 이성에 의해 살아갈 수 있다. 나는 아버지가 꿈꾼 세
상에서 법률 제정이라는 공식을 빼버렸다. 교육의 수단을 이용해 누
구나 고귀한 사랑을 갖도록 한다는 것이 나의 생각이었다(문학과지
성사, 1978, p. 228).

이 대목에 나타나 있는 화자의 생각은 「잘못은 신에게도 있다」의 마
지막 부분에 이르면 다음과 같이 변화한다.

아버지는 사랑을 갖지 않은 사람을 벌하기 위해 법을 제정해야 한다
고 믿었다. 나는 그것이 못마땅했었다. 그러나 그날 밤 나는 나의 생
각을 수정하기로 했다. 아버지가 옳았다(p. 249).

위에 인용된 두 개의 대목을 보면 '아버지'와 '나' 사이에서 의견이
갈라졌다가 합쳐졌다가 하는 부분은 사랑을 갖지 않은 사람을 벌하기
위해 법을 제정하는 것이 필요한가 그렇지 않은가 하는 문제를 둘러
싼 부분뿐이다. '사랑'이 사회를 규율하는 지배적 원리로 자리잡는
게 바람직하다는 점에 대해서는 부자간에 아무런 견해 차이가 없다.
사랑이 사회를 규율하는 지배적 원리로 자리잡는 게 바람직하다는 생
각은 여기서는 새삼 그 옳고 그름을 따질 필요조차 없는 자명한 진리
로 간주되고 있다. 하지만 그것이 정말로 자명한 진리일까? 나는 바

로 이 점에 있어서 위의 인용문에 나오는 부자 두 사람과 전적으로 견
해를 달리한다.

내가 생각하기로는, 사랑이 사회를 규율하는 지배적 원리로 자리잡
는 따위의 사태는, 인간의 참다운 자유와 평화와 행복이 지켜지도록
하기 위해서는, 절대로 일어나지 말아야 할 일이다. 사랑을 갖지 않은
사람을 벌하기 위해 법을 제정해도 좋은가 그렇지 않은가 하는 것은
여기서 전혀 문제가 되지 않는다. 그런 법을 제정하지 않고 교육의 수
단에만 의지하는 경우라 해서, 사랑이 사회를 규율하는 지배적 원리
로 자리잡아선 안된다는 명제의 중요성이 줄어들지는 않는다는 얘기
다. 왜 그런가. 왜 사랑이 사회를 규율하는 지배적 원리로 자리잡는
따위의 사태는 절대로 오지 말아야 하는가. 이 물음에 대하여는 이미
오래 전에 복거일이 「사회적 선택과 개인들의 몫」이라는 글 속에서
훌륭한 해답을 제시한 바 있다.

사랑하기 어려운 사람을 사랑하라는 얘기처럼 인류에게 불행을 준
얘기도 드물다. 데이비드 허버트 로렌스의 말대로, 「다른 사람을 사
랑하도록 스스로에게 강요하는 사람은 스스로의 몸 속에 살인자를
낳는다.」
사랑에는 사랑을 주는 자가 그것을 받는, 흔히는 자신의 뜻과 어긋나
게 받는, 자에게 자신의 뜻을 강제하도록 만드는 무슨 힘이 도사리고
있다. 그래서 그것은 본질적으로 자기 중심적이다. ……종교적 신념
에서 나온 사랑이나 사회적 이념에서 나온 높은 사랑일지라도, 그렇
다. 종교 재판관들은 '마녀 사냥'으로 불쌍한 노파들을 고문하고 처
형하면서 자신들은 그녀들의 영혼들에 대한 사랑에서 그렇게 한다고
믿었다. 그리고 '인류의 이름으로' 나 '인민의 이름으로' 와 같은 추

상적 '사람'에 대한 사랑을 위해 헤아릴 수 없이 많은 사람들이 고통을 받고 목숨을 잃었다(〈현실과 지향〉, 문학과지성사, 1990, p. 359).

복거일의 해답이 문제의 핵심을 정확하게 꿰뚫으면서 올바른 사고의 모범을 보여주고 있기 때문에 나로서는 일반론적인 차원의 얘기라면 여기에 더 추가할 것이 없다. 그러니만큼 이 자리에서는 단지 앞서「잘못은 신에게도 있다」로부터 인용했던 대목이 드러내고 있는 구체적인 문제점 세 가지에 대해서만 언급해 두어도 무방할 듯하다.

　(1)「잘못은 신에게도 있다」로부터 인용된 대목들을 보면 거기에는 사랑을 갖지 않은 자를 어떻게 취급할 것인가 하는 문제가 진지하게 토론되고 있는 것과는 대조적으로 누가 사랑을 가진 자이고 누가 사랑을 갖지 않은 자인가를 과연 어떤 기준에 근거하여 판정할 것인가 하는 문제는「지나친 부의 축적을 사랑의 상실로 공인한다」는 지극히 막연한 한마디를 제외하면 거의 논의의 대상이 되지 않고 있는데 이것은 자못 위험한 일이라고 말하지 않을 수 없다. 이처럼 기준이 모호한 상태에서라면 그 누구라도「너는 사랑을 갖지 못한 자다」라는 선고를 받을 가능성이 있다. 그런데 사실 그 기준이라는 것은 끝끝내 모호한 상태로 남아 있을 수밖에 없는 존재이다. 도대체 이 세상의 어느 누가 그 기준을 명료한 형태로 제시할 수 있을 것인가?

　(2) 이 문제와 관련하여 단 한 마디 제시되어 있는 막연한 말——「지나친 부의 축적을 사랑의 상실로 공인한다」는 말——이 자세히 보면 위험하기 짝이 없는 말이라는 사실도 지적해 두지 않을 수 없다. 부의 축적이 어느 정도까지 이루어진 것을 '지나치지 않은 것'으로 간주하고 어느 정도 이상 이루어진 것을 '지나친 것'으로 간주하겠다는 얘기인지를 누구도 미리 알아둘 도리가 없기 때문이다.

(3) 지금까지 언급한 문제점과 긴밀하게 연관되어 있으면서 그것 못지않게 심각한 의미를 지니고 있는 문제점이 또하나 있다. 그것은 누가 사랑을 가진 자이고 누가 그렇지 않은 자인가, 그리고 누가 부를 지나치게 축적한 자이고 누가 그렇지 않은 자인가를 판정할 수 있는 주체가 누구인지를 위에 인용된 대목으로부터는 전혀 알 수 없다는 점이다(사실은 아무도 그 주체가 될 수 없으며 되려고 해서도 안되는 것인데, 이러한 사실에 대하여 제대로 고민해 본 흔적이 위에 인용된 대목 속에는 나타나 있지 않다).

「사회적 선택과 개인들의 몫」 속에서 '사랑의 윤리'를 비판한 복거 일은 그것에 대한 보다 나은 대안으로 '너그러움의 윤리'를 내세운다.

사회를 이루고 살아가는 데서 중요한 것은 자신들이 싫어하거나 미 워하거나 경멸하거나 이해할 수 없는 사람들의 권리를 인정하고 그 들의 판단을 존중하는 시민들의 너그러움과 그런 너그러움에서 나오 는 참을성이다. 우리가 실제로 사랑할 수 없는 사람들을 억지로 사랑 하려고 스스로를 들볶지 않을 때, 그래서 그렇게 사랑하기 어려운 둘 레의 사람들 대신 추상적 '사람'을 껴안는 길을 고르지 않을 때, 우 리는 그런 너그러움과 참을성이 정의나 자비와 같은 적극적 덕성으 로 나아가기를 바랄 수 있을 것이다(pp. 359~360).

나는 복거일이 사랑의 윤리를 비판한 데 대해서 느끼는 것과 마찬 가지 정도의 공감을, 즉 전폭적인 공감을, 그가 내세우고 있는 너그러 움의 윤리에 대해서도 느낀다.

한 정치적 망명자의 초상
―홍세화의 〈나는 빠리의 택시운전사〉에 대하여

1. 머리말

이 글의 목적은 홍세화가 1995년 3월 창작과비평사에서 간행한 〈나는 빠리의 택시운전사〉라는 책을 그 소재적인 측면과 문학성의 측면 양쪽에서 간략히 검토해 보는 데 있다. 〈나는 빠리의 택시운전사〉라는 책은 그 소재적인 측면에서 볼 때 저자의 입장에 대한 찬반에 관계 없이 누구나 특별한 관심을 보낼 만하다고 생각되는 요소를 풍부하게 담고 있으며, 문학성의 측면에서 볼 때에는 의문의 여지없이 높은 평가를 받아 마땅하다는 것이 나의 판단이다. 이러한 면모를 가지고 있는 책이라면 당연히 한번쯤 진지한 논의의 대상으로 삼아볼 만한 것이 아니겠는가?

〈나는 빠리의 택시운전사〉는 시도 소설도 희곡도 아니다. 그것은 수필의 범주에 들어가는 책이다. 수필의 범주에 들어가는 글들은 본격적인 연구나 비평의 대상으로 삼기를 기피하는 관행이 있음을 나도 모르지 않는다. 그러나 이러한 관행에 아무런 정당성이 없다는 것은 조금만 깊이 생각해 보면 누구나 인정하지 않을 수 없는 사실이다. 그렇다면 우리는 그처럼 아무런 정당성도 갖고 있지 못한 관행이 지배해 온 역사에 종지부를 찍기 위해서라도 이제부터 더욱 적극적으로 수필 분야의 책들에 대한 연구 및 비평을 수행할 필요가 있으리라. 내가 이 글에서 〈나는 빠리의 택시운전사〉를 다루기로 한 데에는 이러한 판단이 강하게 작용하였다.

2. 〈나는 빠리의 택시운전사〉에 대한 몇 가지 고찰

〈나는 빠리의 택시운전사〉라는 제목을 가진 한권의 책 속에는 그 저자인 홍세화의 삶이 고스란히 담겨 있다. 그 삶의 내용을 건조한 몇 개의 문장으로 간단히 요약해서 정리해 보면 이렇다 :「1947년 서울에서 출생. 경기중·고를 거쳐 서울대 금속공학과에 입학, 2학년 때 중퇴. 1969년 서울대 외교학과에 다시 입학. 문리대 연극반에서 활동하는 한편 반정부 학생운동에 적극적으로 참여. 제적, 군복무 등의 과정을 거친 후 1977년에 졸업. 남조선민족해방전선(약칭 남민전)에 가입. 1979년 3월, 다니던 무역회사의 파리[1] 지사로 발령이 나 출국. 국내의 남민전 조직원들이 일제히 검거되자 파리에 정착하고 망명을 신청. '갈 수 있는 나라 : 모든 나라 / 갈 수 없는 나라 : 꼬레' 라고 기록된 여행문서를 소지한 망명자가 됨. 관광안내원, 택시운전사 등의 직업을 거치며 현재까지 계속 파리에 거주.」

이상과 같은 요약만 보고서도 우리는 홍세화의 삶이 사적인 차원에

---

1) 'Paris' 라는 고유명사가 〈나는 빠리의 택시운전사〉에서는 그 제목만 봐도 알 수 있듯 '빠리' 로 표기되어 있다. 그러나 나는 '파리' 라는 표기가 타당하다고 보는 입장이므로, 이 글에서는 직접 인용의 경우를 제외하고는 일관되게 '파리' 라는 표기를 사용하기로 한다.

서나 공적인 차원에서나 특별한 주목에 값하는 것이라는 판단을 내릴
수 있다. 그리고 이러한 삶에 대한 기록으로 이루어진 책은, 그 저자
가 만약 조금이라도 문학적인 재능을 지닌 이라면, 분명 상당히 인상
적인 것이 되리라는 예상을 해볼 수 있다. 그런데 이러한 판단과 예상
을 전제한 자리에서 실제로 〈나는 빠리의 택시운전사〉라는 책을 읽어
볼 경우 우리는, 그 책에 나타나 있는 저자의 문학적 재능이 일반적인
예상을 뛰어넘는, 실로 탁월한 것임을 인정하지 않을 수 없게 되며,
저자의 그처럼 탁월한 문학적 재능이 그렇지 않아도 인상적인 소재에
다 더욱 강렬한 광채를 덧보탠 결과, 이 책은 실로 커다란 매력으로
많은 사람들에게 다가가는 데 성공하였다는 결론에 도달하지 않을 수
없게 된다.

〈나는 빠리의 택시운전사〉라는 책이 지니고 있는 기본적인 면모는
지금까지의 설명을 통하여 대충 드러난 셈이다. 나는 그것을 편의상
다음과 같은 세 개의 문장으로 다시 항목화하여 정리하고 싶다.

·이 책에 담겨 있는 내용은, 사적인 차원에서 볼 경우, 특별한 주
목에 값하는 것이다.

·그것은, 공적인 차원에서 볼 경우에도, 역시 특별한 주목에 값하
는 것이다.

·이 책을 읽는 사람은 저자의 문학적 재능이 탁월한 것임을 인정
하지 않을 수 없게 된다.

이제부터 나는 위의 세 문장 하나하나에 대하여 좀더 상세한 부연
설명을 붙여보고자 한다. 위의 세 문장이 〈나는 빠리의 택시운전사〉
라는 책의 기본적인 면모를 압축하고 있는 것이라면, 이제부터 내가
행하고자 하는 작업은 그 책의 기본적인 면모를 구체적으로 밝혀내는
일이 될 것이다. 그러나 이러한 작업에 의하여 그 책의 중요한 의미가

남김없이 드러나게 되지는 않을 것이다. 그러한 작업에 의하여 포괄되지 않는 이 책의 또다른 중요한 의미가 따로 존재한다는 얘기다. 그 점을 알기 때문에, 나는 위의 세 문장 하나하나에 대한 부연 설명이 끝난 후에 다시 네 번째 절을 마련하여 그 또다른 의미에 대한 논의를 시도해 보고자 한다.

(1) 첫번째 문장에 대한 부연 설명

〈나는 빠리의 택시운전사〉라는 책 속에 담겨 있는 홍세화의 삶이 사적인 차원에서 볼 때에 특별한 주목에 값하는 것으로 평가될 수 있는 이유는 무엇보다도 그것이 뿌리뽑힌 삶, 소외된 삶, 아웃사이더의 삶이라 일컬어지는 삶의 양태 가운데서도 참으로 인상적인 경우에 해당하며, 바로 그런 삶의 모습을 통해 우리에게 의미 있는 그 무엇을 시사해 주기 때문이다.

〈나는 빠리의 택시운전사〉에 기록되어 있는 바에 따르면, 홍세화는 자신의 뿌리인 한국으로부터 완전히 절연된 신세가 되어, 가족과 함께 이역만리 빠리에 내던져졌다. 그는 한국으로는 결코 돌아갈 수 없는 처지가 되었으나[2] 그렇다고 해서 프랑스에 새로운 뿌리를 내리는 것도 그에게는 불가능하다. 그는 프랑스에 거주하고 있는 한국인들이 모이는 자리에도 편안한 마음으로 나갈 수 없는 처지이다. 한국 정부는 그에게 '빨갱이'라는 낙인을 찍었지만 그는 결코 빨갱이가 아니며 따라서 북한이나 유럽의 친북 한인단체를 자신의 새로운 집으로 삼을

---

2) 이것은 물론 국내 상황의 근본적인 변화도, 세계사의 거대한 지각변동도 일어나지 않았던 시기, 그러한 변화가 가까운 시일 내에 일어나리라고는 상상도 할 수 없었던 시기를 기준으로 해서 하는 이야기다. 우리는 〈나는 빠리의 택시운전사〉를 읽을 때 언제나 이러한 시기를 기준으로 해서 우리의 사유를 진행시켜야 한다. 그래야만 이 책에 담겨 있는 저자의 절실한 고민에 제대로 동참할 수가 있다.

수도 없다. 결국 그가 몸담을 수 있는 공동체는 이 세상에 하나도 없는 것이다. 이것은 참으로 극단적인 뿌리뽑힘의 상태, 소외의 상태라고 말하지 않을 수 없다.

그러나 이처럼 극단적인 뿌리뽑힘의 상태, 소외의 상태에서도 인간은 의미 있는 삶, 세계와의 유대 속에서 영위되는 삶, 소외되지 않을 삶에 대한 열망을 결코 포기할 수 없다. 그는 그 열망의 에너지를 가지고 새로운 삶을 창조하는 고통스러운 작업을 밀고 나가지 않으면 안된다. 홍세화가 파리에서 택시운전사 노릇을 시작한 것은 바로 이런 고통스러운 작업을 밀고 나가기 위해 그가 선택한 구체적인 방법이 택시운전사가 되는 것이었다는 의미로 해석할 수 있다.

홍세화가 보여주는 이러한 삶의 모습에 대하여 우리가 「특별한 주목에 값한다」라는 표현을 쓸 수 있는 이유는 어디에 있는가. 그것이 다른 곳에서는 비슷한 예를 찾기 어려울 만큼 신기한 삶의 모습이기 때문인가. 그렇게 간단히 말할 수는 없다. 그저 신기하기만 한 것뿐이라면 우리가 그것에 대해 특별한 관심을 보내야 할 이유는 전혀 없다. 그렇다면 우리가 홍세화의 삶에 대해 특별한 관심을 보내야 하는 진짜 이유는 무엇인가. 이 물음에 대한 답은 홍세화가 처한 상황과 거기서 그가 택한 길이 우리들 대다수에게 있어서 일차적으로는 분명 '남의 일'로 간주될 수 있지만 궁극적인 차원에까지 내려가서 따져보면 결코 단순한 남의 일로 간주될 수 없다는 사실로부터 찾아진다. 어째서 그것이 궁극적인 차원에까지 내려가서 따져보면 결코 단순한 남의 일로 간주될 수 없는 것인가. 우리들 대다수는 홍세화와 달리 이런저런 공동체에 몸을 담고 그것을 우리의 뿌리라 여기며 살아가고 있는 셈이지만, 정말 궁극적인 차원에까지 내려가서 따져보면 우리의 진정한 뿌리, 절대적인 뿌리라 할 만한 것은 이 세상 어디에도 존재하지 않기 때문이다. 우리의 진정한 뿌리, 절대적인 뿌리는 국가 속에도 없고, 지구 속에도 없고, 우주 속에도 없다. 궁극적인 차원, '절대'가 문제되는 차원에서 보면 우리는 누구나 뿌리뽑힌 자들이며, 소외된 자들이며, 아웃사이더들이다. 그러나 우리는 또한편으로, 의미 있는 삶, 세계와의 유대 속에서 영위되는 삶, 소외되지 않는 삶에 대한 열망을 결코 포기할 수 없다. 그 포기할 수 없는 열망의 에너지를 가지고 우리 자신의 삶을 창조해 나가지 않을 수 없다. 그런 점에서 보면, 홍세화에게 주어진 저 처절하리만큼 절박하고 고통스러운 아웃사이더의 운명은, 궁극적인 차원에서 보면, 사실인즉 우리 인간들 누구에게나 보편적으로 주어져 있는 운명을 유난히 극단적인 모습으로, 인상적인 모습으로 구현한 것에 다름아니라는 결론이 가능해진다. 그렇기 때문에, 예컨대 홍세화가 텅 빈 새벽의 파리 거리를 홀로 달리며 눈물을 흘리는 장면(pp. 286~287)을 읽을 때 우리가 느끼는 감동은 우리 자신의 운명과 전혀 무관한 남에 대한 순전한 제3자적 연민이나 동정에서 오는 것이라고 말할 수 없다. 우리가 오이디푸스왕이나 햄릿의 고뇌를 보면서 느끼는 감동이 순전한 제3자적 연민이나 동정에서 오는 것이라고 말할 수 없는 것과 동일한 이유에서 그러하다.

(2) 두 번째 문장에 대한 부연 설명

〈나는 빠리의 택시운전사〉 속에 담겨 있는 홍세화의 삶이 공적인 차원에서 볼 때에 특별한 주목에 값하는 것으로 평가될 만하다는 사실을 금방 이해하고 수긍할 수 없는 사람은 지난 1960년대에서 1980년대까지의 역사를 다만 얼마쯤이라도 알고 있는 한국의 지식인들 중에는 아무도 없을 것이다. 그 지식인이 박정희 정권에 대하여, 그리고 남민전 사건에 대하여 개인적으로 어떠한 시각을 지니고 있는가에 상관없이 그러할 것이다. 그러므로 사전적인 의미에서의 '부연 설명'이라는 것은 두 번째의 문장에 대해서는 사실상 필요하지 않다. 사실상 필요하지 않은 것을 굳이 해야 할 이유는 없다. 그러므로 여기에서는 사전적인 의미에서의 부연 설명에 해당하는 얘기를 늘어놓는 대신 홍세화의 기록을 읽고 난 후 내가 그 기록 속의 공적인 측면과 관련하여 주관적으로 느낀 소견을 간략하게 진술할까 한다. 물론 이것은 사전적인 의미에서의 부연 설명과는 거리가 있는 것이 될 수밖에 없지만, 부연 설명이라는 말을 보다 넓은 의미로 해석한다면 거기에는 당연히 포함될 수 있는 것으로 생각된다.

홍세화의 기록을 읽고 난 후 내가 그 기록 속의 공적인 측면과 관련하여 주관적으로 느낀 소견은, 간단히 말하자면, 두 가지로 요약된다.

(가) 그가 대학 시절 반정부 운동에 열성적으로 참여하고 나중에는 남민전에까지 가담하게 된 데 대하여 이해는 할 수 있으나 동의는 할 수 없다.

(나) 남민전의 동료들이 모두 검거된 시점에서 마침 파리에 머무르고 있던 그가 망명의 결단을 내리게 된 것은 인간적인 차원에서 볼 때 불가피한 선택이었던 것으로 인정할 수 있다.

이중 (나)의 항목에 대해서는 더이상의 설명이 필요하지 않겠지만, (가)의 항목에 대해서는 한두 마디쯤 덧붙이는 것이 좋겠다는 생각이 든다. 홍세화의 대학 시절과 남민전 전사 시절에 대한 기록을 볼 때 나는 한편으로는 그의 참으로 순수하고 용감한 정신에 대하여 경의를 표하지 않을 수 없다는 느낌에 사로잡히지만, 다른 한편으로는, 그 역시 지나치게 오만하고 지나치게 관념적이며 지나치게 이상주의적이고 지나치게 자기회의를 몰랐던 탓에 궁극적으로는 우리 사회의 바람직한 발전에 역행하는 결과를 낳고 말았던 수많은 한국의 자칭 '진보적' 지식인들과 얼마쯤 유사한 모습을 보여준다는 점에서 불만을 표시하지 않을 수 없다. 그는 한국(정확히는 남한)의 정치사——그중에서도 특히 박정희 시대의 정치사——를 두고 「단지 억지와 뻔뻔스러움으로 가득 찬 독재와 증오의 이데올로기뿐이었다(p. 264)」라는 표현을 하고 있는데, 이러한 그의 견해에 대하여 나는 전혀 동의하지 않는다. 물론 그 시대에 독재가 존재했던 것은 사실이고 증오의 이데올로기가 존재했던 것도 사실이지만 그 시대의 지배체제 속에서 오로지 독재와 증오의 이데올로기만 보고 그 이면에 존재했던——그리고 우리나라의 역사에 매우 긍정적인 영향을 미친——또다른 중요한 것들에 대해서는 의도적으로 외면해 버리며 그러한 반쪽만의 관찰을 토대로 하여 「단지 억지와 뻔뻔스러움으로 가득 찼었다」는 식의 단정을 내리는 것은 설득력을 가질 수 없다고 나는 생각한다.

(3) 세 번째 문장에 대한 부연 설명

〈나는 빠리의 택시운전사〉에 나타나 있는 저자 홍세화의 정치적 입장에 대하여 아무리 강한 이견을 가지고 있는 사람도, 그의 문학적 재능이 정말 출중한 것이라는 사실만은 부정할 수 없을 것이다. 홍세화의 출중한 문학적 재능은 〈나는 빠리의 택시운전사〉를 처음부터 끝까지 관류하고 있는 정확하고 유려한 문장들을 보면, 그리고 이 책의 곳곳에서 빛을 발하고 있는 치밀한 묘사들을 보면 금방 실감된다. 그러나 이것들보다도 더욱 인상적으로 그의 재능을 확인하게 만드는 것이 하나 있다. 그것은 바로 이 책의 구성방식이다. 장르론적으로 보면 이 책은 결국 세상에 흔한 자서전류의 일반적 범주에서 크게 벗어나지 않는 것인데, 홍세화는 그러한 종류의 책을 쓰면서 남달리 구성의 문제에 큰 관심을 가지고, 바로 이러한 측면에서 웬만한 소설가나 극작가에 못지않는 주밀함과 독창성을 발휘함으로써, 자못 강한 개성과 매력을 자신의 책에 부여하는 데 성공한 것이다. 이제부터 그 점을 좀 더 구체적으로 설명해 보기로 한다. 우선, 〈나는 빠리의 택시운전사〉라는 책 본문의 맨 첫 부분이 어떤 문장으로 이루어져 있는가를 보자.

　　빠리에 오세요.
　　아! 꿈과 낭만의 도시, 빠리에 오세요.
　　내가 갈 수 없으니 당신이 오세요.
　　나를 찾지 않아도 돼요. 아니, 찾지 마세요.

　　그러니까 당신이 빠리에 오세요.
　　왔다가 그냥 가시더라도 빠리에 오세요.
　　대한항공을 타고 오시겠지요. 샤를르 드 골 공항 제1터미널로, 그리고 34번 게이트로 나오시겠지요.
　　혹시 에어프랑스를 타시면 제2터미널이지요.
　　짐을 찾고 나오실 땐 세관원들을 쳐다보지 마세요. 그들은 눈이 마주친 사람들의 짐만 검사하니까요. 그리고 라면박스 같은 데엔 짐을 넣어오지 마세요. 눈이 마주치지 않아도 검사할 수 있어요(p. 9).

　〈나는 빠리의 택시운전사〉의 본문 앞머리에 놓여 있는 글의 제목은 「서장 : '빠리에 오세요'」이며, 위에 인용된 몇 개의 문장이 바로 그 글의 첫 부분을 구성하고 있다. 누구나 보아서 알 수 있다시피 불특정의 독자를 향해 아주 친근하고 사교적인 태도로——말하자면 유능한 관광 안내원 같은 태도로——직접 말을 건네는 형식을 취하고 있는 문장들이다. 그리고 「서장 : '빠리에 오세요'」라는 장 전체가 끝날 때까지 이러한 형식은 바뀌지 않고 그대로 계속된다. 그 분량은 23페이지에 이른다. 상당히 많은 분량이다. 그 많은 분량에 걸쳐서 친근하고 사교적인 말투가 이어지므로, 독자들은 마음의 빗장을 완전히 풀고 그 발화자의 인간적인 매력 속에 빠져들지 않을 수가 없다. 그 결과, 일반적인 독서의 경우와는 다른 훨씬 더 긴밀한 의사소통이 이루어지고 있다는 환상이 만들어진다. 그것은 참으로 즐거운 환상이 아닐 수 없다. 이처럼 즐거운 환상의 공간을 유영하는 동안, 독자는 파리라는 도시에 대하여 상당히 풍부한 지식을 얻게 된다.

〈나는 빠리의 택시운전사〉의 서두를 위와 같이 독특하고 인상적인 방식으로 열어보인 홍세화는, 이 책의 마지막 부분에 이르러 다시 한 번 그러한 방식을 도입한다. 이 책 본문의 맨 끝에 자리잡고 있는 글 중에서도 정말 맨 마지막에 해당하는 부분을 한번 읽어보기로 하자.

> 이제 내 말은 다 끝났습니다. 내 말을 끝까지 들어주어 정말 고맙습니다. 차 한잔 더 하시겠어요? 아 그렇군요. 시간이 많이 늦어졌군요. 네? 뭐라고 하셨습니까? 내 똘레랑스 얘기가 친불적인 얘기였다구요? 사대주의라구요? 아, 내 얘기가 그렇게 들리셨습니까? 그럼 할 수 없군요. 똘레랑스에 대하여 다시 반복하여 말씀드려야 되겠습니다. 왜냐하면 당신은 아직 똘레랑스를 이해하지 못하였기 때문입니다. 아시겠어요? 그리고 나는 친불하거나 프랑스에 사대하여 쁘로피뙤르가 될 수 있는 사람도 아니고 또 그런 위치에 있지도 않습니다. 그럼 다시 말씀드리겠습니다. 똘레랑스란……(p. 309).

위와 같은 문장들로 끝맺고 있는 이 책 본문 맨 마지막 장의 제목은 「보론 : 프랑스 사회의 똘레랑스」이며, 그 분량은 22페이지에 이른다.

「서장 : '빠리에 오세요'」와 거의 같은 분량이다. 그리고 그 내용은 「서장 : '빠리에 오세요'」와 마찬가지로 파리——더 넓게는 프랑스 전체——에 대해 유익한 지식을 제공하는 것이면서, 「서장 : '빠리에 오세요'」가 표면적인 차원의 지식을 집중적으로 다루었던 것과는 대조적으로, 심층적인 차원의 지식을 집중적으로 다루고 있는 것이다. 독자들은 이 마지막 장을 읽어가면서 이처럼 심층적인 차원의 지식을 풍부히 얻게 되는 한편, 맨 첫 장에서 누릴 수 있었던 행복——즐거운 환상의 공간을 유영하는 행복——을 다시 한번 마음껏 누리게 된다.

지금까지 〈나는 빠리의 택시운전사〉라는 책의 본문이 어떻게 시작되고 어떻게 끝나는지를 조금 상세히 살펴보았거니와, 지금까지 살펴본 결과를 토대로 해서 판단할 때, 여기에는 책의 구성을 독특하고 매력적인 것으로 만들기 위한 저자의 치밀한 배려가 작용하고 있으며 그것은 과연 커다란 성공을 거둔 셈이라는 결론을 내릴 수 있다. 이 책의 서장과 보론은 같은 서술방식, 거의 같은 분량, 내용에 있어서 기본적으로는 동일한 성격을 지니되 자세히 살펴보면 표면에서 심층으로 진전하는 모습을 보여주는 관계 등등으로 상호 긴밀하게 대응하면서, 이를테면 성공적인 액자소설의 도입부 및 종결부와 유사한 면모를 보여주는 셈이거니와, 독자들은 이러한 서장과 보론을 읽어나가는 동안 그 상호 대응방식의 치밀·적절·정연함으로부터 일종의 미학적인 기쁨을 느끼지 않을 수가 없다. 그리고 여기에 다시 앞서 언급한 저 행복——즐거운 환상의 공간을 유영하는 행복——이 함께 어우러지는 셈이다.

그런데, 따지고 보면, 지금까지 내가 자세하게 살펴본 서장과 보론의 경우는, 〈나는 빠리의 택시운전사〉의 저자가 구성의 측면에서 발휘한 주밀함과 독창성을 실감할 수 있게 만드는 많은 요소들 중 일부에 불과한 것이다. 서장과 보론을 제외한 나머지 부분들을 읽어가는 동안에도 독자들은 저자의 주밀함과 독창성을 계속해서 실감하지 않을 수 없다는 얘기다. 저자가 그 나머지 부분들에서 하고 있는 얘기들을 연대순으로 늘어놓으면 결국 이 글의 앞부분에서 내가 요약·정리했던 내용으로 귀착되는 것이지만, 저자는 결코 그처럼 평범한 연대순 배열의 방법을 취하지 않는다. 연대기적인 순서를 이리저리 바꾸어놓으면서 얘기를 진행해 나가는 것이다. 그리고 이러한 바꿈의 실제에 있어서는 참으로 주도면밀한 소설가적 계산이 작용하고 있다. 이 책에 담겨 있는 저자의 이력을 최대한으로 압축해서 정리한다면 (가)한국에서의 반정부 운동 (나)망명신청 (다)택시운전사로서의 생활이라는 세 개의 단위로 구분될 수 있는데, 저자가 이 책에서 그 이력을 서술하는 방법은, 개략적으로 보면 (다)→(나)→(가)의 역순을 취하되, 구체적인 단계에 들어가서는 단지 역순이라는 한마디만으로는 설명될 수 없는, 보다더 미묘하고 섬세한 궤적을 그리면서 앞의 시간과 뒤의 시간 사이를 오고가는 방법이다.

여기서 우선 저자가 큰 테두리에 있어 시간의 흐름을 그대로 따라가는 방법을 택하지 않고 역순으로 사건을 배열하는 방법을 택한 것은 독자들이 마치 우수한 추리소설에서 느낄 수 있는 바와 유사한 긴장감을 가지고 이 책을 읽어나가도록 만드는 효과를 낳는다. 그런가 하면 저자가 구체적인 단계에 들어가서 보여주고 있는, 참으로 주도면밀한 소설가적 계산에 입각하여 사건들을 효과적으로 배치하는 능력은, 한편으로는 그러한 긴장감을 더욱 증폭시키는 효과를 발휘하면서, 다른 한편으로는 이 책을 읽어나가는 동안 독자들의 심리상태가 저자에 대한 애정과 생생한 '발견'의 기쁨으로 충만한 상태를 끊임없이 유지할 수 있게끔 자극하는 원천으로 작용한다. 우리는 저자가 구

성의 측면에서 이룩한 이와 같은 성공을 눈여겨보면서 새삼 저 '낯설
게 하기'의 이론을 떠올리지 않을 수가 없다.

(4) '또다른 의미'에 대한 논의

이 장의 첫 부분에서 제시되었던 세 개의 문장 하나하나에 대하여
좀더 상세한 부연 설명을 붙이는 작업이 끝난 지금 내 앞에 놓여 있는
새로운 과제는, 〈나는 빠리의 택시운전사〉라는 책의 의미구조 속에서
분명 중요한 자리를 차지하는 존재로 간주되어 마땅한 것임에도 불구
하고 그 세 개의 문장으로 만들어진 그물에 걸리지 않고 빠져나간 부
분을 챙겨서 점검하는 일이다. 그 부분은 한마디로 말하자면, 「프랑스
라는 나라를 어떻게 볼 것인가?」라는 질문과 관련되어 있는 부분이
다. 즉 이 책 속에서 홍세화가 보여주고 있는 프랑스관(觀)은 과연 어
떤 것이고 그것은 어떻게 평가될 수 있는가 하는 물음이 바로 여기서
다루어져야 할 문제로 대두되는 것이다.

프랑스관이란 말을 하니까 생각나는 것이 있다. 우리나라의 좀 배
웠다는 인사들 중에는 상당히 우스꽝스러운 친불사상, 아니 숭불사상
(崇佛思想)을 갖고 있는 사람이 없지 않다는 사실이 바로 그것이다.
고종석은 일찍이 이런 사람들을 가리켜 「천박한 친미주의를 고상한
친불주의로 바꾸고 싶어하는 골빈 한국인」 「자랑스러운 레지옹도뇌
르족」[3]이라고 비꼰 바 있거니와, 고종석의 이러한 표현에 대하여는
나도 충심으로 동감하고 있는 터이다.

그처럼 우스꽝스러운 숭불주의자들의 존재를 일단 시야 밖으로 내
몰고 나서 프랑스라는 나라를 냉정하게 다시 관찰해 볼 경우 우리 앞

---

3) 고종석, 〈기자들〉, 민음사, 1993, p. 317

에 뚜렷하게 떠오르는 것은 결국 두 가지 개념일 수밖에 없다. '제국 주의'라는 개념이 그 하나요, '열린 사회'라는 개념이 다른 하나다. 세계 전체를 짓밟아놓다시피한 서양 제국주의의 가장 강력한 대표자 가운데 하나가 프랑스이기에, 프랑스 하면 제국주의라는 개념이 떠오르게 되는 것은 너무나 당연한 일이다. 그런가 하면 비판과 토론의 자유로 집약되는 열린 사회의 모범을 세계에 과시해 보인 가장 훌륭한 대표자 가운데 하나가 프랑스이기에, 프랑스 하면 열린 사회라는 개념이 떠오르게 되는 것 또한 너무나 당연한 일이 아닐 수 없는 것이다. 그렇다면 어떤 사람이 프랑스에 대해 논하고 있을 경우 그가 얼마만큼 정확하고 깊이 있는 얘기를 하고 있는지를 판단해 볼 수 있는 기준은 바로 이 두 가지 개념에서 찾아질 수밖에 없다. 〈나는 빠리의 택시운전사〉의 저자는 이러한 관점에서 볼 때 과연 어떤 평가를 받을 수 있을 것인가?

우선 제국주의라는 개념과 관련되는 측면부터 살펴보기로 하자. 〈나는 빠리의 택시운전사〉를 주의 깊게 읽어보면, 저자 홍세화가 프랑스의 제국주의적 측면에 대하여 상당히 정확한 인식을 갖고 있음이 확인된다. 다음과 같은 구절들을 그 증거로 들 수 있다.

그래요. 루브르 박물관은 너무 크지요. 참 많이도 뺏아왔고 훔쳐왔어요. 그래도 런던의 대영박물관보단 덜하지요. 루브르에는 그래도 자기들 것도 많은데 대영박물관에는 남의 것밖에 없어요. 정말로 신사의 나라답더군요(p. 12).

이름이 갈리에니라는 그 장군의 동상은 보실 필요가 없지만 그 장군상을 받치고 있는 사해(四海)의 식민지인상은 꼭 한번 보세요. 사각

194

의 각 방향에 인종이 다른 네 사람의 식민지인이 그 장군을 떠받치고 있지요. 20세기에 만들어진 그 동상에서 당신은 프랑스 제국주의의 상징을 한눈으로 보실 수 있어요(p. 22).

그러나 홍세화는 이처럼 프랑스의 제국주의적 측면에 대하여 정확한 인식을 갖고 있기는 하되 그러한 측면에 대하여 별로 큰 관심을 표시하지는 않는다. 그렇다면 프랑스가 지니고 있는 열린 사회로서의 면모에 대한 그의 태도는 어떠한가? 이 측면에 대한 그의 태도는 제국주의적 측면에 대한 태도와는 사뭇 대조적이다. 그는 프랑스라는 나라의 이러한 측면에 대하여 정확한 인식을 갖고 있을 뿐 아니라 또한 이루 말할 수 없이 강렬한 관심과 애정을 지속적으로 표시하고 있는 것이다. 앞서 〈나는 빠리의 택시운전사〉의 구성을 논하는 가운데 자세히 언급한 바 있는 이 책의 마지막 장(「보론 : 프랑스 사회의 똘레랑스」)은 그 가장 대표적인 예이거니와, 이 장을 제외한 나머지 부분들만을 살펴볼 경우에도 우리는 프랑스가 지니고 있는 열린 사회로서의 면모에 대하여 그가 얼마나 강렬한 관심과 애정을 지니고 있는지를 거듭거듭 확인할 수 있다. 하긴 망명자라는 그의 신분을 생각하면 이것은 지극히 당연한 일이다. 프랑스라는 나라가 그러한 면모를 가지고 있지 않았더라면 그는 프랑스에서 망명 허가를 받을 수도 없었을 것이요, 직업을 구할 수도 없었을 것이 아닌가. 그러나 이러한 그의 개인적 사정을 도외시하고 생각하더라도 그가 이 책에서 열정적으로 피력하고 있는 열린 사회의 이념에 대한 관심과 애정은 참으로 소중한 것이 아닐 수 없다. 이 책에서 그 열린 사회의 이념을 상징적으로 압축해서 나타내고 있는 말이 곧 '똘레랑스'이다. 이 똘레랑스의 정신을 자세하게, 친절하게, 알기 쉽게 설명해 주고 있는 〈나는 빠리의 택시운전사〉의 맨 마지막 장 「보론 : 프랑스 사회의 똘레랑스」는 많은 학교에서 윤리교육의 텍스트로 삼아도 좋겠다는 생각이 들 만큼 유익하고 감동적이다. 그리고 여기서 저자가 똘레랑스의 기준에 견주어 한국 사회를 비판하고 있는 다음과 같은 대목도 우리 모두에게 뜻 깊은 시사를 던져주는 것이 아닐 수 없다.

> 내가 처음에 한국 사회를 정의 사회라고들 한다고 했습니다. 당신도 그렇게 생각하십니까?
> 그런데 그 정이 지나쳐서일까요? 참견을 잘하고 강요하는 사회인 것도 같습니다. 나와 다른 남을 그대로 받아들이지 않고 나와 똑같이 되기를 요구합니다. 나와 똑같은 이념을 갖기를 강요하며 나와 똑같은 신앙을 갖기를 강권합니다. 그리하여 그 요구에 순응하면 한편이 되고 또 이른바 '정'을 주기도 하지만 따라오지 않으면 바로 적대관계로 돌변합니다. 이와 같은 강요의 논리가 권력수단과 함께 펼쳐질 때, 어떤 결과를 낳는지 우리는 너무나 잘 알고 있습니다. 한국 현대사의 비극은 모두 여기에서 비롯되었다고 해도 틀린 말이 아닐 것입니다.
> 한편, 이것도 정이 지나쳐서일까요? 권력의 남용과 비리에 대하여는 오히려 잘 용납하고 잘 잊는 사회이기도 합니다(p.308).

나는 홍세화가 개진하고 있는 위와 같은 한국 사회 비판론에 대하여 충심으로 동감한다. 술자리에 가서 어떤 피치 못할 사정 때문에 술을 먹지 않고 앉아 있는 사람에게 강제로 기어이 술을 먹이지 않고는 배기지 못하는 인간들, 1차 술자리가 끝난 후 2차로 가자고 외치다가 그 외침에 호응하지 않는 사람을 보면 아주 역적 취급을 하는 인간들

──이런 부류의 인간들이 최고의 지식수준을 자랑하는 집단 속에까지도 들끓고 있는 것을 보고 혐오감을 금하지 못해온 나이니만큼 그것은 당연한 일이다.

그런데 여기서 조금 짓궂은 얘기를 한번 해보자면, 위의 인용문에서 비판당하고 있는 문제점이 혹시 홍세화 자신의 반정부 운동에는 적용되지 않는지──「단지 억지와 뻔뻔스러움으로 가득 찬 독재와 증오의 이데올로기뿐이었다」라는 말로 한국 현대 정치사를 간단히 규정지어 버린 태도, 대학 초년생 시절부터 이미 동지와 불구대천의 적을 칼같이 구분해 버린 태도, 자신의 적이 그 나름의 신념에 입각한 행동에 의하여 이 나라의 발전에 긍정적으로 기여한 측면은 〈나는 빠리의 택시운전사〉 속에서 혹시 실수로라도 단 한 번이나마 언급하지 아니한 태도 등등에는 적용되지 않는지──생각해 볼 필요가 있을 것이다. 그리고 다시 더 나아가서, 다음과 같은 생각을 해볼 필요도 있을 것이다 : 「대학생 시절의 그에게 충격과 감동을 안겨주었던 리영희의 사상과 행동에는 그러한 비판이 적용되지 않을까? 그와 같은 남민전의 동지였던 김남주의 시와 행동에는 그러한 비판이 적용되지 않을까? 리영희와 김남주를 경쟁적으로 찬양해 온 수많은 자칭 진보적 지식인들에게는 그러한 비판이 적용되지 않을까? 김지하가 「젊은 벗들! 역사에서 무엇을 배우는가」라는 글을 쓰자 그를 당장 민족문학작가회의에서 제명해 버린 사람들에게는 그러한 비판이 적용되지 않을까?」

그리고, 지금의 논의를 끝맺는 자리에서, 마지막으로 한 가지 더 지적하고 싶은 사실이 있다. 그것은 프랑스가 지니고 있는 가장 중요한 두 가지 면모 즉 제국주의 국가로서의 면모와 열린 사회로서의 면모가 서로 어떤 방식으로 연결되어 있는가에 대한 통찰이──혹은 그 점을 따지고자 하는 문제의식이──〈나는 빠리의 택시운전사〉에서는 보이지 않는다는 것이다. 그 점에 대한 통찰 혹은 그 점을 따지고자 하는 문제의식을 보여주는 사람이란 세상 전체를 다 뒤져보아도 흔하지 않은 터이니만큼 이러한 사실을 가지고 굳이 홍세화를 비판할 필요까지는 없다고 나는 생각한다. 그러니까 내가 이러한 사실을 지적하는 것은 홍세화를 비판하기 위해서가 아니라 이제부터라도 우리가 다 함께 생각해 보아야 할 과제 하나를 많은 사람들 앞에 부각시켜 보이기 위해서일 따름이다.

3. 맺는 말

지금까지 내가 시도해 온 논의에 의하여, 〈나는 빠리의 택시운전사〉라는 책이 가지고 있는 의미와 문제점은 어느 정도 구체적으로 밝혀진 셈이라고 해도 좋을 것 같다. 지금까지 써놓은 내용을 다시 한번 읽어보니, 우리나라의 문학연구자들이나 비평가들이 수필의 범주에 드는 글들에 대하여 지금까지보다 더 크고 진지한 관심을 가지고 임할 필요가 있겠다는 생각이 정말 절실하게 든다. 수필은 자신이 관심 둘 영역이 아니라고 하는 고정관념 때문에 모처럼의 소중한 문학적 · 사상적 성과들을 전혀 알지도 못하고 흘려보내 버린 경우가, 그들 모두에게 있어서, 얼마나 많았을 것인가?

끝으로, 〈나는 빠리의 택시운전사〉를 볼 때에 곁가지로 떠오르는 생각 하나를 적어두고 이 글을 마칠까 한다. 파리라는 도시에 특별한 상징적 의미를 부여하면서 독자들에게 강한 인상을 남겨주는 데 성공한 경우로 우리는 1970년에 발표된 박순녀의 단편 「어떤 파리」를 들 수 있다. 누군가 관심 있는 사람이 이 작품과 〈나는 빠리의 택시운전사〉를 나란히 놓고 비교하면서 검토하는 작업을 수행한다면 그는 많은 뜻있는 성과를 끌어낼 수 있으리라고 여겨진다. 물론 이 두 작품은 무려 25년의 상거를 두고 있으며 그 밖에도 '소설 대 수필' '짤막한 단편 대 책 한권의 분량을 가진 작품'이라는 차이를 갖고 있지만 그 모든 점에도 불구하고 이 두 작품 사이에는 분명 의미심장한 연계성이 존재하며 그 연계성의 구체적인 세목들을 확인하는 일은 문학사적인 측면에서나 정신사적인 측면에서나 우리에게 많은 귀중한 시사점을 던져줄 수 있으리라고 기대된다. 그런가 하면 파리를 무대로 해서 씌어진 김수경의 장편소설 〈조유종〉(1990), 고종석의 장편소설 〈기자들〉(1993)과 같은 고종석이 낸 수필집 〈고종석의 유럽통신〉(1995), 김다은의 장편소설 〈당신을 닮은 나라〉(1995), 김민숙의 장편소설 〈파리의 앵무새는 말을 배우지 않는다〉(1996) 등등을 이 〈나는 빠리의 택시운전사〉와 나란히 놓고 검토하면서 「1990년대의 한국 문학에 나타난 파리 체험의 양상과 그 의미」라는 제목의 연구를 진행해 보는 것도 노력 여하에 따라서는 상당히 풍요로운 성과를 기대해 볼 만하다.

「죄의식과의 싸움」에서 박철화가 범한 오류를 지적함

1

문학사를 논한다든지 한 시대의 문학적 지형도를 전체적으로 논한다든지 할 경우, 우리는 불가피하게 다수의 문인들을 대상으로 삼지 않을 수 없다. 그리고 이처럼 다수의 문인들을 대상으로 삼고 논의를 전개하는 마당에서라면, 또한 불가피하게, 그 다수의 문인들을 이런저런 방식으로 분류하는 작업을 시도하지 않을 수 없다. 분류가 선행되지 않고서는 무슨 이야기를 제대로 진행시키기가 어려운 것이다.

그러면 그 다수의 문인들을 대체 어떤 기준에 의거하여 분류할 것인가? 이러한 물음 앞에서 우리는 다양한 답변을 제시할 수 있다.

(1) 시인, 소설가, 평론가 하는 식으로 장르에 따라 분류하는 것.

(2) 남성문인, 여성문인 하는 식으로 성별에 따라 분류하는 것.

(3) 리얼리즘 진영의 문인, 모더니즘 진영의 문인, 또 무슨 진영의 문인 하는 식으로 문학적 성향에 따라 분류하는 것.

(4) 1950년대에 등단한 문인, 1960년대에 등단한 문인 하는 식으로 세대에 따라 분류하는 것.

좀더 생각해 보면 이 밖에도 또 여러 가지 분류 기준이 떠오르지만 우선은 이 정도로 해두자. 이 밖의 그 어떤 분류 기준도 방금 내가 제시한 네 가지 기준과 맞먹을 정도의 무게를 가지고 있지는 못한 듯하니까 말이다.

그런데 위와 같은 네 가지 분류 기준이 다른 여러 기준보다 더 큰 정도의 무게를 가지고 있는 것은 틀림없는 사실이지만, 그러나 우리가 실제로 그 네 가지 기준 가운데 어느것을 적용해서 구체적인 논의를 하고자 할 경우에는, 그것의 중요성을 과대평가하지 않도록 늘 주의할 필요가 있다.

2

위에서 나는 비교적 큰 무게를 가지고 있는 분류 기준 가운데 네 번째 것으로 '세대' 라는 기준을 든 바 있다. 그러나 사실 엄밀히 따져보면 세대라는 기준의 무게는 그 앞의 다른 세 가지 기준이 갖고 있는 무게에 댈 것이 못된다. 그럼에도 불구하고 실제로 해방 후의 한국 문학을 논하는 자리에서는 약 10년 정도를 단위로 해서 설정된 세대라는 기준이 다른 세 가지 기준보다 크게 못하지 않은 정도의 무게를 인정받아 왔음을 부정할 수 없다. 그러면 대체 어떻게 해서 이런 현상이 빚어지게 되었던가? 이 물음에 대한 답은 해방 후의 한국 역사가 대략 10년 정도를 단위로 해서 커다란 변모를 보이곤 했다는 사실로부터 찾아질 수 있다. 1950년의 6·25, 1960년의 4·19와 그 이듬해의 5·16, 1972년의 유신 선포, 1979년의 10·26과 그 이듬해의 5·17 및 5·18, 1993년의 김영삼 정권 출범……. 해방 후의 한국 역사에 있어서 새로운 한 단계를 출발시키곤 했던 이 모든 사건들이 대략 10년 내외의 주기를 가지고 일어났으며 다른 수많은 분야들의 경우와 마찬가지로 문학 분야 역시 그런 일련의 사건들이 초래한 세상의 변화로부터 심대한 영향을 받지 않을 수 없었다는 사실 때문에 한국 문학을 논하는 자리에서 세대라는 기준이 가지는 무게는 이례적으로 증가할 수밖에 없었던 것이다.

3

우리는 해방 후의 한국 역사에 있어서 대략 10년 정도를 단위로 해서 커다란 변모가 일어나곤 했다는 사실을 좋게 생각할 수도 있고 나쁘게 생각할 수도 있다. 그런가 하면 해방 후의 한국 문학이 그러한 변모에 의하여 심대한 영향을 받곤 했으며 그 때문에 세대라는 기준의 무게가 이례적으로 증가하게 되었다는 사실을 좋게 생각할 수도 있고 나쁘게 생각할 수도 있다. 그러나 우리가 그런 사실들을 좋게 생각하느냐 나쁘게 생각하느냐에 관계없이 그것들은 이미 엄연한 현실로서 우리 앞에 버티고 있는 터이다. 그렇다면 우리는 이 엄연한 현실을 일단 현실로서 인정하고, 우리가 문학사 혹은 한 시대의 문학적 지형도를 논하는 자리에서 이 엄연한 현실에 대한 인식을 어떻게 효과적으로 활용하느냐 하는 쪽으로 생각을 집중시키는 것이 현명하리라. 이러한 나의 얘기는, 표현을 달리해서 말하자면, 세대론의 존재 이유를 적극적으로 인정하는 것이 바람직하다는 얘기에 다름아니다.
그런데 이처럼 내가 세대론의 존재 이유를 적극적으로 인정하는 데에는 한가지 단서가 붙는다. 앞에서 이미 분명히 한 바 있듯 분류 기준이라는 것의 중요성을 과대평가하지 말아야 한다는 것이 그 단서이다. 문인이 속해 있는 세대를 기준으로 해서 논의를 전개하는 것이 아무리 높은 정도의 효용성을 가진다 하더라도 세대라는 기준은 결국 어디까지나 논의의 편의를 도모하기 위해 도입된 하나의 도구에 불과하다. 도구 이상의 아무것도 아니다. 게다가 그것은 도구치고도 사실 그렇게 신통한 것이 못된다. 같은 세대에 속하는 문인들 상호간에도 자세히 보면 얼마나 다양한 편차가 존재하는가? 그리고 그 다양한 편차는 경우에 따라서는 극과 극으로 나뉘어 대립하는 현상을 낳게 되기도 하는 것이 아닌가? 김동리와 김동석의 논쟁, 구중서와 김현의 논쟁, 김명인과 정과리의 논쟁, 김탁환과 방민호의 논쟁 등등을 생각해 보라. 그것은 모두 동세대인들 상호간에 일어난 논쟁이면서도 서로 다른 세대에 속하는 사람들끼리 벌인 어떤 논쟁보다도 못하지 않은 정도의 치열성을 보여주지 않았던가? 그러니만큼 우리는 세대라는 분류 기준을 원용하여 논의를 진행하고자 마음먹는 바로 그 순간부터 자신의 논의를 끝맺는 바로 그 순간에 이르기까지 「동일한 세대 내에도 얼마든지 다양한 편차가 존재한다」는 사실을 잠시라도 망각하지 않기 위하여 부단한 주의를 기울이지 않으면 안된다.

4

　세대라는 분류 기준을 원용하여 논의를 진행하는 사람 자신도 불가피하게 어느 한 세대에 구체적으로 소속되어 있게 마련이다. 바로 이러한 사실 때문에 내가 위에서 말한 단서조항은 더욱 절실한 의미를 지니게 된다. 어떤 사람이 세대라는 분류 기준을 원용하여 논의를 진행할 경우 그가 위의 단서조항을 계속 마음에 새겨두고 있지 않으면, 그는 자기가 속해 있는 세대에 대해서는 그 세대 전체를 하나의 단위로 해서 일방적인 옹호론을 펴는 가운데 정작 실상과는 동떨어진 얘기로 치닫고 또 자기가 속해 있지 않은 세대에 대해서는 그 세대 전체

를 하나의 단위로 해서 일방적인 비판론을 펴는 가운데 역시 실상과
는 동떨어진 얘기로 치닫는 잘못을 범하게 될 위험이 상당히 크기 때
문이다. 그러한 위험을 극복하지 못하고 오류의 함정에 빠진 대표적
인 실례로 박철화가 쓴 「죄의식과의 싸움」을 지목할 수 있다.

  나는 사실 박철화의 이 글을 발표 당시에는 주목해 보지 못했고 이
번에 세대론에 대한 글을 쓰기 위하여 참고자료가 될 만한 글을 두루
살펴보다가 뒤늦게 발견한 셈이다. 발표된 지 이미 5년이나 지난 글
을 이제 와서 다시 문제삼는다는 것이 어색한 느낌이 있기는 하지만,
세대라는 분류 기준을 원용해서 논의를 진행하다가 자칫 잘못하면 어
떤 오류에 빠지게 되는가를 선명하게 보여주는 교훈적인 사례로서는
그 글이 여전히 현재적인 가치를 지닌다고 여겨지기 때문에 이 자리
에서 다루어보고자 한다. 내가 박철화의 글 가운데 어떤 조그마한 부
분을 가지고 전후의 맥락과 관계없이 부당하게 문제삼고 있는 것이
아니라는 사실을 분명히 하기 위해서 불가피하게 그 글로부터 상당히
긴 인용을 해야만 하겠다.

  유신 세대들은 4·19 세대의 낙관주의와는 조금 다른 모습을 갖고
  있었는데 4·19 세대의 그것은 이상과 현실의 괴리를 정직하게 인정
  한 바탕 위에서 현실과 힘겹게 부딪치며 얻은 것임에 비해, 유신 세
  대의 낙관주의는 현실의 전위에 서 있어야만 한다는 강박관념에 가
  까운 조급한 것이었다. 즉 그들은 이전 세대가 소시민으로서의 자신
  들을 자각하면서 힘겹게 탈출구를 모색한 과정에는 주목하지 못한
  채, '절대 악'으로 상정된 지배 권력과 격렬히 부딪치며 성장해 간
  힘의 확산만을 보았던 것이다. 그리하여 대개 그들은 일단 부딪쳐라,
  그러면 무엇이든 열릴 것이다 따위의 신념을 지니게 된다. 그 순진함

이 80년의 '광주' 라는 미증유의 폭력 경험과 상승작용을 일으키며
기존의 것은 무엇이든 부수고 보자는 광기를 낳는다. 거기에는 그것
을 행하는 주체 자신에 대한 반성이나 고뇌의 흔적이 보이지 않는다.
…… '광주' 로부터 증폭된 그들의 조급한 광기는 동시에 문학을 전위
들의 관심사 안으로만 좁힘으로써 문학으로부터 대중을 유리시키는
결과를 낳았고, 아울러 현실 변혁의 관점에서 직접적 효용에만 관심
을 둔 나머지 문학을 다른 무엇에 대한 보조 역할에만 머무는 것으로
지위 강등시킨다. 작품-텍스트가 후위로 사라지고 이론만이 난무했
던 80년대의 현실이 그것을 증명한다.

그 부정적 양태는 의외로 심각한 것이었다. '절대 악' 으로 상정된 지
배 권력의 해체에만 관심이 집중되어 그것을 실제로 떠받치고 있는
일상의 중요성을 망각하는 우를 범한다. …… 독재 타도·노동 해
방·통일·싸움·혁명 따위의 몇몇 전형화된 어휘 아래에서 일상에
스며든 폭력과 억압, 순응과 동화의 지배 이데올로기, 인간의 다양한
이기심에서 빚어지는 삶의 갈등과 부조리함 따위의 일상적 진실이
간과되었다. 무엇보다도 욕망을 지닌 존재로서의 인간학이 탐구되지
못한 것이다. 많은 사람들이 그것에 부여하는 작품의 질적 우수성에
도 불구하고 80년대의 가장 뛰어난 작가들이었던 양귀자, 더 나아가
임철우 등이 받아야 했던 비평적 냉대가 그 한 예이다. 단지 이인성
만이 상대적으로 그 예에서 벗어나 있을 뿐, 그들에 대한 본격적인
작가론이나 작품론은 어처구니없을 만큼 적다. 이들조차도 80년대
의 문학은 정당하게 수용하지 못한 채 소재와 풍문에 휩쓸리는 사이,
이전의 4·19 세대가 쌓은 문학적 가치들을 잃고 독자들에게도 버림
받은 것이다. 4·19 세대가 '소시민 의식' 의 각성을 통해 자신에 대
한 성찰의 기회를 제공함으로써 '문학과 삶이 동궤의 것' 이란 인식

을 이끌어냈음에 반해, 유신 세대는 변혁의 전망에 과도하게 집착하여 전망에 따라 전체주의적으로 구성되는 삶을 무리하게 요구함으로써 다시 일상적 삶과 문학적 삶과의 단절이란 결과를 낳았다. 유신 세대의 조급한 낙관주의 · 진화론적 세계관은 변혁의 신화에 갇혀 일상과 인간학의 탐구라는, 문학 본연의 가치 가운데 가장 핵심적인 부분을 등한히 하였던 것이다(박철화, 「죄의식과의 싸움」, 《문학과 사회》1991년 여름호, pp. 546~547. 밑줄 인용자).

위에 인용된 글 속에서 박철화가 '유신 세대'라는 이름으로 지칭하는 대상은 그 자신이 친절하게 설명해 주고 있는 바에 따르면 「대략 70년대 초반에 대학 생활을 시작하였고 70년대 후반부터 80년대 초반에 걸쳐 문학 활동에 뛰어든」 세대라고 한다(p. 545). 그는 이 세대에 속하는 사람들을 통틀어 유신 세대라 부르면서 그들을 그 앞의 '4 · 19 세대' 및 그 뒤의 '새로운 세대'와 대비시킨다. 이러한 대비 작업을 거쳐 그가 궁극적으로 독자들에게 전달하고자 하는 메시지는 그 자신이 소속되어 있는 세대, 즉 새로운 세대의 문학활동이 참으로 소중한 의의를 가진다는 것이다.

이러한 메시지를 전달하기 위해 애쓰는 과정에서 그는 4 · 19 세대에 대해서는 비교적 높은 점수를 준다. 그가 4 · 19 세대에 대해서 본격적으로 논한 대목은 물론 「죄의식과의 싸움」 중 위에 인용되지 아니한 부분에 들어 있지만, 위에 인용된 부분만 읽어봐도, 예컨대 거기에 나오는 「4 · 19 세대의 그것(낙관주의——인용자)은 이상과 현실의 괴리를 정직하게 인정한 바탕 위에서 현실과 힘겹게 부딪치며 얻은 것」이라는 표현 하나만 봐도, 독자 여러분이 그 점을 알아내기는 어렵지 않을 것이다. 그러면 이른바 유신 세대에 대한 그의 평가는 어떤 것인가? 이 물음에 대해서는 내가 굳이 대답할 필요가 없다. 위에 인용된 글이 그 대답을 완벽하게 제시해 주고 있기 때문이다. 그런데 사실인 즉 지금 여기서 우리가 따져봐야 할 것은 이른바 유신 세대에 대한 그의 '평가'가 아니다. 이른바 유신 세대에 대한 그의 평가를 놓고 그 옳고 그름을 따지는 일은 그 세대에 대한 그의 '사실 차원에서의 이해'가 다만 얼마쯤이라도 타당성을 인정받을 만한 것일 때 비로소 의미를 지닐 수 있을 터인데, 위의 인용문에 나타나 있는 박철화의 사실 차원에서의 이해라는 것은 「다만 얼마쯤이라도 타당성을 인정받을 만한」 수준에 아득히 미달하는 것이기 때문이다. 이 점을 증명하기란 지극히 간단하다. 박철화에게 다음과 같은 몇 가지 질문을 던져보면 된다.

(1) 대략 70년대 초반에 대학 생활을 시작하였고 70년대 후반부터 80년대 초반에 걸쳐 문학 활동에 뛰어든 세대에 속하는 시인들 가운데 대표적인 인물 열 사람을 들어보라. 그리고 그들 가운데 구체적으로 누구누구가 위의 인용문 속에서 당신이 말한 유신 세대의 특징에 해당되는 모습을 보여주는지 한번 지적해 보라.

(2) 그 세대에 속하는 소설가들을 대상으로 해서 한번 같은 작업을 시도해 보라.

(3) 그 세대에 속하는 평론가들을 대상으로 해서 한번 같은 작업을 시도해 보라.

자, 이런 질문을 던져놓고 우선 (1)과 (2)의 질문에 대한 그의 답변을 기다려보기로 하자. 박철화는 그 세대의 시인 및 소설가들 가운데 대표적인 존재 열 명씩으로 과연 누구누구를 들까? 정확한 명단이야 내가 알 수 없는 노릇이지만, 그가 평소 그의 많은 글들에서 일관되게 보여준 태도로 미루어 짐작하건대, 아마 김혜순 · 박남철 · 이성복 · 최승자 · 최승호 · 하재봉 · 황지우(이상 시인), 김향숙 · 박인홍 · 양귀자·이인성·이창동·임철우·최수철(이상 소설가)…… 이 열네 명의 이름 가운데 아무리 많아도 둘 이상이 그 명단에서 제외되진 않으리라는 것 정도는 장담해도 좋지 않을까. 열네 명에서 두 명을 제외하면 열두 명이다. 스무 명 중 열두 명이라면 60%, 열네 명 전부라면 70%이다. 그런데 박철화를 위해서는 참으로 안타까운 노릇이지만 그 열두 명 혹은 열네 명 중에서 박철화의 '유신 세대 비판론'에 맞아들어가는 사람은 단 한 명도 없다.

그러면 이제 차례를 옮겨서 (3)의 질문을 검토해 보기로 하자. 이 질문이야말로 중요한 질문이다. 왜 그런가? 박철화는 이른바 유신 세대에 속하는 문인들을 일괄적으로 매도하는 과정에서 문인들 각자의 문학적 경향에 따라서 나타나는 다양성을 하나도 고려하지 않은 것과 마찬가지로 장르의 차이에 따라서 나타나는 다양성 역시 하나도 고려하지 않았으며 그 결과 그의 유신 세대 비판론은 시인·소설가·평론가를 구별하지 않고 퍼부어지는 물벼락이 되고 만 셈이지만, 위에 인용된 글 가운데 내가 밑줄을 쳐서 구별해 놓은 부분만 따로 떼어서 읽어보면 그가 마음속으로 제일 크게 의식하고 있었던 것은 아무래도 평론가임에 틀림없다는 판단이 내려지기 때문이다.

그러면 자, (3)의 질문에 대해서 박철화가 과연 어떤 답을 제시할지 한번 추정해 보기로 하자. 이 경우 역시 정확한 명단이야 내가 알 수 없는 노릇이다. 하지만 그가 평소 그의 많은 글들에서 일관되게 보여준 태도로 미루어 짐작하건대, 아마 권오룡·성민엽·이남호·이윤택·정과리·진형준·홍정선…… 이상 일곱 명의 이름 가운데 아무리 많아도 하나 이상이 그 명단에서 제외되지는 않을 것 같다. 그런데, 어떤가? 열 명 가운데 여섯 명이라면 60%, 일곱 명 전부라면 70%이다. 그 여섯 명 혹은 일곱 명 중에서 박철화의 '유신 세대 비판

론'에 맞아들어가는 사람은 단 한 명도 없다. 정말 안타깝게도.[3]

위에서 거명된 스물한 명의 이름 중 최소한 열여덟 명 이상이 이른 바 유신 세대의 대표적인 문인 서른 명을 드는 자리에서 반드시 언급되어야 마땅하다고 하는 데 대해선 나도 큰 이견이 없다. 그리고 아마 상당히 많은 수의 문인들이 이러한 견해에 동의할 것이다. 그렇다면 위에서 제시된 명단의 적절성에 대해서는, 그것이 박철화로부터 제시됨 직한 것으로 추정된다는 점을 논외로 하더라도, 더이상 논란을 벌일 필요가 없을 듯싶다. 그런데, 보라. 그 명단에 나온 모든 사람들 중에서 박철화의 유신 세대 비판론에 맞아들어가는 사람은 단 한 명도 없는 것이다. 박철화가 이른바 유신 세대에 대하여 가지고 있는 사실 차원에서의 이해가 다만 얼마쯤이라도 타당성을 인정받을 만한 수준에 아득히 미달한다고 한 나의 단언은 이것으로 충분히 증명된 셈이다.

왜 이처럼 보기 민망한 사태가 벌어졌는가. 이유는 간단하다. 박철화가 위의 글에서 구체적으로 지적한 바와 같은 문제점을 보여준 사

---

3) 위에 인용된 박철화의 글 중 밑줄 친 부분에 대해서 한 가지 더 언급해 두기로 한다. 밑줄 친 부분에서 박철화는 이른바 유신 세대에 속하는 평론가들이 양귀자·임철우 두 작가를 대상으로 한 작가론 혹은 작품론을 '어처구니없을 만큼' 드물게밖에 쓰지 않았다는 주장을 하면서 그 세대의 평론가들 전부를 이를테면 직무유기자로 규정, 비난하였다. 위에 인용된 글 전체의 맥락에 비추어보건대, 이러한 박철화의 비난이 정당성을 획득하도록 하려면, 양귀자나 임철우를 대상으로 한 작가론·작품론은 아주 드물었던 반면 「기존의 것은 무엇이든 부수고 보자는 광기」에 사로잡힌 어떤 작가, 「주체 자신에 대한 반성이나 고뇌의 흔적이 보이지 않는」 어떤 작가를 대상으로 한 작가론·작품론은 꽤나 많이 쓰여졌다는 것이 분명한 사실로서 증명되어야 한다. 「양귀자·임철우처럼 좋은 작가를 버려두고 모씨처럼 좋지도 않은 작가에서 매달려 많은 수의 작가론·작품론을 써냈으니 당신들은 잘못을 저지른 것이 분명하다.」 이런 식으로 얘기가 되어야만 박철화의 비난은 정당성을 얻을 수 있다. 그 모씨가 구체적으로 누가 되든 상관없다. 어쨌든 양귀자·임철우에 대한 '부당한 냉대'와 모씨에 대한 '부당한 우대'가 선명한 상호 대조를 이루고 있다는 게 사실로서 증명되어야만 박철화의 비난은 의미를 가질 수 있다. 그러면 박철화는 과연 그것을 사실로서 증명할 수 있을 것인가 나는 불가능하다고 생각한다. 그런 모씨는 이 세상에 없기 때문이다.

람이 이른바 유신 세대에 속하는 문인들 가운데 일부 존재했던 것은 사실이지만 그것은 어디까지나 그 세대에 속하는 문인들이 보여준 다양한 스펙트럼 가운데 일부——그중에서도 문학적 성과가 대체로 낮은 편에 속하는 부분——에 불과한 것이었는데도 박철화는 앞에서 내가 강조한 저 결정적으로 중요한 유의사항을 무시해 버리고 한 세대 전체를 하나의 단위로 해서 논의를 펴는 가운데 일부를 전부로 과장·왜곡해서 밀어붙이는 저돌성을 발휘했기 때문이다. 그러면 그는 왜 저 결정적으로 중요한 유의사항을 무시해 버렸는가. 이 물음에 대한 답을 찾는 일은 독자 여러분에게 맡겨두기로 한다.

5

이왕 박철화의 글에 대한 이야기를 시작한 김에 조금 더 검토해 두어야 할 사항이 있다. 그 글이 발표되고 얼마 지나지 않은 시점에서 열린 《오늘의 시》 주최의 좌담회에서 이른바 유신 세대로 지목된 세대의 구성원 중 한 명인 황지우가 박철화의 글을 비판한 데 대해 박철화 쪽에서 격렬한 거부반응을 보인 사건이 그것이다. 우선 황지우가 제기한 비판의 내용을 보면 그것은 다음과 같은 것이었다.

박철화 씨의 앞의 글은 자기 세대에 대한 당파적 애정이 더 돋보이는 것 같습니다. 저의를 알 만해요. (일동 웃음) 그래서 그랬겠으나 80년대 세대규정을 민중문학 쪽으로만 몰아간 것은 좀 무리가 있어보이고, 무엇보다도 저희 세대를 지칭하는 듯한 '유신 세대', '광주 세대'라는 용어가 다소 거부감이 듭니다. '유신 세대'라고 하면 유신을 지지했거나 그 지배 이데올로기 하에 교육된 세대를 말하는 것일텐데, 아시다시피 우리는 반유신 세대였어요(「좌담——세대론의 지평」,《오늘의 시》 1991년 상반기호, p. 32).

이러한 황지우의 발언에 대하여 박철화는 다음과 같이 격한 어조로
반론을 제기한다.

저는 분명히 그 글을 맺으면서, 제가 적은 각 세대의 주된 경향들이
단선적인 연결을 갖는 것이 아니며, 또한 그것만이 그 세대를 전체적
으로 포괄할 수 있는 틀이 아니라 오히려 각 세대의 주된 경향들이
'겹치거나 엇갈리며 섞바뀌는 것'이라는 말을 적었습니다. 황지우
선생님의 의견은 아마 제 글이 표현 미숙이거나, 아니면 의도적 오독
의 결과일 것이라 판단되는데, 저로서는 당연하게도 전자라기보다는
후자가 아닌가 해요. 쉽게 이해할 수 없는 것은, 단지 중요한 가능성
을 지니고 있는 한 작가——채영주——에 대해, 그가 왜 중요한 평가
를 받아야 하는가, 그리고 그것을 중심으로 전개될 새로운 세대의 소
설적 움직임들은 어떤 것인가를 언급한 글에 대해 황 선생님 세대의
몇몇 분들이 보이고 있는 신경질적인 반응입니다. ……새로운 세대
의 새로운 움직임이 나타난다고 해서 마치 갖고 있던 무엇인가를 빼
앗긴다는 듯한 신경질적인 태도를 보면 조금 이해가 안 갑니다. 한
치의 비판도 용납하지 못했던 권위에 가득 찬 그 세대의 공적(公敵)
을 빼어닮은 듯한 태도를 보면, 거기서 제가 이름붙인 '유신 세대'라
는 닉네임도 새로운 정당성을 찾을 수 있겠네요. 저는 그 반대 의미
로, 즉 황지우 선생님의 '반유신 세대'라는 표현의 의미로 사용한 것
이었지만, 아마 영원히 우리 문학의 중심에 머무르고 싶다는, 역설적
인 의미에서의 '인정받기 위한 투쟁'의 발로가 아닌가 생각합니다
(pp. 32~33).

위에 인용된 발언에서 보다시피 박철화가 상당히 격한 반응을 보이게 된 원인을 나로서는 정확하게 파악할 수 없다. 박철화가 위의 발언에서 언급한 '몇몇 사람의 신경질적인 반응'이라는 것은 아마도 사석에서의 대화를 통하여 표출된 것이었던 듯싶은데 그것이 정확하게 어떤 것이었는지 알 수 없고, 또한 좌담의 자리에 나온 황지우가 앞서 인용된 바와 같은 내용의 발언을 하면서 어떤 태도를 취했던 것인지를 알 수 없기 때문이다(활자화되어 나온 발언의 내용 자체만으로 보자면 황지우의 태도는 지나치다 싶을 정도로 조심스럽고 점잖은 것이지만 활자의 배후에 무엇이 있었는지를 지금 나로서는 알 도리가 없다는 얘기다). 그러나 아무리 그런 점들을 십분 감안해서 생각한다 하더라도 방금 인용된 박철화의 발언에 설득력이 없다는 사실은 변경되지 않는다.

우선 그는 자신의 글을 맺으면서 짧게 덧붙인 말을 가지고 변명의 근거를 삼고 있지만 그가 이른바 유신 세대에 속하는 문인들 전체를 도매금으로 공격할 때에 구체적으로 어떤 논리를 구사하였던가를 세세한 데까지 알고 있는 우리로서는 글 말미에 가서 덧붙여진 불과 두 줄의 문장이 그의 모든 오류를 덮어줄 수 있다고는 아무래도 생각하기가 어렵다. 그리고 그는 「마치 갖고 있던 무엇인가를 빼앗긴다는 듯한 신경질적인 태도」 「한치의 비판도 허용하지 못했던 권위에 가득 찬 그 세대의 공적을 빼어닮은 듯한 태도」 「영원히 우리 문학의 중심에 머무르고 싶다는 역설적인 의미에서의 인정받기 위한 투쟁의 발로」 등등의 표현으로 이른바 유신 세대를 공격함으로써 효과적인 방어를 해내려 들고 있지만 그것 또한 아무런 의미가 없는 시도이다. 설령 황지우나 혹은 사석에서 박철화를 비판한 다른 어떤 문인이 정말 박철화가 말한 바와 같은 문제점을 가지고 있다 하더라도 그것은 그들의 문제점으로서 따로 논해야 될 성질의 것이며 박철화가 범한 오류는 그것과 관계없이 그대로 명백한 오류로서 존재하는 것이다. 게다가 그들이 그런 문제점을 가지고 있다는 박철화의 주장을 증명해 줄 근거는 하나도 없다. 박철화는 주장만 했지 그 주장을 뒷받침해 줄 근거 비슷한 것도 제시하지 못했다. 박철화가 나의 이 글을 읽는다면 나에 대해서도 황지우에게 했던 말과 똑같은 말로 반박을 해올지 모르겠지만 그것은 정말 무의미한 수고가 될 것이다. 지금 나는 사실이 아닌 것에 대해서「그것은 사실이 아니다」라는 지적을 하고 있는 것일 따름이며, 갖고 있던 무엇인가를 빼앗길까 봐 노심초사한다느니 영원히 우리 문학의 중심에 머무르고 싶어한다느니 따위의 얘기는 나하고 아무런 인연도 없다.

6

세대라는 분류 기준을 원용하여 문학사를 논하거나 문학적 지형도에 대한 전체적 논의를 진행하거나 하면서 세대 내의 다양성에 대한 인식을 확고하게 유지한 결과 상당히 설득력 있는 결론에 도달한 경우도 물론 드물지 않게 발견된다. 그러나 이 자리에서 그와 같은 부류에 드는 글의 예를 들어 살피는 것은 생략하기로 한다. 그 대신 문학사를 서술하는 사람들이 가끔 가다 한번씩 범하곤 하는 실수 한 가지를 지적하는 것으로써 세대론과 관련한 논의를 마치기로 하겠다.

방금 내가 말한 '실수' 란, 예를 들면 1970년대의 문학사를 서술하는 자리에서 그 시대에 한 세대 단위로 보아 뚜렷한 발자취를 남긴 사람들에게만 시선을 집중시키고 그 반면 세대 단위로 보면 전혀 눈에 띄지도 않을 정도이지만 작가 개개인을 단위로 해서 보면 결코 가볍게 볼 수 없는 업적을 남긴 존재 즉 〈을화〉의 김동리나 〈움직이는 성〉

의 황순원과 같은 존재를 그만 빠뜨리고 마는 것과 같은 경우이다. 이런 실수는 문학사를 서술하는 사람들이 그 서술의 현장에서 세대라는 요소에 지나치게 큰 비중을 둔 결과로 초래되는 실수라 할 수 있다. 이것은 세대론 자체에 해당하는 문제는 아니지만 우리가 문학의 마당에서 세대 개념을 거론할 경우 반드시 짚고 넘어가야 할 문제라고 생각되어 여기에 적어본 것이다.

「요즘 80년대에 씌어진 평문들을 읽다 보면 맥이 빠진다」고?

젊은 문학평론가 조영복이 《문학정신》 1996년 겨울호에 발표한 「80년대 교사의 얼굴을 벗는 어떤 방법」이라는 글을 보면 다음과 같은 대목이 나온다.

요즘 80년대에 씌어진 평문들을 읽다 보면 맥이 빠진다. 내면적 열기가 식어버린 탓도 있지만 그들이 열정적으로 토로하는 마르크시즘 이론의 논리적 정합성에 비해 사회변화에 대한 사려 깊은 전망이 부족한 때문이다. 민중문학의 전면적 확산을 기대한다거나 그럴 것이라고 희망 섞인 전망을 하는 평론가들의 87, 88년에 쓴 글들은 세계변화에 대한 그들의 맹목이 느껴진다(p. 48).

평소에 상당한 정도의 신뢰감을 가지고 대해오던 젊은 평론가가 이런 소리를 하는 것을 듣고 있노라면, 나야말로 정말이지 맥이 빠지는 것을 느끼지 않을 수가 없다.

위에 인용된 대목에서 조영복이 말하고 있는 것은 '80년대 비평의 일부'에 관한 한 타당한 얘기라고 할 수 있다. 그러나 그의 말이 '80년대 비평의 전부'를 겨냥하고 있는 것이라면 그것은 도무지 타당성을 인정받을 수 없는 말이다. 「마르크시즘 이론을 열정적으로 토로」하고 「민중문학의 전면적 확산을 기대한다거나 그럴 것이라고 희망 섞인 전망을 하는」 비평가들에 대하여 조리정연하게 반론을 제기하는 글이나 정면으로 반론을 제기하지는 않더라도 어쨌든 그들과 전혀 다른 이야기를 함으로써 간접적으로 반대의 뜻을 드러낸 평문들도 80년대에는 적지 않게 존재했기 때문이다.

그런데 위에 인용된 대목을 보면 조영복은 이런 평문들의 존재를 전적으로 무시하고 있다. 그가 「요즘 80년대에 씌어진 많은 평문들을 읽다 보면」이라든지 「요즘 80년대에 씌어진 어떤 평문들을 읽다 보면」이라든지 하는 표현을 쓰지 않고 「요즘 80년대에 씌어진 평문들을 읽다 보면」이라는 표현을 쓴 것이 그 증거이다. 과연 이래도 되는 것일까?

1980년대에 씌어진 평론들 가운데에서 논리적 정합성이라는 측면에서 보나 현실 인식의 정확성이라는 측면에서 보나 윤리적 진정성이라는 측면에서 보나 긍정적인 평가를 받아 마땅한 것은 「마르크시즘 이론을 열정적으로 토로」하고 「민중문학의 전면적 확산을 기대한다거나 그럴 것이라고 희망 섞인 전망을 하는」 내용의 글들이 아니라 그것과 대립하는 입장에서 씌어진 글들이었다. 이 후자의 경우에 해당하는 글들이 80년대에 현실적으로 존재하지 않았거나 존재했더라도 지극히 미미한 정도로 그쳤다면 모르되, 그런 글들이 80년대에 존재하지 않았던 것도 아니고 지극히 미미한 정도로 그친 것도 아닌데, 무슨 이유로 조영복은 그런 글들의 존재 자체를 무시해 버리고 있는 것인가?

그런데, 사실 우리가 한번 시야를 넓혀서 80년대의 문학(그중에서도 특히 비평)에 관해 논하고 있는 요즘의 많은 글들을 읽어보면, 그중 상당수가 위에 인용된 조영복의 발언과 동일한 성격의 오류를 범하고 있는 것을 알 수 있다. 그런 오류를 범하고 있는 사람들 가운데 대부분이 조영복과 같거나 비슷한 세대에 속하는 사람들이다. 참으로 답답한 노릇이 아닐 수 없다. 80년대의 문학(그중에서도 특히 비평)을 제대로, 균형 있게 검토해 보지도 않고, 피상적인 관찰에 기초한 선입견에 사로잡혀 실상과 어긋난 얘기들을 쉽게 내놓는 태도가 젊은 평론가들 사이에 어찌하여 이렇게도 널리 퍼져 있는 것일까? 이런 잘못된 태도가 교정될 가능성은 앞으로도 영원히 없는 것일까?

황석영의 북한방문기와 지드의 소련방문기

황석영은 북한을 방문하고 난 후 〈사람이 살고 있었네〉라는 제목의 북한방문기를 썼다. 그것을 읽어가다 보면 우리나라 소설문학의 수준을 대표한다고 할 수도 있는 한 재주 있는 작가가 이데올로기의 마력에 홀린 나머지 인간으로서 도달할 수 있는 어리석음의 극치를 계속해서 보여주고 마는 꼴을 목도하면서 서글픈 마음을 금할 수가 없게 된다.

그런데 알고 보면 황석영처럼 사회주의 국가를 찾아가서 돌아보고 난 후 자신이 관찰한 바를 기록한 글 속에서 이데올로기의 마력에 홀린 나머지 인간으로서 도달할 수 있는 어리석음의 극치에 해당하는 모습을 보여주고 만 사람들은 저 스탈린 시대부터 이미 헤아릴 수 없을 정도로 많이 등장한 바 있다. 1989년 7월 28일자 《조선일보》의 「이규태 코너」에 '신(新)유토피아 환상병'이라는 제목으로 실려 있는 글을 한번 읽어보자.

헝가리에서 태어난 러시아 문제 학자 폴 홀랜더는 공산국에 대한 신(新)유토피아 환상증후군이라는 유행병을 분석하여 알려진 분이다. 그는 서구 지식인들이 소련·중국·쿠바 등 이상적 이데올로기를 바탕으로 한 폐쇄성의 나라들에 환상적 유토피아를 그리다가 환멸에 빠진다는 사례를 조목조목 적고 있다.

이를테면 유명한 영국의 극작가 버나드 쇼의 사례를 들어본다. 그가 기차편으로 소련을 방문했을 때 폴란드의 국경에서 준비해 갔던 양식을 모두 폴란드땅에 놓고 간다. 착취하는 자가 절멸하고 없는 소련땅에 식량 부족이란 상상할 수도 없는 일이기 때문이다. 후에 그 사실을 안 소련의 한 여기자가 소련은 대단한 식량 위기인지라 들고 올 걸 잘못했다고 아쉬워하자 쇼는 여기자의 그 말을 믿지 않았다 한다. 열차에 타니 식당차에 웨이트리스가 와서 유창한 영어로 버나드 쇼의 작품을 극찬했던 것 같다. 그들이 공작된 성분임을 알지 못했던 그는 러시아의 웨이트리스는 영국의 웨이트리스보다 한결 교양이 높다고 극찬했다. 그리고 소비에트의 형무소는 죄수들이 출소를 싫어할 만큼 환경이 좋다고도 했다. 버나드 쇼가 지금까지 살아 솔제니친의 〈수용소열도〉를 읽었다면 기절초풍을 했을 것이다.

그후 버나드 쇼는 러시아 성직자들의 학살 소식을 듣자 러시아 여행 때 선물로 받은 도기(陶器)를 들어 내동댕이쳤다 한다.

중국에 적색혁명이 성공하자 그 환상증후군의 대상이 동양으로 옮겨갔다.

벤저민 스폭 박사는 칭얼거리는 중국 어린이를 단 한 번도 본 일이 없다고 했는가 하면 갤브레이스 교수는 소득의 균등화가 진행되어 빈부의 차가 제로에 가깝다고 쓰고 있다. 같은 무렵 에드가 스노우는 중국에서의 급여가 성분에 따라 160대 1이라는 격차가 난다고 보고

하고 있는데——. 《뉴욕 타임스》의 제임스 레스턴은 농촌에 근로봉
사 가는 도시의 젊은이들이 마치 시골에 피서라도 가는 듯이 명랑했
더라고 관찰하고 있고 여배우 셜리 매클레인은 중국 여성들이 한결
같이 화장을 싫어했다 하고 자신도 중국에 있는 동안 화장을 하지 않
았다고 했다.

10억 가까운 중국사람 가운데 훈련받은 50명 안팎을 상대로 한 체험
담이다. 이 환상지식인들이 천안문 대학살을 어떻게 보았을지 궁금
하기만 하다. 이와 같은 환상증후군이 쿠바로 옮기고 다시 알바니아
와 북한으로 급선회를 하고 있다. 우리나라 지식층이나 학생층에도
그런 증후군이 만연되고 있는 것 같다. 가보지 못한 남쪽나라는 오렌
지꽃 피고 향기로운 백과(百果)가 주렁주렁하다고 여기듯이 폐쇄된
나라들에는 환상을 품게 마련이다. 환상은 자유다. 다만 그 자유가
작금에 불안과 혼란을 빚고 있어 탈이다.

위의 글 속에 구체적으로 거명되고 있는 기라성 같은 저명인사들의
명단을 한번 자세히 보라. 그리고 일찍이 〈루이제 린저의 북한방문기〉
라는 책으로 명성을 떨친 바 있는 루이제 린저의 이름을 그 옆에 나란
히 놓아보라. 그렇게 한 후 다시 그 옆에다 황석영이라는 이름 석 자
를 놓아보라. 여기까지 일을 진행시킨 다음에 생각을 정리해 보면 황
석영이 〈사람이 살고 있었네〉라는 책 속에서 인간이 도달할 수 있는
어리석음의 극치를 보여준 것이 뭐 그렇게 특별한 일도 아니요 희귀
한 일도 아님을 확연히 인식할 수 있을 것이다.

이러한 사실을 감안할 때, 처음에는 다른 많은 지식인들과 마찬가
지로 사회주의에 대한 환상을 품은 상태에서 소련을 방문했다가 그
사회의 실상을 직접 보고는 「아, 이게 아니다」라는 깨달음을 얻고 그

깨달음을 솔직하게 기록해서 발표한 지드의 경우는 참으로 신선한 감동을 준다. 그의 그와 같은 행동은 자신이 그러한 행동으로 말미암아 당대 프랑스의 지식인 사회에서 상당히 고독한 존재가 되고 말 것임을——왜냐하면 당대 프랑스의 지식인 사회에서는 사회주의에 대한 환상에 사로잡혀 헤어나지 못하고 있는 사람들이 압도적인 다수를 이루고 있었으므로——충분히 예상할 수 있었던 상태에서 감행된 것이기에 더욱더 감동적이다. 그리고 과연 그는 자신의 책 〈소련에서 돌아오다〉를 출간한 후 로맹 롤랑을 비롯한 수많은 동료 지식인들로부터 퍼부어지는 엄청난 비난의 십자포화에 직면하지 않으면 안되었었다. 그때의 감회를 그는 〈속(續) · 소련에서 돌아오다〉 속에 다음과 같이 기록하고 있다.

나의 〈소련에서 돌아오다〉의 발표로 해서 나는 수많은 비방을 받아야만 했다. 그중에도 로맹 롤랑의 비난은 고통스러웠다. 그의 작품들은 그다지 탐탁하게 읽은 적이 없지만, 적어도 그의 인격만은 높이 평가하고 있었다. 나의 슬픔도 그 점에서 유래한다. 자기 위대성의 한계를 드러내 보이기 전에 생애를 끝마치는 사람들이란 얼마나 보기 드문 것인가. 〈분쟁을 초월하여〉(1차 대전 중 전쟁을 고발한 롤랑의 저작)의 저자는 늙은 롤랑을 준엄하게 판결하리라고 나는 생각한다. 한때의 독수리는 자기 둥우리를 틀었다. 그는 지금 그 속에서 쉬고 있는 것이다(〈속(續) · 소련에서 돌아오다〉, 《앙드레 지드 전집》 제4권, 김붕구 역, 휘문출판사, 1966, p. 413).

벌레가 숨어 있는 것은 과일의 깊숙한 속이다. 그런데 내가 「이 사과는 벌레 먹었다」고 하자, 그대들은 내가 똑똑히 보지 못한다고——혹은 사과를 좋아하지 않는다고——시비를 거는 것이다.

만약 내가 그저 탄복하는 것만으로 그쳤더라면 그대들은 나보고 (피상적이라는) 그런 비난을 하지 않았을 터이다. 그런데 그랬더라면 바로 나는 그런 비난을 들어 마땅했을 게다(p. 414).

황석영이나 루이제 린저나 버나드 쇼 같은 사람의 행동 앞에서——그리고 그들의 행동과 동일한 유형에 속하는 행동을 보여준 이름난 지식인이 너무나 많다는 사실 앞에서——절망에 가까운 심정이 되어버리려 할 때 지드의 〈소련에서 돌아오다〉와 같은 책을 발견할 수 있다는 사실은 분명 크지는 않지만 그러나 소중한 위안이 되는 것임에 틀림없다.

무하마드 깐수-정수일의 진술을 보고
떠올린 기억 하나

1996년 9월 2일자《조선일보》1면을 보면 다음과 같은 기사가 실려
있다.

단국대 사학과 무하마드 깐수 교수로 12년간 암약하다 지난 7월 검
거된 고정간첩 정수일(62)이 「현재 남한에는 수십 명에서 수백 명의
고정간첩이 활동하고 있는 것으로 알고 있다」고 최근 검찰에서 진술
한 것으로 1일 확인됐다.
정은 「북한에는 대남공작 부서만 4개가 있고 모두 점조직 형태로 운
영되기 때문에 정확히 알 수는 없지만, 단파 라디오로 매일 새벽 지
령을 내려보내는 호출부호(간첩 개개인의 고유번호)와 지령내용 등
을 보면 현재 남한 내에는 몇십 명 혹은 몇백 명의 고정간첩이 있는
것 같다」고 진술했다고 수사관계자가 밝혔다.

이 기사를 본 순간 나의 머릿속에는 수년 전(정확하게 말하자면 지난 1993년) 어느 대학교수 겸 문학평론가의 저서를 읽다가 다음과 같은 대목을 접하고 여러 가지 복잡한 감회에 사로잡혔던 기억이 대번에 떠올랐다.

처음에 나는 그것이 무슨 옷 광고나 책 광고인 줄 알았다. 온통 새까만 바탕의 한가운데에 쭉 치켜진 작은 동그라미 두 개가 빠끔히 뚫려 있다. 이게 뭔가, 하고 유심히 들여다보니, 세상에, 간첩 신고 포스터였다! ……나는 망연자실하였다. ……그렇구나! '예술'이 이렇게도 될 수 있구나! 하는 것을 느끼는 순간, 나는 모골이 송연하였다. ……그 포스터는 근 반세기 동안 이 땅의 야만적 통치 구조가 조금도 달라지지 않았음을, 아니 달라지기는커녕 산업사회의 진전에 따라 더욱더 세련되고 정교해졌음을 웅변으로 말해주고 있었다. 그 포스터의 제작을 의뢰받고, 밤을 새워 '작품'을 구상했을 어떤 예술가는 아마도 어린 시절부터 그림에는 남다른 소질을 보인 사람이었을 테고, 그의 그림은 언제나 교실 뒤 게시판을 차지하고 있었을 것이다. 누구였을까? 자신의 귀한 재능을 그런 포스터를 만드는 데에 쓴 사람은. 혹시 그는 포스터를 만들면서 은근히 켕기는 기분을, '원래 예술은 정치와는 무관한 거야. 나는 내 능력을 필요로 하는 곳에 그것을 제공하고 대가를 받을 뿐이야' 하며 자신을 달랬을지도 모른다(제발 그랬기를, 그가 그 정도라도 찜찜해 했기를……).

위에 인용된 대목에서 그 필자(그의 이름은 여기에서 밝히지 않는 편이 그를 위해 좋을 것 같다. 편의상 A씨라고만 해두자)가 주장하고 있는 바에 따르면, 이 시대의 한국 사회에 간첩 신고 포스터라는 게 존재하고 있다는 사실은 「근 반세기 동안 이 땅의 야만적 통치 구조가 조금도 달라지지 않았음을, 아니 달라지기는커녕 산업사회의 진전에 따라 더욱더 세련되고 정교해졌음을 웅변으로 말해주」는 것 이외의 다른 아무것도 아니며, 그러니만큼, 자신이 지닌 미술가로서의 재능을 그런 간첩 신고 포스터 따위를 그리는 데 활용한 사람은 깊은 양심의 가책을 느껴야 마땅하다. 이러한 A씨의 주장은, 말할 나위도 없이, 우리 사회가 바람직한 방향으로 나아가도록 만들기 위해서는 이 간첩 신고 포스터라는 것을 반드시 없애버려야 한다는 요구를 함축하고 있다.

그러면 A씨의 이러한 주장과 요구는 과연 정당성을 인정받을 수 있는 것일까? 내가 생각하기로는, 그의 이와 같은 주장과 요구가 정당성을 인정받을 수 있으려면 다음 두 가지 명제 중의 한 가지가 반드시 정당한 것으로 먼저 승인되어야 할 것이다.

(1) 이 시대의 한국 사회 속에는 간첩이 한 사람도 존재하지 않는다.

(2) 이 시대의 한국 사회 속에 간첩이 존재하고 있더라도 시민이 그를 정부 당국에 신고할 이유는 없으며, 정부 당국이 시민들에게 신고를 하라고 요구하는 것은 잘못이다.

만약 (1)의 명제나 (2)의 명제 중 하나가 정당한 것으로 승인된다면, 당국자가 미술가로 하여금 간첩 신고 포스터 따위를 그리게 해서 거리에 붙여놓은 행위는 A씨의 주장 그대로 뭔가 음험한 의도를 배후에 숨기고 있는 행위로서 규탄받아 마땅할 것이다. A씨 자신은 위의 글을 쓰면서 (1)의 명제가 정당한 것이라고 생각했는지 (2)의 명제가 정당한 것이라고 생각했는지 모르지만 아무튼 그 두 가지 중 한 가지는 분명 정당한 것이라고 생각했기에 위와 같은 글을 자신있게 써서 발표했을 터이다. 그렇다면 과연 위의 글을 쓰면서 A씨가 생각한 바와 마찬가지로 (1)의 명제나 (2)의 명제 중 하나는 정당한 것으로 승인될 수 있는가?

내가 이 글의 서두에서 인용한 정수일의 진술은 (1)의 명제가 정당하지 않다는 사실을 증명해 준다. 아니, 정수일의 진술을 기다릴 필요도 없이, 정수일이라는 인물의 존재 자체가 (1)의 명제는 정당하지 않다는 사실을 도무지 의심의 여지가 없을 만큼 확실하게 증명해 주고 있다.

그렇다면 (2)의 명제는 어떨까? 이 명제는 정당한 것으로 인정받을 가능성이 있는가? A씨는 위의 글을 쓰던 당시 이 명제가 정당한 것이라고 생각했을까? 지금 그는 이 명제가 정당한 것이라고 생각하고 있을까?

여기서 나 자신의 입장을 밝혀두기로 하자. 나는 간첩도 아닌 사람에게 정부 당국이 간첩의 혐의를 씌워 체포하고 고문하고 죽이는 것을 누구 못지않게 증오하는 사람이다(참고로 말하자면 이런 일을 해치우는 데 누구보다 뛰어난 재능을 보여준 존재로 김일성 정권을 들 수 있다. 박헌영, 임화 등에게 간첩 혐의를 씌워 체포·고문·처형하는 과정에서 김일성 정권이 보여준 그 방면의 실력은 정말 타의 추종을 불허하는 것이었다). 그러나 나는 이 시대의 한국 사회 속에 간첩이 존재하지 않는다고는 단 한순간도 믿어본 적이 없다. 그리고 「이 시대의 한국 사회 속에 간첩이 존재하고 있더라도 시민이 그를 정부 당국에 신고할 이유는 없으며, 정부 당국이 시민들에게 신고를 하라고 요구하는 것은 잘못이다」라는 식의 생각 역시 단 한순간도 품어본 적이 없다. 나에게 있어서 간첩이란 만약 발견되기만 하면 응당 신고

되어야 하고 체포되어야 하는 존재이다. 나는 간첩들의 활약에 의해서 내가 살고 있는 나라의 현재와 미래가 조금이라도 영향받게 되는 것을 결코 원하지 않기 때문이다. 내가 위에 인용한 A씨의 글을 처음 본 순간 여러 가지 복잡한 감회에 사로잡혔던 것이나 이번에 A씨가 정수일의 진술을 보았다면 무슨 생각을 할까 하는 점을 궁금하게 여기는 것은 모두 나의 입장이 이상과 같은 것이라는 사실에 기인한다.

덧붙이는 글

1996년 9월 19일자의 신문들은 일제히 다음과 같은 내용의 기사를 1면 머리에다 실었다 : 「수십 명의 무장간첩이 강릉 지방에 상륙하여 우리 쪽 군경과 총격전을 벌였으며 그중의 한 사람은 생포되었다. 생포된 사람은 서른한 살 난 이광수라는 인물이다. 우리 경찰이 그를 생포할 수 있었던 것은 그가 찾아들어간 집의 주인 부부가 뜻밖의 사태에 침착하게 대처하면서 기지를 발휘하여 재빨리 경찰에 신고한 덕분이었다.」이 기사를 읽었을 때 나의 머릿속에 제일 먼저 떠오른 생각은 역시 「A씨라면 이 기사를 보고 무슨 생각을 했을까」하는 것이었다.

이문열의 「선택」에 나타난
여성해방 운동 비판론을 보고

　이문열이 《세계의 문학》 1996년 가을호에 그 첫 회분을 발표한 장편소설 「선택」은 조선조의 어느 양반 가문에서 이른바 유교식 현모양처의 모범생으로 살다 간 인물을 일인칭의 주인공으로 내세워 긍정적으로 부각시키면서 오늘의 여성해방 운동을 비판하고 있는 소설이다. 작가는 이 작품을 쓰면서 오늘의 여성해방 운동에 대한 자신의 거부감이 얼마나 강렬한 것인지를 조금도 숨기지 않고 있다. 작품 서두에 소설 구성상 반드시 필요하지도 않은 서문을 아홉 페이지나 배치해 놓고 거기서 직설적인 언어로 오늘의 여성해방 운동에 대한 비난을 퍼부어놓은 것을 보면 그 점을 잘 알 수 있다. 서문을 건너뛴 채 작품의 본문만을 읽어보아도 역시 그 점을 잘 알 수 있다.

　이문열이 이처럼 적극적인 태도로 오늘의 여성해방 운동에 맞서서 일종의 성전(聖戰)을 시작한 것을 보았을 때 나의 머릿속에 맨 먼저 떠오른 것은 일 년 전, 여성해방 운동을 비판하려는 목적으로 씌어진

유순하의 저서 〈한 몽상가의 여자론〉을 평하는 글 속에 나 자신이 적
어놓았던 다음과 같은 구절이다 :「기득권을 가진 자가 '무조건적 사
랑'이니 '무조건적 친애'니 하는 따위의 고상한 말들을 앞세우면서,
그리고 논리를 따지는 태도에 수반되는 '불모화'의 위험성을 과장하
여 강조하면서 기득권 없는 자의 항변을 억누르는 것만큼 아름답지
못한 풍경은 세상에 드문 것이다.」나는 이 구절을 후일 나의 저서
〈홀로 가는 사람은 자유롭다〉속에 수록할 때 '아름답지 못한'이라는
표현이 나의 의도에 비해 너무 약한 것 같다는 느낌이 들어서 '추한'
이라는 보다 직설적인 표현으로 고친 바 있다. 아무튼 위의 구절에서
'고상한 말'의 예로 제시되었던 것과 위험성이 과장된 예로 제시되었
던 것을 각각 다른 말로 바꾸기만 하면, 그것은 이문열의「선택」에 대
해서도 고스란히 적용될 수 있을 듯하다.

　남성이, 그중에서도 특히 작가라는 직업을 가진 사람이 오늘의 여
성해방 운동에 대해서 무슨 말을 하고자 할 경우에는「유교적 가부장
제가 절대적인 힘으로 세상을 지배했던 기나긴 세월 동안 그 가부장
제 때문에 여성들이 겪어야 했던 부당한 고통은 얼마만한 것이고 그
가부장제 덕분에 남성들이 누린 부당한 혜택은 또 얼마만한 것인가,
그리고 지금 이 시점에서도 그 가부장제의 문제점이 제대로 극복되지
않고 있기 때문에 여성들이 겪고 있는 부당한 고통과 남성들이 누리
고 있는 부당한 혜택은 또 얼마만한 것인가」를 깊은 고뇌와 부끄러움
속에서 성찰해 보는 단계가 반드시 전제되어야 한다는 것이 나의 생
각이다. 나는 나의 이러한 생각이 조금도 특별한 것이 아니라고 믿는
다. 정상적인 사고를 가진 남성작가라면 누구나 머리를 끄덕일, 상식
수준의 생각이라고 믿는다. 그러나 내가 지난해에 비판했던 유순하의
저서를 보면, 그리고 이번에 발표된 이문열의「선택」을 보면 이 나라

문학계의 현실은 전혀 그게 아닌 모양이다. 도대체 우리는 지금 몇 세기에 살고 있는 것인가?

「선택」의 서문에서 직설적인 언어로 표출되고 있는 이문열의 여성 해방 운동 비판론 가운데 상당부분은 '비판'이라는 말을 붙여주기도 어려울 만큼 저열한 인신공격 혹은 중상모략의 성격을 띠고 있다. 다음과 같은 대목을 보라.

> 진실로 걱정스러운 일은 요즘 들어 부쩍 높아진 목소리로 너희를 충동하고 유혹하는 수상스런 외침들이다. 그들은 이혼의 경력을 무슨 훈장처럼 가슴에 걸고 남성들의 위선과 이기와 폭력성과 권위주의를 폭로하고 그들과 싸운 자신의 무용담을 늘어놓는다. 이혼은 '절반의 성공' 쯤으로 정의되고 간음은 '황홀한 반란'으로 미화된다. 그리고 자못 비장하게 '무소의 뿔처럼 혼자서 가라'고 외친다. 어쨌거나 굳세고 용기 있는 여인들이지만 그들을 시대의 선구자로 인정하기에는 왠지 망설여진다.
>
> 들기로 종교집단 초기의 전도열(傳道熱)처럼 추악한 불치병에 걸린 사람들에게도 나름의 전파열(傳播熱)이 있다고 한다. 어떤 사람들은 그걸 불특정 다수를 향한 복수감으로 해석하기도 하지만 냉정히 따져보면 이기적이긴 해도 당연한 다수 확보의 욕구라는 편이 옳다. 나병환자가 성한 사람들보다 더 많은 사회는 나병환자들을 우선적으로 고려한 제도를 가질 것이고 후천성 면역결핍증 환자가 더 많은 사회는 또 그들 다수의 편의를 위주로 조직될 것이다.
>
> 나는 너희 시대의 선구자들이 모두 그 같은 이기적인 전파열에 빠져 있다고는 감히 말하지 않는다. 그렇지만 그들 중 어떤 이들의 열정에

서는 다분히 그런 전파열의 혐의가 간다. 더 많은 여인들을 자신의 길로 끌어들임으로써 소수의 서러움과 불리에서 헤어나고자 하는. 있지도 않는 이상의 남성상을 만들어놓고 그걸 기준으로 이 세상의 남자들을 난도질하는 이들을 보면 그런 의심을 지울 수가 없다. 그러기 위해서는 자신도 거기에 걸맞는 이상의 여인이 되어야 하건만 그걸 위해 노력할 의사도 성의도 없이 남성에게 요구만 하는 그런 이들의 파탄은 불 보듯 뻔하다. 그리하여 실제는 남성에게 외면당해 놓고도 자신이 용감하게 결별했다고 우기면서 명백한 자신의 부주의와 무성의와 나태마저 오로지 남성만의 악덕으로 전가해 버린다.

……소수의 서러움과 불리에서 벗어나기 위해 그녀들의 목소리는 더 높아지고 거세어질 수밖에 없다. 그녀들은 더 많은 동성(同性)들을 자신의 깃발 아래로 불러모아 다수를 확보함으로써 자신들을 변호하고 정당화시키려 한다. 그러나 진실이 아니라 힘에 의지하려 한다는 점에서 기실 그것은 남성들의 오랜 악덕이던 폭력성의 한 변형일 뿐이다.

도덕적인 부패 혹은 윤리의 착종(錯踪)도 이 시대를 시끄럽게 하는 이기적 전파열의 한 근원이 된다. ……이미 부패와 착종의 길로 깊숙이 들어버린 이들에게 다수의 확보는 절실하고도 시급한 과제가 된다. 어차피 남성과 무관하게 살 수는 없다는 점에서 성윤리(性倫理)의 부패와 착종은 특히 그러하다. 알게 모르게 나타나는 사회의 경계와 차별도 괴롭지만 자기도 모르는 사이에 좁아져 버린 남성 선택의 폭도 그들 소수의 일탈자들에게는 견뎌내기 어려운 불리일 것이다. 아첨밖에는 쓸모가 없는 못난이나 무책임한 바람둥이의 성적 노리개로 젊음을 탕진하다가 쓸쓸하고 고달프게 삶을 마감하지 않기 위해서도 보다 많은 동성들을 부패와 착종으로 끌어들이지 않을 수가 없다(pp. 27~29).

여기에서 이경자와 공지영의 소설 제목이 어느것은 변형된 모습으로, 어느것은 제 모습 그대로 인용되고 있는 것을 어떻게 해석해야 할까? 누군가가 이러한 질문을 정면으로 들이댄다면 이문열은, 여기서 그 두 작가를 직접 공격하려는 의도는 없었다고, 그들의 소설 제목을 여기에 끌고 들어온 것은 단지 그 소설 제목에 사용된 표현들을 빌리는 것이 자신의 논지를 전개하는 데에 효과적이었기 때문일 따름이라고 변명할지 모른다. 아니, 틀림없이 그런 변명을 늘어놓을 것이다. 하지만 그러한 변명을 우리가 믿을 수 있을까? 만약 정말로 이문열의 진심이 그러하였다면, 그는 위에 인용된 문장들 속 어딘가에다가 「이러한 표현은 특정의 여성소설가들을 비방하려는 의도에서 나온 것이 아니다」라는 뜻의 말을 적어두었어야 할 것이 아닌가?(그의 진심이 그런 게 아니었다면——이런 기회에 한번, 위의 인용문을 채우고 있는 바와 같은 수준의 인신공격성·중상모략성 언어를 가지고 그 두 여성 작가들을 공격해야겠다는 생각이 이문열에게 있었던 것이라면——그렇다면 나로서는 할말이 없다. 그런 경우에 내가 할 수 있는 일은 단지 탄식하는 일뿐이다.)

그런가 하면 그 두 여성작가의 이름을 일단 괄호 속에 집어넣고 「이혼의 경력을 가진 여성으로서 자신의 체험을 토대로 하여 여성해방운동의 논리를 펴고 있는 사람들 일반」을 기준으로 하여 생각해 보더라도 위의 인용문 속에 나타나 있는 이문열의 주장 전체는 역시 저열한 인신공격 혹은 중상모략이라는 평가에서 벗어날 수 없다. 위와 같은 규정 속에 실제로 들어갈 만한 사람들의 면면을 한번 떠올려보면 (지금의 우리 사회 속에서 위와 같은 규정 속에 실제로 들어갈 만한 사람들의 수는 결코 많지 않기 때문에 거기에 해당하는 사람 하나하나의 이름이나 얼굴을——최소한 그중 일부만이라도——구체적으로 떠올려 보는 것은 무척 쉬운 일이다), 그것이 얼마나 저열한 인신공격 혹은 중상모략인지를 금방 깨달을 수 있다. 그리고 다시 시야를 넓혀, 그렇게 널리 이름이 알려지지 않은 시정의 수많은 남녀들 사이에서 오늘날 실제로 발생하고 있는 이혼의 사례들 중 대다수가 도대체 어떤 원인에서 연유되고 있는가를 한번만 생각해 보아도, 그것이 얼마나 심각하게 진실을 왜곡하고 얼마나 부당하게 여성을 비하하고 있는 인신공격 혹은 중상모략 수준의 논리인가를 깨달을 수 있다.

「선택」 첫 회분의 본문을 읽어가는 동안 나의 주목을 끌었던 대목은 물론 한두 군데가 아니지만, 여기서는 그중 하나만을 간단히 짚어보기로 하자. 「선택」의 본문 속에는 학문·시작(詩作)·서화(書畵)의 영역에서 출중한 역량을 보이던 주인공이 그 모든 것을 포기하고 세상에서 칭찬받는 이른바 모범적 현모양처의 길을 따르기로 결심하면서 스스로를 다음과 같은 말로 달래는 대목이 나온다 : 「우리가 이 세상에서 하는 선택 중에 상황이나 여건에서 온전히 자유로운 선택이란 게 과연 있던가(p.63).」 이 대목을 접한 순간 나의 머릿속에 금방 떠올랐던 것은 알렉스 헤일리가 기록한 맬컴 엑스 자서전 속의 한 대목이다. 맬컴 엑스가 열네 살이 되었을 때(그 당시 그의 학교 성적은 매우 뛰어난 것이었다) 장래 희망을 묻는 백인 선생에게 변호사가 되고 싶다는 대답을 하자 평소 맬컴에게 호의를 보여왔던 그 선생은 어렴풋한 웃음을 띠면서 다음과 같은 충고를 들려준다.

「말콤(원문대로——인용자), 인생에서 우리에게 제일 필요한 건 현실적인 자세다. 내 말을 오해하지는 마라. 여기 있는 사람들이 전부 너를 좋아한다는 건 너도 알 거야. 하지만 넌 깜둥이라는 사실을 현실적으로 알아야 해. 너는 네가 '가질 수 있는' 직업을 생각해 볼 필요가 있어. 너는 물건 만드는 손재주가 좋지. 모두들 목수 솜씨를 높이 쳐준다. 왜 목수일을 해보겠다는 계획을 세우지 않니? 사람들이 인간적으로는 너를 좋아하니까 일거리는 얼마든지 얻을 수 있을 거야.」(알렉스 헤일리 기록, 〈말콤 엑스〉 상권, 김종철 외 2인 공역, 창작과비평사, 1978, p.75)

자기 소설의 여주인공으로 하여금 「우리가 이 세상에서……」 운운의 말을 하게 만들면서 내심 그 말에 열렬한 지지의 박수를 보내고 있는 우리의 남성소설가와 위의 기록에 나오는 백인 선생 사이에는 과연 얼마만한 거리가 있는 것일까.

「선택」의 주인공이 당대의 인습에 굴복하여 학문 · 시작 · 서화의 길을 포기하기로 작정하면서 스스로를 달래기 위해 논리 같지도 않은 논리를 만들어내는 대목을 조금 더 따라가보자. 위에 인용한 문장 바로 다음에 이어서 나오는 문장을 보면 그것은 다음과 같이 되어 있다:「더군다나 어떤 세상이 온들 남녀가 서로를 보살피고 다독이며 조화롭게 세상을 유지하고 그 자녀들을 통해 보다 아름답고 살기 좋은 다음 세상을 준비하는 일보다 더 큰 일이 있을 수 있겠는가. 나는 그때 바로 그 일을 새로운 선택으로 껴안았다.」 말할 나위도 없이 이 문장은 「선택」의 여주인공이 발설한 것'이라고 하기보다 '작가 이문열이 그로 하여금 발설하도록 시킨 것'이라고 하는 편이 더 정확하다. 그런데, 세상에, 이보다 더 궁색하고 우스꽝스러운 궤변이 다시 또 존재할 수 있을까?

'남녀가 서로를 보살피고 다독이며', 거 좋은 말이다. 그런데 남녀가 서로를 보살피며 다독인다는데 왜 여자 쪽만 자기가 모처럼 타고

난 학문·시작·서화의 출중한 재능을 모조리 포기해야 하고 남자 쪽은 자기가 가진 것 중에서 단 한 가지도 포기할 필요가 없는 것인가. 이런 것이 남녀가 서로를 보살피며 다독이는 것인가?

'보다 아름답고 살기 좋은 다음 세상', 역시 좋은 말이다. 그런데 여자 쪽은 자기가 모처럼 타고난 학문·시작·서화의 재능을 모조리 포기해야 하는 반면 남자 쪽은 자기가 가진 것 중 단 한 가지도 포기할 필요가 없는 그런 기괴망측한 불평등을 수혜자 쪽에서 당연하게 여기는 것은 물론 피해자 쪽에서조차 불평 한마디 없이 수용하고 마는 그런 태도가 일반화된 곳에서 과연 보다 아름답고 살기 좋은 다음 세상이라는 것이 준비될 수 있을까? 이 물음에 대하여 이문열은 물론 「그렇고말고!」라고 대답할 것이다. 그렇다면 이문열이 생각하고 있는 보다 아름답고 살기 좋은 다음 세상의 정체는 과연 어떤 것일까?

덧붙이는 글

위의 글을 쓴 지 며칠이 지난 후 나는 《한국일보》에서 충격적인 글 한 편을 읽었다. 9월 26일자 29면에 「'며느리 증후군' 원인 진단이 중요」라는 제목으로 실린 그 글은 한양대 의대 교수이며 한양대병원 신경정신과장인 김광일이 쓴 것이었다. 그 글에서 김광일은 명절이 되면 갑자기 신체적인 아픔을 느끼게 되는 며느리들의 경우에 대해 언급하면서 다음과 같은 말을 하고 있다.

물론 꾀병을 부리는 것은 아니다. 정말 아프다. 명절만 다가오면 잠재의식 속에서 자연적으로 증세가 생겨난다. 아주 편리한 자가발전기인 셈이다.

'며느리증후군'에 걸리는 주부들은 다음 두 가지 성격적 특성을 지니고 있다. 첫째, 어려운 일은 피해가고 세상을 쉽게만 살아가는 성격이다. 조금이라도 부담되는 일은 하지 않으려 하고 이 핑계 저 핑계 대면서 도망간다. 그러면서도 주변 사람들이 자신만 위해주기를 바란다. 이런 성격을 지닌 며느리가 시집에 가서 귀찮은 일을 해낼 수 있겠는가.

둘째, 시부모를 만나면 신경이 날카로워지고 속이 들끓는 예민한 성격이다. 이런 주부는 시부모에 대한 불만과 불평으로 가득 차 있는데 실은 친정 부모에 대한 갈등이 해결되지 못한 채 어른이 된 경우이다. 친정 부모에 대한 갈등이 시부모로 옮겨간 것에 불과하다고 할 수 있다. 시부모 모시기를 싫어한다면 떨어져 사는 것만으로도 감사할 일이다.

김광일의 이러한 발언을 읽으면서 나는 돌팔이 의사가 사람 잡는다는 말을 온몸으로 실감하지 않을 수 없었다. 김광일이 여기서 다루고 있는 문제에 제대로 접근하려면 기본적으로 두 가지의 물음을 올바르게 제기하는 데서부터 출발하여야 한다. 그런데 위에 인용한 글을 읽어보면 김광일은 이 자리에서 그 두 가지 물음을 올바르게 제기하기는커녕, 이 세상에 그런 물음이 존재한다는 사실 자체조차도 아예 모르고 있음을 알 수 있다. 이렇게 무식한 사람을 그래도 유명한 의사라 하여 믿고 찾아가서 상담을 하는 선량한 사람들에게는 도대체 무슨 비극이 기다리고 있는 셈인가? 진심으로 염려하지 않을 수 없다.

김광일이 여기서 다루고 있는 문제에 제대로 접근하고자 할 경우 반드시 제기되어야 할 첫번째의 물음은 남성과 여성 모두가 참다운 자유와 평등을 보장받고 그러한 바탕 위에서 상호존중의 길을 걸을 수 있도록 하기 위한 가장 바람직한 방법은 대체 어떤 것인가 하는 물음이다.

이 물음은 남녀 모두가 참다운 인간해방을 성취하는 길은 무엇인가라는 말로 바꿔 표현해도 좋다. 그런데 위에 인용한 글에서 김광일이 하고 있는 말을 보면, 그의 머릿속에는 '남성과 여성 모두의 참다운 자유와 평등'이라든가 '남성과 여성의 상호존중'이라든가 '참다운 인간해방'이라든가 하는 말은 도대체 입력(入力)이 되어 있지 않음을 알 수 있다.

김광일이 여기서 다루고 있는 문제에 제대로 접근하고자 할 경우 반드시 제기되어야 할 두 번째의 물음은 오랜 세월 동안 이 땅 위에 막강한 권위를 가지고 군림하면서 일체의 비판을 금압(禁壓)해 온 유교적 가부장제의 문제점을 바람직한 방향으로 극복해 나가기 위해서는 사회구조적 차원에서 어떤 방법론이 모색될 수 있는가 하는 물음이다. 그런데 위에 인용한 글에서 김광일이 하고 있는 말을 보면, 그가 가지고 있는 사전에는 '사회구조적 차원'이라는 말이 아예 수록조차 되어 있지 않음을 알 수 있다.

내가 알기에 김광일은 우리나라의 정신의학계에서 특히 프로이트 이론의 권위자로 공인받고 있는 인물이다. 프로이트 이론이 가지고 있는 남성중심주의가 한국적 유교주의와 잘못 결합되면 김광일식의 폭론(暴論)이 나오는 모양이다. 문예학을 포함한 인문학의 여러 분야에서 새삼 프로이트의 재흥이—그의 이론이 갖고 있는 남성중심주의의 문제점에 대한 충분한 인식 없이—운위되고 있는 것이 오늘의 상황임을 감안해 보면 김광일의 저러한 발언은 역설적으로 유익한 경고의 역할을 수행했다고 말할 수도 있으리라. 하지만 그의 글이 세상의 수많은 일반 독자들에게 행사할—그리고 그의 소위 '진료'가 그를 찾아오는 수많은 사람들에게 행사할—부정적인 영향력에 비하면, 그런 조그마한 공적쯤이야 정말 아무것도 아니다.

1969년과 1996년 사이
─ 변하지 않은 것과 변한 것

소설가이자 언론인이었던 선우휘가 1969년에 발표한 「현실과 지식
인」이라는 글을 읽어보면 다음과 같은 대목이 나온다.

> 그 무렵 나는 김수영 씨와 두 시간 가량 의견을 나눈 일이 있다. 나는
> 김수영 씨에게 물었다. 「우리 지식인이 사회참여한다고 할 때 그것
> 을 좁혀서 현실에 반항한다고 할 때 우리 지식인이 설정하는 현실을
> 휴전선 이남에 국한할 것인가, 아니면 압록강 이남까지를 포함해야
> 하는 것인가?」라고.
> 거기 대해 그는 자기는 현시점에서는 우리의 현실을 휴전선 이남에
> 국한하고 싶다고 말했다. 그러나 나는 그 의견에 동조하지 않았다.
> 우리의 현실에 이북의 존재가 강렬히 작용하는만큼 이북의 존재를
> 무시한 우리의 현실에 대해서만 반항하는 것은 십전의 반항이 못되
> 는 것이 아닌가.

그러니까 휴전선 이남만의 현실을 비판하는 데 그치지 말고 이북의 현실에 대해서도 비판해야 하지 않는가?

그러자 김수영 씨는 말했다. 「언젠가는 하게 되겠지만 지금은 안한다. 왜냐하면 이북에 대한 비판이란 서울시청 앞 광장에서 벌이는 관제 데모 같은 것이니까.」

나는 그의 한 마디를 듣고 우리 지식인의 전형적인 생리를 깨달은 것 같았다. 바로 그 점에 지식인의 어쩔 수 없는 긍지 같은 것, 쑥스러움 같은 것, 슬기로운 듯하면서 취약에 가까운 약점이 깃들여 있는 것이 아닐까(홍신선 편, 〈우리 문학의 논쟁사〉, 어문각, 1985, pp.148~149).

위에 인용된 대목 속에 나오는 김수영의 「지금은 안한다. 왜냐하면」이라는 말을 두고 선우휘는 「우리 지식인의 전형적인 생리를 보여준 것」이라 단정하였다. 선우휘가 이러한 단정을 내린 순간 그의 마음속에 들어 있었던 것은 물론 1969년 당시의 한국 지식인들이었으리라. 그리고 1969년 당시의 우리 지식인 사회를 관찰해 보면, 그때 선우휘가 내린 위와 같은 단정은 분명 일리 있는 것이었다는 평가를 받기에 모자람이 없다. 그러면 그로부터 27년이 지난 오늘의 시점에 서서 한국 지식인들 중 대다수의 생리라는 것을 관찰해 보면 어떤 얘기가 나올까? 27년 전 선우휘가 보았던 한국 지식인들 중 대다수의 생리와 비교하면 상당히 달라진 면모가 발견된다고 말할 수 있을까?

그렇지 않다. 그 짧지 않은 세월이 지나는 동안에도 한국 지식인들 중 대다수의 생리는 조금도 달라진 바가 없다. 「북한 당국의 인권탄압 정책을 비판하는 것은 서울시청 앞 광장에서 벌이는 관제 데모 같은 것이니까 안한다」는 것이 그들의 변함없는 태도이다. 「북한 당국의 인권탄압 정책이 아무리 잔인한 것이라 해도, 그 정책 때문에 고통받는 북한 일반인들의 고통이 아무리 혹심한 것이라 해도 그러한 태도를 견지할 것인가?」하고 물으면「그렇다. 북한 당국의 인권탄압 정책이 아무리 잔인한 것이라 해도, 그 정책 때문에 고통받는 북한 일반인들의 고통이 아무리 혹심한 것이라 해도 나는 그러한 태도를 견지할 것이다」라고 대답하는 것이 그들의 변함없는 태도이다.

그러나 1996년 현재의 시점에서 한국 지식인들 중의 대다수가 취하고 있는 태도를 이야기하고자 할 경우 위와 같은 사실만을 지적하고 논의를 끝내는 것은 아무래도 미흡한 처사라는 지적을 면할 수 없다. 거기에 덧붙여서 또 한가지 언급해 두어야 할 사실이 있는 것이다. 그것은 간단하게 요약해서 말하자면 다음과 같은 사실이다 :

위에서 지적한 바와 같은 태도를 취하고 있는 대다수 한국 지식인들은, 자세히 보면, 다시 두 가지 부류로 나뉘어진다.

(1) 북한 당국의 인권탄압 정책에 대하여 침묵을 지키는 데에서 한 걸음을 더 나아가, 북한 당국의 주장과 최소한 부분적으로 일치하는——그러나 객관적 사실과는 전혀 부합하지 않는——주장들을 개진·선전하는 일에 헌신적으로 진력하는 부류. 이런 부류에 속하는 지식인들이 개진·선전하고 있는 주장의 구체적인 실례로는, 분단에 대하여 북한과 소련에는 책임이 없고 오로지 남한과 미국에만 전적인 책임이 있다는 주장, 북한의 토지개혁은 민중의 참다운 복음에 해당하는 성격을 지닌 것이었던 반면 남한의 토지개혁은 일종의 사기극에 불과했고 그랬던 만큼 도처에서 농민들의 정당하고도 격렬한 저항을 초래했다는 주장, 남한 빨치산은 정의의 사도였다는 주장, 정의의 사도였으므로 그들이 의도적으로 무고한 양민을 살상한다는 것은 도저

히 있을 수 없는 일이며 실제로 있지도 않았다는 주장, 빨치산 출신으로서 남한 군경에게 체포되어 장기간 징역형을 살다 나왔거나 지금도 살고 있는 사람들은 찬양받아 마땅한 '양심수' 요 인간의 존엄성을 의연하게 증명해 준 '수난자' 들이라는 주장 등등이 있다.

이 모든 주장 가운데 객관적인 사실과 부합하는 것은, 앞서 말한 바와 같이, 단 하나도 없다. 그 점은 객관적인 사실을 조금이라도 제대로 조사해 보기만 하면 금방 의심의 여지없이 드러난다. 그러나 위와 같은 주장을 열정적으로 펼치고 있는 이 나라 지식인들은 객관적인 사실이 그 모든 주장을 부정하고 있다는 것 때문에 동요하지 않는다. 조금도 동요하지 않는다. 누가 객관적인 사실을 들어 그들을 비판하려 들 경우 그들이 보여주는 태도는 동요를 일으키는 것이 아니라 어용·보수반동·매카시즘·관제(官製)논리·파시즘…… 등등의 추상적이고 감정적인 단어를 앞세워 상투적인 욕설을 퍼부으며 자기들의 신념을 다시금 공고히 하는 것이다.

(2) 위 (1)의 부류가 펼치고 있는 주장에 동의하지 않으며 그것의 허위성도 대충 알고 있지만,「북한 당국의 인권탄압 정책을 비판하는 것은 서울시청 앞 광장에서 벌이는 관제 데모 같은 것이니까 안한다」고 했던 태도를 여기에도 똑같이 적용하여,「(1)의 부류에 해당하는 지식인들의 잘못을 비판하는 것은 서울시청 앞 광장에서 벌이는 관제 데모 같은 것이니까 안한다」고 나오는 부류.

이 두 가지 부류 중 (1)의 부류에 해당하는 사람은 1969년에는 아주 드물었다. (1)의 부류를 설명하는 가운데 예시된 바와 같은 내용의 주장을 공개적으로 표명하는 지식인은 그 당시에는 거의 없었다고 말해도 좋다. 그런 주장을 공개적으로 표명하는 지식인이 대대적으로 등장한 것은 지난 1980년대의 일이다. 한번 등장하자 그러한 지식인의 수는 단시간내에 엄청나게 팽창, 거의 폭발적인 기세를 보여준 바 있다. 그러다가 1990년대에 들어와서는 제반 정세의 변화로 말미암아 그 수가 꽤 줄게 되었다. 그러나 1990년대 한국 지식인의 다수를 차지하고 있는 (2)의 부류가 철저한 침묵·방관의 태도를 견지하고 있는 덕분에 그들은 수의 감소에도 불구하고 여전히 지난 1980년대에 못지 않게 당당한 기세를 자랑하고 있다.

장정일과 박노해는 함께 김우중에게 맞서는 동지의 관계에 있는가?

문학평론가 정장진은 《작가세계》 1997년 봄호에 발표한 「시인과 법」이라는 글에서 〈내게 거짓말을 해봐〉의 장정일과 〈세계는 넓고 할 일은 많다〉의 김우중을 정면대립의 관계에 놓이는 한 쌍으로 설정한 다음, 이 한 쌍의 대립항 중 장정일과 자리를 같이할 수 있는 존재로 〈우리들의 사랑, 우리들의 분노〉의 박노해를 들고 있다. 그렇게 하면서 그는, 자기가 설정한 '장정일 및 박노해 대(對) 김우중'의 대립관계는 '두 문법의 충돌, 나아가서는 두 법의 투쟁'이라는 표현을 얻을 만하다는 이야기를 하고 있다(p. 119). 정장진의 이러한 주장은, 우리나라의 문학계를 압도적으로 지배하고 있는 정서가 어떤 것인지를 감안해 보면, 아마 대다수의 우리 문학인들로부터 아낌없는 지지를 받을 수 있을 것으로 생각된다.

그러나 나 자신이 보기에는 '두 문법의 충돌, 나아가서는 두 법의 투쟁'이 전개되는 현장에서 장정일과 박노해가 김우중이라는 공동의적을 상대로 하여 같은 편에 서는 동지적 관계로 맺어질 수 있다는 발상은 별반 설득력이 있는 것으로 여겨지지 않는다. 이러한 나의 판단은 다음과 같은 지극히 명백한 사실에 기초를 두고 있다.

(1) 김우중은 개개인의 사적인 활동에 대하여 행정권력이 적극적으로 개입·간섭·통제하는 것을 극도로 싫어하는 한 사람의 자유시장 경제체제 신봉자이며, 따라서 그가 혼신의 힘을 기울여 추구하는 세상이 현실 속에서 실제로 이루어질 경우 장정일의 〈내게 거짓말을 해봐〉 같은 것은 얼마든지 그 존재를 허용받을 수 있다. 다시 말해서 장정일의 문학은 김우중이 꿈꾸는 세계 속에서는 얼마든지 자유로운 발전을 기할 수 있다.

(2) 반대로 〈우리들의 사랑, 우리들의 분노〉의 박노해는 개개인의 사적인 활동을 행정권력이 철저하게 개입·간섭·통제하기를 요구해 마지않는 한 사람의 획일적 명령경제체제 신봉자이다. 박노해가 사노맹을 조직하면서 혼신의 힘을 기울여 추구해 온 바로 그런 세상——〈우리들의 사랑, 우리들의 분노〉 속에서 열렬히 부르짖어지고 있는 바로 그런 세상——이 현실 속에서 실제로 이루어진다면 〈내게 거짓말을 해봐〉 같은 작품은, 그리고 이런 작품을 쓴 장정일이라는 작가는, 그 최초의 하루가 저물기 전에, 「절대로 용서할 수 없는 사회의 공적(公敵), 퇴폐문학, 부패분자, 부르주아 근성의 가장 악질적인 표현」 등등의 죄목 아래, 치명적인 철퇴를 맞고 말 것이다. 그리고 그때 장정일에게 가해지는 철퇴는, 정장진이 지금 분개해 마지 않고 있는, 김영삼 정부하에서 장정일에게 가해지고 있는 제재 따위와는 비교가 되지 않을 만큼의 무자비성을 띨 것이다.

나 자신은 김영삼 정부하에서 장정일에게 가해지고 있는 제재에 대하여 정장진과 똑같은 정도의 분노를 느끼고 있다. 바로 그렇기 때문에 나는 〈우리들의 사랑, 우리들의 분노〉의 박노해가 혼신의 힘을 다해 추구해 온 세상이 실제로 도래할 경우 〈내게 거짓말을 해봐〉의 장정일은 과연 어떤 운명에 떨어질 것인가를 조금도 염려하지 않고 있는 듯한 정장진의 태도를 좀처럼 이해하기 어렵다.

여기까지 써놓고 나니까, 생각나는 것이 있다. 오래 전 1968년에 김수영이 이어령과 논쟁을 벌이는 과정에서 했던 다음과 같은 말이다.

> 무식한 위정자들은 문화도 수력발전소의 댐처럼 건설하는 것이라고 생각하고 있는 것 같지만, 최고의 문화정책은, 내버려두는 것이다. 제멋대로 내버려두는 것이다. 그러면 된다. 그런데 그러지를 않는다. 간섭을 하고 위협을 하고 탄압을 한다. 그리고 간섭을 하고 위협을 하고 탄압을 하는 것을 문화의 건설이라고 생각하고 있다(김수영, 「지식인의 사회참여」, 《김수영전집》 2, 민음사, 1981, p. 155).

김수영이 1968년의 시점에서 위와 같은 발언을 했던 것이 과연 얼마만큼의 타당성을 갖고 있느냐 하는 점은 일단 논외로 치고, 지금 우리가 문제삼고 있는 쟁점과 위의 말을 한번 연결시켜서 두 가지 질문을 던져보기로 하자.

(1) 김우중과 같은 사상을 가진 사람이 권력을 잡았을 경우를 가상해 보라. 제멋대로 내버려두는 문화정책과 간섭 · 위협 · 탄압을 일삼는 문화정책 중 어느편이 주류를 이룰 것 같은가?

(2) 〈우리들의 사랑, 우리들의 분노〉의 박노해와 같은 사상을 가진 사람이 권력을 잡았을 경우를 가상해 보라. 제멋대로 내버려두는 문

화정책과 간섭·위협·탄압을 일삼는 문화정책 중 어느편이 주류를 이룰 것 같은가?

위의 질문들에 대한 해답은 명백하다. (1)의 경우에는 전자가, 그리고 (2)의 경우에는 후자가 주류를 이룰 수밖에 없다는 것이 그 해답이다. 이러한 해답이 정답이라는 사실에는 도대체 의심의 여지가 있을 수 없다.

앞에서 나는, 정장진이 제시한 「장정일과 박노해는 한편, 김우중은 반대편」이라는 식의 대립구도에 대하여 대다수의 우리 문인들이 거 참 옳은 말씀이라며 지지를 보낼 것이라는 얘기를 한 바 있다. 이러한 얘기는, 뒤집어서 생각해 보면, 이 글에서 내가 제시한 반론에 대하여 대다수의 우리 문인들이 저런 못된 놈이 있나 하며 비난을 퍼부을 거라는 얘기에 다름아니다. 하지만 아무리 많은 사람들이 비난을 퍼부어도 할 수 없다. 사실은 사실인 것이다.

마지막으로 한마디 덧붙일 것이 있다. 《월간조선》 1996년 9월호에 게재된 최보식의 「옥중인터뷰——무기수 박노해」라는 기사를 보면 박노해가 감옥에 간 이후로 많은 사상적 고민을 겪고 있는 중임을 알 수 있다. 그런 고민을 오랫동안 껴안고 씨름한 끝에 박노해가 궁극적으로 어떤 방향을 택하여 나아갈지 지금으로서는 알 수 없는 일이다. 그러니만큼 이 글에서 얘기되는 박노해는 어디까지나 감옥에 가기 전까지의 박노해——감옥에 가기 전에 그가 발표한 글들이나 보여준 행적에 의하여 우리가 알 수 있게 된 박노해——로 한정된다. 이 글에서 계속 「〈우리들의 사랑, 우리들의 분노〉의 박노해」라는 표현을 사용해 온 것은 바로 그 점을 분명히 하기 위함이었다.

왜 대다수 문학인들은
그렇게도 자본주의를 싫어하나?

자본주의는 사회주의보다 경제적 효율성의 측면에서만 우월한 것이 아니다. 도덕적·윤리적인 측면에서 보더라도 자본주의는 역시 사회주의보다 현저히 우월하다.

경제적 효율성의 측면에서 보나 도덕적·윤리적인 측면에서 보나 한가지로 자본주의가 사회주의보다 우월하다는 것은 논리적으로 따져볼 때에도 명백하게 입증되는 사실이며, 역사적인 증거를 기준으로 해서 살펴볼 때에도 역시 명백하게 입증되는 사실이다.

그러나 이 나라의 문학인들 중에서 이러한 사실을 흔쾌히 인정하는 사람은 아직도 지극히 적은 수에 머물러 있다. 러시아 및 동유럽 여러 나라들에서 거대한 변화가 일어나고 또 북한의 내막이 차츰 알려지게 된 오늘에 이르러서조차도 우리나라의 문학인들 사이에서는 「사회주의에 대한 기대가 깨진 것은 원통함을 머금고 시인하지만 그래도 자본주의의 우월성을 인정하기는 싫다」고 고집하며 옛날과 다름없이 자본주의에 대한 공격의 언사를 퍼붓는 것이 무슨 '진보적' 지식인의 의무인 것처럼 생각하는 사람이 여전히 다수를 차지하고 있는 것이다.

방금 나는 '옛날과 다름없이'라는 말을 썼지만, 하긴 옛날과 달라진 점이 있기는 있다. 옛날에는 사회주의라는 대안에 대한 환상적인 믿음을 기초로 해서 자못 자신만만하게 자본주의에 대한 공격의 언사를 퍼부었지만 이제는 그 대안에 대한 믿음이 사라졌기에——아직도 아쉬움과 미련은 강하게 남아 있되 어쨌든 지난날과 같은 믿음을 계속 간직할 수는 없게 되었기에——그 공격의 언사도 예전처럼 자신만만한 면모를 상실한 대신 다분히 감정적인 저주의 색조를 강화하게 되었다는 것이 바로 그 달라진 점이라고 할 수 있다.

도대체 왜 자본주의라는 것은 그것이 경제적 효율성의 측면과 도덕적·윤리적 측면 양쪽에서 공히 확보하고 있는 분명한 우월성에도 불구하고, 그리고 그 우월성이 이미 역사적으로 입증되기까지 했음에도 불구하고, 이처럼 대다수의 우리 문학인들에게 있어서는 끝까지 긍정할 수 없는 존재로 남을 수밖에 없는 것일까? 그리고 사회주의는, 그것이 애초부터 안고 있었던 갖가지 한계와 문제점들이 논리적으로나 역사적으로나 이제 백일하에 폭로되었음에도 불구하고, 강한 아쉬움과 미련의 대상이라는 지위만은 아직도 온전하게 유지할 수가 있는 것일까?

피터 버거는 〈자본주의 혁명〉이라는 책 속에서 이 물음에 대한 정확한 답을 제공하고 있다. 다음의 대목들을 보라.

나는 이 책의 앞장에서 부분적일지라도 지식인들의 사회주의에 대한 친화력은 기득의 계급이익에 의거하여 설명될 수 있다고 주장했었다. 다소 조악하게 말하면, 지식인들은 사회주의사회가 자본주의 아래에서는 그들을 외면했던 권력과 특권을 부여해 줄 것이라고 믿기 때문에 사회주의를 선호하는 경향이 있다. ……그러나 이런 조야한 (혹은 '속류 마르크스주의적인') 설명만으로는 충분하지 않다. 이는 정확히 지식인들의 신화에의 경도성(propensities)에 의거한 설명에 의해 확장되지 않으면 안된다(피터 버거, 〈자본주의 혁명〉, 이원희 역, 지문사, 1987, p. 249).

사회주의 신화는 행복하게도 이데올로기적 혼례(婚禮)에 있어서 일부다처(一夫多妻)적이어서 세계의 어느 지역에나 파고들어갔던 것이다. ……사회주의적 비전에 집착하는 서구 지식인들은 진정한 신화의 초경험적 본성에 대한 아주 명백한 실례가 될 수 있다. 반복되는 경험적 좌절에도 불구하고 서구 사회주의자들이 세대를 거듭하면서 이 비전을 고수하는 방식은 최근의 지식사(史)에 있어 더욱 흥미로운 한 측면을 이룬다(p. 255).

사회주의의 신화시대적(mythopoetic) 생산성과는 대조적으로, 자본주의는 과거에 그러했듯이 현재에도 신화와는 거리가 멀다. ……자본주의의 신화결핍성은 자본주의가 하나의 경제체계이며 그 이외의 것이 아니라는 사실에 근거한다(반면 사회주의는 인간 사회에 대한 하나의 포괄적 비전인 것이다). 모든 경제적 실재들은 인간 정신에 영감을 주고 감동시키고 변심시키는 시(詩)에 대립하는 것으로서, 본질적으로 '산문풍(散文風)'이다. ……경제적 합리성과 신화시대적 충동은 인간 의식의 매우 다른 부분을 점하고 있다. 이 둘을 결합시키려는 노력은, 유의미한 집단이 그럴듯하다고 받아들이도록 함에

있어 성공적이란 의미에서, 별로 성공할 것처럼 보이지 않는다
(p. 258).

　버거의 책 속에서 나의 물음과 관련해서 뜻깊은 해답을 제시하고
있는 부분을 전부 인용하는 것은 분량상 불가능하기 때문에 편법을
써서 세 군데만을 발췌해 보았지만, 위에 인용된 세 개의 발췌문만을
읽어보아도, 독자들은 사태의 본질을 대충 파악할 수 있을 것이다.
요컨대, 사회주의체제 속에서는 지식인들이 권력과 특권의 영역에
보다 쉽게 접근할 수 있을 것으로 여겨진다는 것, 그리고 지식인들은
일반적으로 ‘신화’에 대해서 강한 애호를 나타내는 경향이 있으며 아
무리 명백한 ‘사실’에 의해서 그 신화가 논파되더라도 그들의 신화
애호는 근본적인 타격을 입지 않는 법인데 사회주의는 바로 그러한
지식인들을 열광시킬 만한 면모를 갖고 있는 반면 자본주의는 정히
그 반대의 면모를 보여준다는 것——이 두 가지가 버거의 핵심적인
논지인 셈이다. 그리고 이 두 가지 모두는 의심할 여지없는 진실을
말해주고 있다.
　그런데 지식인 중에서도 특히 문학을 전문으로 하는 사람들은 ‘신
화’에 대한 애호의 강도에 있어서 특별히 높은 수준을 보이는 집단이
라고 할 수 있다. 그런가 하면 ‘신화’의 대척점에 놓여 있는 ‘산문풍’
의 경제적 실재라는 것에 대해서는 솔직히 그 내용을 잘 알지도 못하
고 그것의 진정한 가치를 알아볼 만한 안목도 결여한 주제에 우선 덮
어놓고 혐오감이나 경멸감부터 표시하려 드는 경향을 아주 강하게 내
보이는 것이 또 이들 문학전문가들이다. 그러니 러시아 및 동유럽 여
러 나라들에서 아무리 거대한 변화가 일어나도, 또 북한의 내막이 아
무리 상세하게 알려져도 이 나라 대다수 문학인들의 반(反)자본주의

적 정서가 요지부동으로 지속되는 것은 어쩌면 당연한 일이라고 할 것이다.

나는 이런 점을 이해하기 때문에, 이 자리에서 그런 대다수 문학인들을 비판하는 일은 아예 그만두고자 한다. 아무리 이치를 따져서 이야기를 해도, 또 세상이 아무리 엄청나게 변해도 그런 대다수 문학인들의 태도가 달라지지는 않을 것인데 무엇 때문에 여기서 또다시 그들을 비판하는 일에다 아까운 정력을 낭비할 것인가? 그런 무익한 수고를 하느니, 그 '대다수'의 답답한 고정관념으로부터 완벽하게 벗어나 있는, 그래서 나로 하여금 순수한 찬탄을 금할 수 없게 만드는 희귀한 문학인이 최근에 다시 한번 그의 진면목을 보여준 멋진 말을 인용하고 이 글을 끝맺는 편이 훨씬 생산적이고 나의 건강에도 좋을 것 같다.

통념과는 달리, 황금이 만능인 사회는 실은 좋은 사회다. 자유의 본질과 그것을 지키는 데 필요한 것들에 대해 가장 깊이 연구한 사람들 가운데 하나인 하이에크가 얘기한 것처럼, 돈을 내면 무엇이든지 살 수 있는 것이 아니라 파는 사람이 그 돈을 내는 사람의 특질을 따진 뒤에야, 곧 인종·성별·신분·종교·출신지역 따위를 따져 파는 사람이 정한 기준들에 맞아야, 비로소 무엇을 살 수 있는 사회를 상상해 보면 이 점이 이내 드러난다.

돈이 있어도 신분이 낮으면 좋은 재화들을 즐길 수 없는 전통적 귀족 사회나 인종·성별·종교 또는 출신성분에 따라 차별적 대우를 한 나치 독일이나 남아프리카 공화국이나 공산주의 사회들이 바로 그런 예들이었다. 그래서 '황금 만능'을 개탄하는 사람들은 자신들의 복을 탓하는 것이다. 구매력만을 보고 그 뒤에 선 사람을 보지 않는 자

본주의 사회가 소수파들을 가장 잘 보호하는 사회라는 밀턴 프리드
먼의 얘기는 바로 그 점을 가리킨 것이다(복거일, 「안두희, '애인',
장정일 그리고 공무원 부정……」, 《신동아》 1996년 12월호, p. 99).

한 문학평론가의

제3장 문학평론가, 인생을 이야기하다

역사 읽기

법대생 시절의 책읽기에 대한 회상

나는 1973년 3월에 서울대 법학과의 신입생이 되었고, 그로부터 4년 후에는 그 학과의 졸업생이 되었다. 그 기간 동안 내 삶의 가장 중요한 부분을 차지한 것은 말할 나위도 없이 책을 읽는 일이었다. 닥치는 대로 책을 읽는 일 한 가지로 살았다 하여도 과언이 아닐 만큼 무지막지한 다독(多讀), 난독(亂讀), 남독(濫讀)으로 나는 그 시절 전부를 채워갔었다. 난독이자 남독이었으니 거기에는 당연히 아무런 계획표도, 미리 정해진 방향도 없었다.

하지만, 그때 당시에는 그처럼 무질서하게 좌충우돌하는 형태로 이루어진 독서였지만, 나중에 와서 돌이켜보면, 결국 나 자신도 모르는 사이에 탄탄하게 만들어진 하나의 큰 길을 따라서 그것이 나아가고 있었던 것임을 깨닫고 놀라지 않을 수가 없다. 그 길이란, 한마디로 말하자면, '서양에서 출발하여 한국으로 돌아오는 길'이었다. 법대 시절 4년간의 내 책읽기가 전체적으로 뭉뚱그려서 보면 결국 이런 길을 따라온 것이었고 보니, 그 길의 종착점에서 내가 국문과로 학사편입할 것을 결단하게 된 것은 필연적인 귀결이었다 해도 별로 지나친 말이 될 것 같지 않다.

대학에 들어오기 전까지의 내 책읽기는 압도적으로 서양 쪽에 편중된 것이었다. 대학에 들어오기 이전의 내 독서 경력은 중학교 2학년 때를 분기점으로 해서 전·후기로 나뉜다고 볼 수 있는데, 그중 전기 쪽이나 후기 쪽이나 서양 일변도라는 점에서는 마찬가지였던 것이다. 우선 전기의 경우를 보면, 거기서 대표적인 자리를 차지하는 것은 신구문화사에서 열두 권으로 냈던 《세계의 인간상》이라는 전기(傳記) 전집물이다. 나는 초등학교 3학년 때 그중 두 권을 읽고 매혹되어 거의 외다시피 반복 숙독한 경험이 있거니와, 중학생이 되면서부터 그 나머지 것들에도 관심을 기울이기 시작하여, 결국 2학년 1학기 때까지 열두 권 전부를 읽어냈다. 그러는 과정에서 나의 마음속에는 서양의 빛, 서양의 영광, 서양의 아름다움이 가득 들어앉게 되었다. 그리고 그렇게 된 상태에서 이제 나의 정열은 정음사와 을유문화사 두 군데에서 경쟁적으로 내놓았던 《세계문학전집》에로 쏟아지기 시작했다. 지금 생각해도 정말 대단했다 싶은, 거의 광기에 가까운 열정을 가지고 나는 그 세계에 덤벼들었다. 그 결과, 고등학교 2학년 말까지는 그중 관심이 가는 작품을 거의 빠짐없이 찾아서 읽어낸 셈이다. 그런데 이때 내가 읽은 《세계문학전집》 속의 작품들이란 거의 백 퍼센트 서양 작품들이었다. 서양 작품이 아닌 것은 그 전집 속에 아주 드물게 들어 있었고 또 설령 들어 있다 해도 나 자신의 관심권으로부터는 아득히 벗어난 곳에 자리잡고 있었을 따름이었으니 그렇게 될 수밖에 없었다.

이런 상태에서 나는 대학에 들어왔고, 대학에 들어오자마자 입시공부 때문에 꼬박 1년 동안 거의 완전하게 중단되었던 저 다독, 난독, 남독의 생활을 다시 시작하였다. 앞에서 이미 말했던 것처럼 아무런 계획표도, 미리 정해진 방향도 없이. 그런데 이처럼 무질서하고 자유분방한 책읽기를 한참 진행하다가 보니, 나도 모르는 사이에 중·고등학생 시절과는 전혀 다른 현상이 나의 책읽기 속에 나타나게 되었음을 알 수 있었다. 한국의 문학, 한국의 철학, 한국의 종교, 한국의 역사, 한국의 사회과학——이런 분야의 책들이 어느 사이엔가 커다란 비중을 차지하고 있었던 것이다. 나는 이것을 깨닫고 자못 흥미롭게 생각하였다. 그러나 의도적으로 그것의 비중을 늘리려 애쓰지는 않았다. 그냥 나의 마음이 가는 대로 내버려두기만 했다. 그러는 가운데서도, 날이 감에 따라 그것의 비중은 점점 더 커져가기만 하는 것이었다. 그런 나 자신의 변화를 재미있게 지켜보고 있는 동안 문득 하나의 깨달음이 왔다. 아, 이게 정신의 성장이라는 거구나, 사람의 정신은 이런 식으로 커가는 것이고, 그러다 보면 나 자신이 책을 쓸 수 있게 되는 날이 오기도 하는 거구나, 라는 깨달음이.

대충 이상과 같은 변화의 기록으로 요약될 수 있는 내 법대생 시절의 독서체험 가운데서도 가장 깊고 큰 감동의 원천으로 지금까지 내 마음속에 자리잡고 있는 것은 김현 선생의 글들이다. 〈상상력과 인간〉 〈사회와 윤리〉, 김윤식 선생과 공저한 〈한국문학사〉, 문지(文知) 4김 씨의 공저로 나온 〈현대 한국문학의 이론〉 그리고 〈시인을 찾아서〉 〈김현 예술기행〉……. 이 모든 책들과 선생이 《문학과 지성》의 지면에 수시로 발표한 수많은 글들 중 대부분이 나에게는 경탄과 감동의 원천으로 다가왔던 것이다. 아마 나는 당시에 선생의 글들을 숱하게 대하는 행복을 누리지 않았더라도 국문학과로 편입하였을 것임에 틀림없지만, 선생의 글들을 숱하게 대하는 행복을 누리지 않았더라도 문학평론의 길로 나설 생각을 했을 것인지는 지극히 의심스러운 일이며, 그런 점에서 보면, 선생의 글들은 내 삶의 방향을 결정하는 데 있어서도 다른 누구의 책보다 더 큰 영향을 미친 셈이라고 말하지 않을 수 없다.

나는 물론 김현 선생의 글들을 읽으면서 거기 담겨 있는 논리에 빠짐없이 공감하기만 했던 것은 아니다. 어떤 곳에서는 의심을 느끼기도 했고, 어떤 곳에서는 분명한 반대의 의사를 갖지 않을 수 없게 되기도 했다. 하지만 선생의 글들을 읽으면서 내가 때로 품게 되는 의문이나 불만이 단지 머리만의 그것이라면, 내가 느끼는 경탄과 감동은 머리와 가슴을 포함한 나의 온몸을 뒤흔들며 밀물처럼 밀려오는 것이었다. 그랬기 때문에 나는 선생의 글을 읽으면서 논리적으로 분명한 불만을 느끼게 되는 순간에조차도 마음속 깊은 곳에서는 선생에게 진심으로부터의 감사를 드리지 않을 수가 없었다. 나처럼 까다로운 독자조차도 이러한 마음의 자세를 가지지 않을 수 없도록 만드는 것, 바로 거기에 선생의 문학평론이 갖는 정말 독보적인 위대성이 있는 것이리라. 그 위대성은 나 같은 사람이 백번 죽었다 깨어나도 나누어가질 수 없는 종류의 것이다.

법대생 시절의 나에게 '문학평론'이라는 것과 관련해서 뜻있는 깨달음을 준 분으로 김현 선생 다음 자리에 놓이는 이는 이상섭 선생이다. 선생이 1976년 민음사에서 낸 조그마한 책 〈말의 질서〉는 우선 그 한글 문체의 독특한 아름다움으로 나의 관심을 끌었으며, 그 다음으로는 거기에 담겨 있는 수준 높고 설득력 있는 문학관으로 해서 나에게 깊은 감동을 남겨주었다. 이처럼 훌륭한 책이 그 진가에 걸맞는 정도의 주목을 끌지 못하고 잊혀져 버린 것은 참으로 아쉬운 일이라고 나는 지금도 생각한다(다행히 선생이 그 몇 년 후에 내놓은 〈언어와 상상〉이라는 좀더 큰 책은 그러한 불운을 겪지 않고 옳은 대접을 받은 것처럼 보인다).

　내가 법대생 시절에 읽고 '한국으로의 귀환'이라는 명제와 관련하여 깊은 인상을 받은 것으로는 이 밖에 서정주 선생과 고은 선생의 산문들을 들지 않을 수 없다. 서정주 선생의 〈나의 문학적 자서전〉과 〈미당수상록〉, 고은 선생의 〈한국의 지식인〉 〈나의 방랑 나의 산하〉 〈한용운평전〉 〈1950년대〉 등등은 그 문체에 있어서나 그 내용에 있어서나 한국적인 것 속에 들어 있는 정말 가치 있는 부분이 무엇인지를 깨닫게 해준 소중한 책들이었다.

내가 「흰 바람벽이 있어」를 좋아하는 이유

저는 백석의 「흰 바람벽이 있어」라는 시를 정말 좋아합니다. 이 시를 찾아서 읽다 보면 저절로 눈시울이 뜨거워지고 가슴이 떨려오는 것을 느끼곤 합니다. 어떤 이유로 해서 이 시가 그처럼 절실하게 저의 마음을 사로잡는 것일까요? 그것을 이제부터 조금 이야기해 보려고 합니다. 그런데 참, 당신은 바로 그 「흰 바람벽이 있어」라는 시를 알고 계십니까? 아니, 모르신다구요? 하, 이것 참, 야단났군요. 그러시다면 우선 이 시를 저와 함께 한번 읽어보시는 것이 필요하게 된 셈인데, 그 시가 좀 긴데…… 그래도 뭐, 할 수 없죠. 그 시를 모르시는 분에게 시를 한번 읽어볼 기회도 드리지 않고 제 얘기만 늘어놓을 수는 없는 노릇이니…… 어디 한번 같이 읽어보기로 합시다. 1941년에 처음 발표되었던 모습 그대로 보는 것이 좋겠지요.

오늘저녁 이 좁다란방의 힌 바람벽에

어쩐지 쓸쓸한것만이 오고 간다

이 힌 바람벽에

히미한 十五燭전등이 지치운 불빛을 내어던지고

때글은 다낡은 무명샷쯔가 어두운 그림자를 쉬이고

그리고 또 달디단 따끈한 감주나 한잔 먹고싶다고 생각하는 내 가지

가지 외로운 생각이 헤매인다

그런데 이것은 또 어인일인가

이 힌 바람벽에

내 가난한 늙은 어머니가 있다

내 가난한 늙은 어머니가

이렇게 시퍼러둥둥하니 추운날인데 차디찬 물에 손을 담그고 무이며

배추를 씻고있다

또 내 사랑하는 사람이 있다

내 사랑하는 어여쁜 사람이

어늬 먼 앞대 조용한 개포가의 나즈막한 집에서

그의 지아비와 마조 앉어 대구국을 끓여놓고 저녁을 먹는다

벌서 어린것도 생겨서 옆에 끼고 저녁을 먹는다

그런데 또 이즈막하야 어늬사이엔가

이 힌 바람벽엔

내 쓸쓸한 얼골을 쳐다보며

이러한 글자들이 지나간다

──나는 세상에서 가난하고 외롭고 높고 쓸쓸하니 살어가도록 태어

났다

그리고 이세상을 살어가는데

내 가슴은 너무도 많이 뜨거운것으로 호젓한것으로 또 사랑으로 슬

품으로 가득찬다
그리고 이번에는 나를 위로하는듯이 나를 울력하는듯이
눈질을하며 주먹질을하며 이런 글자들이 지나간다
──하눌이 이세상을 내일적에 그가 가장 귀해하고 사랑하는것들은
모두
가난하고 외롭고 높고 쓸쓸하니 그리고 언제나 넘치는 사랑과 슬픔
속에 살도록 만드신것이다
초생달과 바구지꽃과 짝새와 당나귀가 그러하듯이
그리고 또 프랑시쓰·쨈과 陶淵明과 라이넬·마리아·릴케가 그러
하듯이

어떻습니까? 이해하기 쉬운 시지요? 요즘 사람의 입장에서 잘 해독
이 안되는 단어가 몇 개 섞여 있기는 하지만 전체적인 의미를 파악하
는 데에는 아무 지장이 없다고 여겨집니다. 그럼 당신과 저, 두 사람
이 함께 시를 읽어보았으니, 이제는 내가 처음부터 하고 싶어했던 얘
기를 꺼내놓아도 될 것 같군요.
 이 시를 읽을 때마다 저의 눈시울이 뜨거워지고 또 저의 가슴이 떨
려오는 것은 이 시를 읽어가는 동안 제 자신이 마치 이 시의 화자가
된 것처럼 짙은 공감을 느끼기 때문입니다. 말하자면 이 시를 읽을 때
마다 저는 제 스스로 좁다란 방에 홀로 앉아 흰 벽이나 하염없이 쳐다
보며 가난한 늙은 어머니를, 그리고 이제는 다른 사람과 결혼하여 잘
살고 있는 옛날의 연인을 그리워하다가는 새삼스럽게 「나의 운명을
슬퍼하거나 부끄러워하지 말자. 내가 이처럼 가난하고 외롭게 살아가
지 않을 수 없다는 사실은 하늘이 나를 특별히 사랑해 주고 있다는 증
거라 믿고 기운을 내자」고 중얼거리기도 하는 바로 그 사람이 되어버

리는 것입니다.

　물론 제 자신은 지금 가족도 없이 좁다란 방 하나에 간신히 몸을 붙이고 살아가는 처지에 놓여 있지 않습니다. 또 저에게는 사랑하는 사람과 헤어져 각자 자기대로의 길을 가야만 했던 쓰라린 체험도 없습니다. 그럼에도 불구하고 제가 이 시를 읽을 때마다 마치 제 스스로 이 시의 화자가 된 듯한 느낌에 빠지는 것은 무엇 때문일까요? 그것은 이 시의 화자가 진하게, 뼈저리게 보여주고 있는 '상실감'과 '그것에 대한 자기보상 의식으로서의 선민(選民) 의식'이라는 것이 알고 보면 저를 포함한 수많은 섬세하고 예민한 현대인들의 마음속에 보편적으로 스며들어 존재하고 있는 근원적인 상실감과 자기보상 의식을 특별히 인상적인 모습으로 형상화해 놓은 것에 다름아니기 때문입니다. 이 말이 조금 어렵게 들리나요? 그러면 조금 더 쉬운 말로 풀어서 다시 한번 설명을 해보도록 하지요.

　저를 포함해서 이 시대를 살고 있는 사람들 가운데 남달리 섬세하고 예민한 마음씨를 가진 많은 사람들은 세속적인 가치관이 압도적인 힘을 가지고 군림하는 이 세계 속에서 자신이 정말 중요한 것을 상실하고 있다는 고통스러운 느낌에 늘 젖어 살지 않을 수 없습니다. 위의 시에 나오는 화자가 놓여 있는 처지와 그가 가지고 있는 내면의 슬픔은, 바로 이처럼 수많은 사람들이 공유하고 있는 고통스러운 느낌을 특별히 인상적인 형상의 옷으로 감싸서 '문학적으로' 드러내준 것이라 할 수 있습니다. 그런데 바로 이런 종류의 고통스러운 느낌을 지닌 채 살아가야 하는 많은 사람들은 그러한 느낌으로부터 유래하는 상처를 조금이라도 달래기 위해 「나는 남과 다른 특별한 존재이기 때문에 이런 고통을 안고 살아야 하는 것이다. 그러므로 이 고통은 바로 나의 영광이다」라는 식의 논리로 무장하는 경우가 종종 있지요. 위의 시 가운데 마지막 부분의 몇 줄은 바로 그러한 논리를 특별히 아름다운 언어로——그야말로 '문학적인' 언어로——적어놓은 것입니다. 그 이상도, 그 이하도 아닌 것이지요. 자, 이러니, 이 시를 읽고 제가 바로 이 시의 화자가 된 것 같은 느낌에 빠져들어 눈시울이 뜨거워지고 가슴이 떨려오는 것을 감각하지 않을 도리가 있겠습니까?

그런데, 당신도 역시 지금 이 시를 처음 소개받아 읽어나가는 동안 바로 그런 느낌에 빠지고 말았다구요? 그렇다면 당신도 역시 남달리 섬세하고 예민한 마음씨를 가진 분이로군요! 저의 내면적인 동료로군요! 반갑습니다! 우리 한번 더 악수를 합시다!

하지만 당신이나 저나, 이 시를 읽고 그런 느낌을 갖는 것은 좋지만, 솔직히 말해서 저 자기보상 의식으로서의 선민 의식이라는 것이 가치의 측면에서 볼 때 엄연한 한계를 가지고 있다는 사실을 잊어서는 안되겠지요. 냉정하게 말하자면 그런 종류의 의식에는 좀 유치한 면이 있는 것 아닙니까? 아니, 지금까지 이 시를 그처럼 좋게만 이야기해 놓고, 거기에 끌려서 당신이 그만 저에 대한 경계심을 풀고 솔직하게 자신의 심회를 털어놓고 나니까, 이제 와서 새삼스럽게 그 무슨 김빠지게 만드는 소리냐구요? 그렇게 생각하신다면 이거 참 죄송하게 됐습니다. 하지만 저로서는 이 시에 대한 저의 소견을 얘기하면서 방금 말한 한계에 대한 지적을 덧붙이지 않고서는 마음이 편해지지 않는 걸 어떡합니까?

나에게 가장 깊은 감명을 안겨준 영화 여섯 편

지금까지 내가 본 모든 영화들 중에서 나에게 가장 깊은 감명을 안겨주었던 작품을 여섯 편 정도만 들어보라고 한다면 나는 어렵지 않게 답을 댈 수 있다. 그 여섯 편의 제목과 그것들에 대한 간단한 소개의 말을 내가 본 순서대로 적어보면 그것은 다음과 같다.

(1)「스파르타쿠스」—기원전 1세기에 로마에서 일어났던 대규모 노예 반란을 그린 영화. 그 반란을 지휘한 수령의 이름이 바로 스파르타쿠스였다. 스탠리 큐브릭이 감독했다.

(2)「의사 지바고」—노벨상을 수상한 보리스 파스테르나크의 소설을 데이비드 린이 화면에 옮긴, 설명이 필요 없는 영화.

(3)「안네의 일기」—유명한 안네 프랑크의 일기를 조지 스티븐스 감독이 영화화한 작품. 여기서 언급되고 있는 여섯 편 중 유일한 흑백영화이다.

(4)「지붕 위의 바이올린」—제정 러시아 당국의 차별정책 아래서

처절한 고통을 겪어야 했던 유대인들의 삶을 그린 뮤지컬. 노먼 주이
슨이 감독했다.

(5)「맬컴 엑스」— 1960년대 미국의 가장 위대한 흑인 지도자 가운
데 한 사람이었던 맬컴 엑스의 생애를 묘사한 전기 영화. 스파이크 리
감독이 만들었다.

(6)「사라피나」— 철저한 인종차별 정책이 시행되던 시절의 남아
프리카 공화국을 배경으로, 흑인들의 고난과 저항을 그려낸 영화. 안
타깝게도 감독의 이름을 기억하지 못하고 있다.

이 여섯 편의 면면을 자세히 살펴보면, 거기서 대략 세 가지 정도의
공통점이 발견된다.

첫째 : 이 여섯 편은 모두 내가 영화관에서 본 것들이다. 달리 말하
자면 내가 비디오나 텔레비전을 통하여 보았던 영화들은 한 편도 포
함되어 있지 않다. 이렇게 된 것은 우연의 소치라고 말할 수 있다.

둘째 : 이 여섯 편은, 영국인이 감독한 「의사 지바고」를 포함해서,
모두 미국 영화들이다. 달리 말하자면 예술성이 높기로 유명한 프랑
스의 영화나 최근 수년간 상당한 관심의 대상이 된 바 있는 중국의 영
화들은 한 편도 포함되어 있지 않다. 이렇게 된 것은 우연의 소치라고
말할 수 없다.

우선 예술성이 높기로 유명한 프랑스의 영화들에 대해서 말하자면,
나는 그런 영화들을 지금껏 꽤 많이 본 셈이지만, 그런 영화들은 한마
디로 말해서 나의 취향에 잘 맞지 않았다. 예를 들어 이야기하자면 텔
레비전을 통해서 본 「인생유전」은 지나치게 젠체한다는 느낌을 주었
고 「남과 여」는 너무나 싱거웠으며 「퐁뇌프의 연인들」과 「인도차이
나」는 혐오감을 안겨주었을 뿐이었다. 나는 관객에게 진정 깊은 감동
을 안겨주는 힘에 있어서 프랑스 영화는 미국 영화에 비해 전반적으

로 크게 뒤진다고 생각한다.

그렇다면 중국의 영화들은 어떤가? 내가 본 중국 영화들——좀더 구체적으로 말하자면 첸카이거·장이모우·티엔주앙주앙 등의 작품들——은 예외 없이 프랑스 영화들보다 훨씬 더 절실한 호소력을 가지고 나에게 다가오는 것들이었다. 그러나 중국 영화가 위의 목록 속에서 한 자리를 차지할 수 있게 되기에는, 중국 영화와 나의 만남이 너무나 늦었다고 말하지 않을 수 없다. 나의 감수성이 완전히 미국 영화에 맞춰지게끔 훈련된 세월이 25년을 경과한 다음에야 비로소 나는 중국 영화를 처음으로 접할 수 있었던 것이니까 말이다.

셋째 : 이 여섯 편은 모두 정치 영화로 분류될 수 있는 것들이다. 그 중에서도 「의사 지바고」를 제외한 나머지 다섯 편은 모두 부당한 정치적 억압 때문에 말할 수 없는 고통을 겪는 집단들의 슬픔 혹은 분노를 그리고 있다는 점에서 아주 뚜렷한 동질성을 갖는다. 그 집단의 이름이 어떤 경우에는 고대 로마의 노예로, 어떤 경우에는 유대인으로, 어떤 경우에는 흑인으로 나타나고 있지만 그와 같은 이름에 있어서의 차이를 뛰어넘는 뜨겁고 절절한 해방의 메시지가 이 다섯 편 모두를 예외 없이 관류하고 있는 것이다. 특히 「맬컴 엑스」와 「사라피나」의 경우, 이 영화들은 내가 제법 나이를 먹은 후에——그러니까 영화를 보고 쉽게 감동할 수 있는 능력을 크게 상실해 버린 다음에——본 작품들인데도 나에게 평생 잊을 수 없는 감명을 안겨준 극소수 영화들의 반열에 들어갈 수 있었다는 점에서 특기할 만한 존재가 아닐 수 없거니와, 그 두 편이 그렇게 될 수 있었던 결정적인 이유가 바로 그 '뜨겁고 절절한 해방의 메시지'에 있음은 긴 설명이 필요 없다. 그런가 하면 내가 아득한 어린 시절에나 제법 나이를 먹은 다음에나 변함없이 이런 뜨겁고 절절한 해방의 메시지를 담고 있는 영화들로부터 가

장 깊은 감명을 받아왔다는 사실은 내가 지난 수십 년간 한 사람의 지
식인으로서 일관되게 지녀온 문제의식의 핵심이 무엇인가를 분명하
게 드러내주는 것이기도 하다.

잊을 수 없는 명화
—「스파르타쿠스」

　내가 「스파르타쿠스」라는 영화를 처음 본 것은 초등학교 4학년 때였다. 그 무렵에 나는 이미 열렬한 영화 팬이 되어 있었고, 특히 성서 이야기나 서양의 역사를 소재로 해서 만들어진 규모 큰 영화들에 각별한 애정을 쏟아 붓고 있었다. 마침 그 당시는 그런 종류의 영화들이 이 땅에 줄을 지어 소개되고 있던 참이었다. 「소돔과 고모라」「로마 제국의 멸망」(사실 이 제목은 「로마 제국의 쇠락」 정도가 되어야 할 게 잘못 붙여진 것이었지만)「엘 시드」「북경의 55일」 등이 모두 그 시기에 수입되었던 것이다. 그런 영화들을 빠짐없이 보면서 화려한 상상의 날개를 펼치곤 하던 열 살짜리 소년 앞에 다시 고대 로마의 노예 반란을 소재로 했다는 「스파르타쿠스」라는 작품이 나타났을 때, 그 소년은 당연히 이 영화도 저 「소돔과 고모라」 이하의 여러 작품들과 궤를 같이하는 것이려니 하고 짐작할 수밖에 없었다. 그런 짐작을 가슴에 안고, 「소돔과 고모라」 이하의 여러 작품들을 볼 때마다 느꼈던 것과 유사한 종류의 즐거움을 기대하면서, 소년은 그 영화를 보러 갔다.

그런데 막상 소년의 눈앞에 모습을 드러낸「스파르타쿠스」라는 영화는 소년이 짐작했던 것과는 전혀 다른 것이었다. 소년이 기대했던 것과 같은 종류의 즐거움을 그 영화는 조금도 주지 않았다. 그래서 소년은 실망을 느껴야 했던가? 천만에, 결코 그렇지 않았다. 그 영화는 소년이 기대했던 것과 같은 종류의 즐거움을 주지 않은 대신, 그와는 전혀 다른 것, 그와는 도대체 비교도 할 수 없을 정도로 더 강렬하고 더 고귀한 것, 소년이 꿈에서도 생각하지 못했던 것을 주었기 때문이다. 그것은 온몸의 마디마디가 뒤흔들리고 몸 속의 피 전부가 끓어오르는 듯한 감동이었다. 인간을, 인간의 역사를, 인간의 운명을 전과는 완전히 다른 눈으로 볼 수 있게 해주는 계시의 불꽃이었다. 하나의 번갯불이었다.

내가 그런 식으로「스파르타쿠스」라는 영화를 만나보고 난 이후 꼭 10년의 세월이 흘렀을 때, 그리하여 내가 대학 2학년생이 되어 있었을 때, 나에게는 다시 한번 그 영화를 볼 수 있는 기회가 주어졌다. 그 영화가 재수입되어 들어왔던 것이다. 나는 걷잡을 수 없이 뛰는 가슴을 안고 그 영화가 상영중인 영화관을 찾아갔다. 그리고 체험했다— 10년 전 처음으로 그 영화를 보았을 때와 똑같은 번갯불을. 그것이 너무나 강한 힘으로 나를 사로잡았기에, 나는 그 영화를 두 번째 본 바로 다음날 다시 그 영화관을 찾아가, 한번 더 그 영화를 처음부터 끝까지 보았다. 나는 초등학교 시절부터 지금에 이르기까지 어지간히 많은 수의 영화를 보아왔지만 이처럼 어떤 영화를 보고 난 바로 다음날 다시 그 영화관을 찾아가 같은 작품을 한번 더 본 것은 이「스파르타쿠스」의 경우가 유일하다.

「스파르타쿠스」를 연출한 사람은 스탠리 큐브릭 감독이다. 「스파르타쿠스」가 나에게 그토록 커다란 감명을 주었으므로, 나는 당연히 스탠리 큐브릭이라는 영화예술가의 이름을 지극한 존경의 마음으로 기억해 두지 않을 수가 없었다. 그런데 최근 들어 어쩌다 읽게 된 몇몇 유명한 영화평론가들의 글에서 스탠리 큐브릭에 대해 꽤 길게 논한 것을 여러 차례 보았는데, 나로서는 참으로 놀랍게도, 그 글들 속에서 「스파르타쿠스」는 단지 제목이 언급되는 정도로 처리되었을 뿐 조금도 진지한 관심의 대상이 되지 않고 있었다. 아니, 이럴 수가 있나! 물론 스탠리 큐브릭이 워낙 뛰어난 영화예술가이고 그가 만든 작품 중에는 대단한 명작이 워낙 많기 때문에 충분히 그렇게 될 수도 있지 않느냐 할 사람이 있을지 모르지만, 내가 세 번이나 보았고 또 지금까지 생생하게 기억하고 있는 「스파르타쿠스」는 절대로 그같이 홀대받아도 좋은 작품이 아니었다. 정말, 이럴 수는 없는 것이다!

「스파르타쿠스」라는 영화가 그 진가에 비해 어처구니없을 정도로 홀대받고 있다는 사실은 단순히 「스파르타쿠스」라는 영화 한 편의 명예에 관련되는 문제만을 제기하고 있는 것이 아니다. 그것은 무릇 제대로 된 인간이라면 누구나 진지성과 열정을 가지고 고민해야 마땅한 문제 가운데 하나가 우리 시대에 이르러서 부당하게 홀대받고 있음을 증거하고 있다. 내가 왜 이런 말을 하는지는 앞으로의 이야기 전개 속에서 차차 밝혀질 것이다.

고대 로마에서는 거대한 원형경기장에서 노예들끼리 목숨을 건 결투를 하게 만들어놓고 군중이 그것을 구경하며 즐기는 오락이 유행하였다. 군중들에게 이러한 오락의 즐거움을 제공하기 위해 동원된 노예들을 검투사(劍鬪士)라고 일컫는다. 검투사들끼리 결투를 벌인 끝에 일단 승패가 정해지면, 변덕스러운 군중들이 그때그때의 기분에 의거하여 제멋대로 요구하는 바에 따라서 패자는 승자로부터 최후의 일격을 받아 살해당하기도 했고 그러한 운명을 모면할 수 있게 되기도 했다. 이처럼 비참한 상황 속에서 매일매일을 살아가야 했던 검투사들은 대개 로마와의 전쟁에서 패하여 포로가 된 사람들 중에서 선발(?)되었다.

인류의 역사를 공부해 나가다 보면 유사 이래 지금까지 실로 무수한 사람들이 이런저런 연유로 해서 노예의 처지로 전락, 슬픔과 원한으로 가득 찬 나날을 보내다가 평생을 마감해 왔음을 알 수 있지만, 적어도 내가 생각하기에는, 이 로마의 검투사들처럼 처참을 극한 운명에 맞닥뜨려야 했던 노예는 인류 전체의 역사 속에서도 달리 유례를 찾기 어려운 것이 아닐까 한다. 다른 시대 다른 나라의 노예들은 아무리 비참한 상황 속에서도 최소한 같은 노예 동료들끼리의 심정적 유대라든가 상호 부조라든가 하는 것만은 얼마쯤이라도 보장받을 수 있었던 터인데, 로마의 검투사들은 바로 자기와 같은 동료 검투사를 상대로 하여 싸우는 일, 그리고 그를 죽이는 일로써 하루하루의 목숨을 이어가게끔 강요당하는 처지에 놓여 있었기 때문이다.

노예들 중에서 검투사라는 부류를 따로 만들어놓고 그들끼리 싸우고 죽이는 것을 보며 즐거워하는 일을 대중의 오락으로 삼았다는 사실, 이것 하나만으로도 고대 로마의 문명은 저주받아야 한다.

스파르타쿠스는 바로 이러한 노예 검투사 중의 한 사람이었다. 다른 노예 검투사들과 똑같은 운명을 그도 물론 강요받았다. 그러나 그는 이러한 운명에 순응하기를 거부했다. 동료 검투사들을 이끌고 반란을 일으킨 것이다. 워낙 싸움의 기술에는 단련이 될 대로 되어 있는 검투사들인지라, 그들이 한번 마음먹고 기회를 타서 반란을 일으키자, 그 기세는 실로 무서웠다. 그들은 로마의 군대를 잇따라 격파하고 가는 곳마다 노예들을 해방시키면서 남쪽으로 남쪽으로 내달았다. 바다를 건너가 새로운 세상을 건설하는 것, 이 지긋지긋한 로마 땅과 영원히 작별하는 것, 그것이 그들의 목적이었다.

그들의 궁극적인 목적이 이러한 것임을 알게 되자, 로마의 정치지도자들 중 그라쿠스 같은 사람은, 그들이 그 목적을 달성하게끔 내버려두라고 주장했다. 그러나 이러한 주장을 물리치고 기어이 노예군과 일전을 벌이기로 결심한 야심가가 있었다. 크라수스였다. 그가 위와 같은 결심을 굳힌 이유는, 자기가 노예군을 격파하기만 한다면 열광한 로마 시민들의 환호에 힘입어 자신의 정적(政敵)들을 모조리 쓸어버리고 로마의 독재자로 군림할 수 있으리라는 것을 알았기 때문이었다. 그는 노예군에게 배를 제공하기로 했던 해적들에게 거액을 주고 그들을 매수함으로써 노예군의 목적을 좌절시킨다. 그리고 로마와 노예군 양쪽의 운명을 건 최후의 결전에서 마침내 노예군을 격파한다. 수많은 노예군이 죽고, 수령인 스파르타쿠스를 포함하여 다른 수많은 노예군이 포로로 잡힌다. 포로로 잡힌 노예군은 모두 십자가에 매달려 처형당한다. 숙청될 운명에 직면한 그라쿠스는 자결하고, 크라수스는 자신이 꿈꾸었던 대로 로마의 독재자로 등장한다.

——이상이, 내가 기억하고 있는 영화 「스파르타쿠스」의 간략한 줄거리이다.

여기에서 참고로, 〈현실에 비추어보는 역사철학〉이라는 제목으로 번역된 이치이사부로[市井三郎]의 저서(원제가 무엇인지는 번역자가 밝혀놓지 않았기 때문에 알 수 없다) 중에서 스파르타쿠스의 반란에 관하여 언급하고 있는 부분을 옮겨두기로 한다.

민중의 물질적 복지보다 정치권력에 대한 인민의 강한 저항력이 '진보'의 척도로 되면 과거의 인류사상(人類史像)은 일변한다. 예를 들어 노예제가 존재했던 고대 로마(기원전) 시대에 스스로를 노예의 지위로부터 해방시키기 위해 스파르타쿠스의 지도하에 봉기한 수많은 노예의 장렬한(즉 권력에 대한 저항력이 강한) 투쟁을 이해하면 2천 년 전의 그 시대가 그후의 제 시대보다 '진보'한 듯하기 때문이다. 스파르타쿠스의 반란은 기원전 73년에 시작되어 3년 후에 로마의 거의 전 군단의 집중적 공격에 의하여 패배했으나 그간의 노예군 참가자 총수는 30만에 달했다고 추정된다. 더욱이 봉기 성공 후 2년 남짓 노예군은 각지에서 로마군을 패주시키면서 이탈리아 반도를 두 번에 걸쳐 남북으로 종단이동했고(주파거리 약 2,500킬로), 반도의 광활한 지역에서 노예해방의 시위와 더불어 많은 실적을 올렸다. 이 반란의 연구가인 도이마사요시[土井正興] 씨는 이 고대 노예군의 대장정을 현세기 중국에서 모택동의 지도 아래 이루어진 중국 적군의 대장정에 견주고 있다.

틀림없이 고대 노예의 장정은 좌절로 끝났다. 그러나 그들 투쟁의 고양은 서구의 근대 이후에 와서도 억압된 민중이 회상하는 고대의 위대한 전통으로 되살아났다. 예를 들어 1886년에 체코슬로바키아의 어떤 시인(민족적 자유를 쟁취하기 위해 싸운 시인)은 노래하고 있다. 스파르타쿠스의 좌절 후에 노예군의 포로가 6,000개의 십자가에 걸린 것을 서술한 후,

「영웅(스파르타쿠스)의 얼굴은 조용히 잠들어 있다. 그 중에 깊은 승리감이 자리하고 있고 단지 눈에는 의문이 넘쳐 있다.

오, 인류여 아침의 찬란한 햇살이 그대 앞을 비추기 전에

몇 개의 십자가가 아직도 서 있을까.」

대체 인류사 전체의 '진보'란 무엇인가(이치이사부로, 〈현실에 비추어보는 역사철학〉, 편집부 역, 기린문화사, 1983, pp. 92~93).

위에 인용한 이치이사부로의 저서 중 한 대목은 「스파르타쿠스」라는 영화의 진가를 제대로 인식하는 것이 '무릇 제대로 된 인간이라면 누구나 진지성과 열정을 가지고 고민해야 마땅한 문제'를 제대로 인식하는 것과 직결되어 있다는 사실을 입증해 주기에 모자람이 없다고 생각된다. 그러면 이제는 다시 논의를 원래의 줄기로 되돌려서 역사상의 인물 스파르타쿠스가 아닌 영화 「스파르타쿠스」에 대한 이야기를 계속해 보기로 하자.

「스파르타쿠스」라는 영화를 내가 마지막으로 본 지도 이제는 어느덧 20년이 넘었다. 그러니만큼 지금의 나에게 있어서 이 영화의 세세한 디테일들 가운데 일부는 망각의 강 저편으로 넘어가 버린 것이 당연하다. 하지만 그러한 부분의 양은 내가 이 영화를 마지막으로 본 시점과 현재 사이에 가로놓여 있는 시간의 길이에 비하면 의외라 생각될 만큼 적다. 이 영화를 보면서 내가 체험한 감동이, 계시의 불꽃이, '번갯불'이 워낙 강렬한 것이었기 때문에 그럴 터이다. 내가 지금도 가슴 떨리는 전율과 더불어 생생하게 간직하고 있는 이 영화의 특별히 인상적인 장면 몇 군데를 이제부터 소개해 보기로 한다.

(1) 검투사를 관리하고 있는 자들이 검투사 한 사람에게 여자 노예 한 사람씩을 배정해서 잠시 동안 시간을 같이 보내도록 해준다. 이때 그 한 쌍을 짝지워주는 방식은 우연히 줄을 선 차례대로 짝지워주는

것 이상도 이하도 아니다. 동물들을 교접시키는 것과 똑같은 방식인 것이다. 스파르타쿠스도 이렇게 하여 자기 방에서 잠시 동안 한 사람의 여자 노예와 함께 있게 된다. 그런데 이 자기의 방이라는 것이 천장에다 마치 짐승의 우리처럼 창살을 쳐놓고 그곳을 통해 밖에서 안을 들여다볼 수 있게 해놓은 곳이다. 악질적인 관리자들이 이 천장을 통해 스파르타쿠스의 방을 들여다보며 잔인하게 킬킬거린다. 이에 격분한 스파르타쿠스는 「나는 짐승이 아니야!」 하고 절규하며 격렬한 동작으로 분노를 표시한다. 그것을 보고 있던 여자가 스파르타쿠스를 향해 조용한 목소리로 말한다 :「나도 역시 짐승이 아니에요.」 이 여자는 나중에 스파르타쿠스가 반란을 일으켜 수많은 노예들을 해방시킬 때 그의 아내가 된다.

 (2) 스파르타쿠스가 반란을 일으켜 승리의 행진을 계속하고 있던 당시, 로마군의 젊은 장교 한 사람이 노예군에게 포로로 붙잡힌다. 복수심에 불타고 있던 노예군들은 자기들이 예전에 당해왔던 것과 똑같은 일을 이 장교에게 시키려고 한다. 「내가 이자를 상대해 주지!」 하고 외치며 뛰어나온 검투사 한 사람과 죽음에 이르는 결투를 벌이라고 강요하는 것이다. 군중심리로 말미암아 더욱 격해진 그들이 창백하게 질려 있는 한 사람의 장교를 상대로 해서 바야흐로 흥분의 도가니를 연출하고 있을 때, 뒤늦게 이 사실을 알고 달려온 스파르타쿠스가 그들을 만류한다. 「우리의 싸움을 진정 뜻있는 것으로 만들려면 지난날 우리를 악랄하게 괴롭혀왔던 자들과 우리 자신은 전혀 다르다는 사실을 그자들에게 보여주어야 한다. 바로 이런 식의 잔인한 오락이 없는 세상을 만드는 것이 우리의 의무이다. 우리 자신이 그자들과 똑같은 행동을 해서는 절대로 안된다.」 스파르타쿠스는 이와 같은 내용의 열변을 토함으로써 군중을 숙연하게 만들고 그들의 행동을 제지하

는 데 성공한 다음 그 장교를 석방해 준다.

(3) 모처럼 가질 수 있게 된 조용한 저녁나절의 짧은 시간 동안 스파르타쿠스는 아내와 함께 산책을 한다. 산책을 하면서 스파르타쿠스는 진지한 표정으로 고백한다 : 「나는 알지 못하는 것, 알고 싶은 것이 너무나 많다. 해는 왜 뜨고 지는가? 하늘은 왜 파란가? 바람은 왜 부는가?」 스파르타쿠스의 이러한 고백을 들으면서 나는 인류의 역사 속에서 지성의 싹이, 철학의 싹이 처음으로 돋아나는 현장을 목격하고 있는 듯한 감동에 사로잡혀 몸을 떨지 않을 수 없었다. 이 대목에서 스파르타쿠스는 단순히 싸움에만 능한 사람이 아니라 지성의 길, 철학의 길이 어떤 순간에 어떤 방식으로 열리기 시작하는가를 보여주는 한 사람의 구도자로 나타난다. 그런데 스파르타쿠스의 이러한 고백을 듣자 그의 아내는 다음과 같은 얘기를 들려준다 : 「저 머나먼 이 세상의 끝 어딘가에 가면 동굴이 하나 있고, 그 동굴에서는 거인이 잠을 자면서 꿈을 꾸고 있다. 거인이 꿈속에서 사모하는 여인을 그리워하며 한숨을 쉬면, 그 한숨이 바람이 되어서 이곳에까지 불어오는 것이다.」 이런 낭만적인 설화를 얘기하면서 아내는 명랑한 웃음을 터뜨린다. 스파르타쿠스도 의문에 사로잡혀 굳어졌던 표정을 풀고 환하게 웃는다. 이 순간에 보여준 두 사람의 웃음보다 더 순수하고 밝은 웃음을—그러면서 보는 사람의 가슴을 저리게 하는 웃음을—나는 이제껏 어느 다른 영화에서도 목격한 일이 없다.

(4) 크라수스가 새로 사들인 노예들 중에 안토나이나스라는 청년이 있다. 그는 검투사들과는 대조적인 유형의 인물이다. 시인이요 음악가인 것이다. 크라수스는 이 청년을 총애한다. 그러나 후일 안토나이나스는 크라수스의 집을 몰래 뛰쳐나와 스파르타쿠스의 진영에 합류한다. 그때는 스파르타쿠스 휘하의 노예군이 가는 곳마다 승리를 거

두던 시절이며, 그들 덕분에 해방된 수많은 노예들이 노예군을 따라
와서 거대한 하나의 집단을 형성하고 있던 시절이다. 그렇게 해서 모
인 노예들의 집단 속에는 노인도 있고, 여자도 있고, 어린이도 있다.
그들은 군대의 이동을 따라 움직이면서 생전 처음으로 자유로운 삶을
영위한다. 마음 맞는 남녀들이 서로 어울려 결혼을 하고 가정을 꾸려
나가기도 한다. 그런 어느 날 저녁 노예군 진영의 간부급들이 모여 식
사를 기다리면서 휴식을 취하다가 안토나이나스에게 재주를 보여달
라는 청을 한다. 안토나이나스는 그 청을 받아들여 시를 읊어준다. 평
화롭고 고요한 시간을 맞아 고향으로 돌아가는 사람의 심정을 노래하
는 시다. 시를 읊는 안토나이나스의 목소리가 잔잔하게 울려 퍼지기
시작함과 더불어 카메라는 간부급들이 모여 있는 자리를 떠난다. 노
인들과 여자들과 어린이들을 포함하고 있는 이 거대한 집단이 저녁을
맞이하여 식사를 준비하는 시간의 풍경을 두루 보여준다. 그 풍경을
한마디로 압축해서 표현할 수 있는 말은 '자유'요 '평화'이다. 나는
그 장면을 보면서 울지 않을 수가 없었다. 아아, 저기 저렇게 모여서
자유롭고 평화스럽게 저녁 식사를 준비하고 있는 사람들은 모두 다
어제는 하나의 물건으로 혹은 짐승으로 취급받던 노예들이었다. 그
사람들이 저렇게 자유를 누리며, 평화를 누리며 저곳에 모여 있다. 저
들은 이제 내일 당장 죽어도 여한이 없으리라. 자기들이 그것을 누리
는 날이 단 하루나마 오게 되리라고는 감히 꿈꾸지도 못하였던 자유
와 평화를 그들은 맛보았으므로. 그 장면을 보면서 나는 인간의 본성
이 무엇인가를, 인간 역사의 핵심이 무엇인가를, 인간이 이 세상에 나
와서 살아가는 것의 의미가 무엇인가를 생각하고 생각하지 않을 수
없었다. 나중에 황석영의 〈장길산〉을 읽다가 장길산 부대를 따라온
사람들이 모여서 만든 정착촌의 모습을 그린 대목과 맞닥뜨렸을 때

내가 금방 떠올린 것이 「스파르타쿠스」의 그 장면이었다.

(5) 최후의 결전을 앞두고 스파르타쿠스는 노예군들 및 그들을 따라와서 하나의 거대한 집단을 형성했던 사람들 전부를 향해 감동적인 연설을 한다. 바로 같은 시각에 크라수스 역시 자기 휘하의 군대를 앞에 놓고 격려의 연설을 한다. 이 대목에서 영화의 편집자는 절묘한 솜씨를 발휘한다. 스파르타쿠스가 연설하는 장면과 크라수스가 연설하는 장면을 교묘하게 교차시키는 것이다. 마치 자유와 평화에 대한 소망을 이야기하는 스파르타쿠스의 연설을 로마군이 듣고 있고, 노예들을 모조리 잡아죽이겠다고 기염을 토하는 크라수스의 연설을 노예들이 듣고 있는 것 같은 인상을 관객들에게 심어주는 기법이다. 이러한 기법에 의하여 그 두 개의 장면은 완벽하게 하나로 통일된다. 그런데 이 대목을 특별히 잊을 수 없는 것으로 만드는 원동력은 그러한 기법이 발휘하는 효과보다도 스파르타쿠스의 연설을 듣고 있는 노예들의 표정이다. 늙은이에서 어린이까지를 총망라하고 있는 그 사람들의 모습은 인간이 상상할 수 있는 최악의 고난을 겪어온 사람들답게 하나같이 헐벗고 찌든 초라한 모습들이지만 그들 한 사람 한 사람의 얼굴에는 그 초라함을 넘어서는 빛이 떠올라 있다. 그들의 표정은 자유라는 것을 누려본 노예의 표정이며, 그 자유를 지키기 위해 목숨을 버리기로 각오한 노예의 표정이다. 이 세상에 그러한 사람의 표정보다 더 존귀한 표정이란 있을 수 없다. 그러한 사람의 표정 속에 서려 있는 빛보다 더 고귀한 빛이란 있을 수 없다. 이미 막강한 권력을 누리고 있으면서도 그보다 훨씬 더 큰 권력을 쟁취하고자 하는 야심에 불타는 인간이, 그러한 자신의 야심을 실현하기 위해서라면 로마의 영토로부터 떠나겠다고 하는 사람들을 기어이 붙잡아놓고 그들 모두를 학살하는 정도의 일쯤은 아주 즐거운 마음으로 수행할 수 있는 인간이

그런 빛을 알아볼 까닭이 없다.

(6) 최후의 결전에서 스파르타쿠스는 패하고 포로로 잡힌다. 온몸이 흙투성이가 된 채 그는 쇠사슬에 묶인 신세가 된다. 절망감에 사로잡힌 그가 자기와 똑같은 신세가 된 동료들과 함께 앉아 있는 곳에 승리자답게, 로마의 최고 권력자답게 위풍당당한 모습으로 크라수스가 찾아온다. 스파르타쿠스의 얼굴을 알지 못하는 그는 묶여 있는 사람들을 향해 누가 스파르타쿠스냐라고 묻는다. 스파르타쿠스가 누구인지를 일러바치는 자에게는 특별한 배려를 베풀겠다는 말과 함께. 스파르타쿠스를 색출해 내면 그에게 예외적으로 가혹한 조치를 행할 계획임이 그의 태도에서 느껴진다. 그런데, 크라수스의 말이 떨어지자, 한 포로가 벌떡 일어나 내가 스파르타쿠스다라고 외친다. 그러자 또 그 옆에서 다른 포로가 일어나 내가 진짜 스파르타쿠스다라고 부르짖는다. 또 한 사람, 또 한 사람. 절망밖에 남은 것이 없는 상황에서도 끝까지 자기들의 지도자를 감싸주고자 하는 그들의 동지애에 그만 눈물이 치솟는 것을 느끼며 스파르타쿠스는 자기가 바로 스파르타쿠스라고 절규한다.

(7) 크라수스는 마침내 진짜 스파르타쿠스를 가려낸다. 그리고는 스파르타쿠스 앞에 안토나이나스를 데려온다. 안토나이나스도 포로로 잡혔던 것이다. 크라수스는 스파르타쿠스와 안토나이나스 두 사람에게 결투를 하라고 명령한다. 이 결투에서 패배한 자는 그 자리에서 죽을 것이고, 승리한 자는 십자가에 매달릴 것이라고 크라수스는 말한다. 결투에서 패하여 죽는 것은 즉사하는 것이니 고통이 적을 것이다. 그러나 십자가에 매달려 죽는 것은 이루 말할 수 없는 고통을 동반할 것이다. 스파르타쿠스는 잘된 일이라고 생각한다. 제일급의 검투사였던 자기와 시나 읊으며 살아왔을 뿐 싸움의 재주라고는 전혀

없는 안토나이나스가 맞붙으면 승패는 뻔하다. 결투를 시작하기 전에 스파르타쿠스는 안토나이나스에게 말한다 :「고통이 없도록, 얼른 죽게 해주마.」 그런데 막상 결투가 시작되자 안토나이나스는 뜻밖의 태도로 나온다. 기어이 스파르타쿠스를 이겨보려고 필사적인 노력을 다하는 것이다. 놀란 표정으로 바라보는 스파르타쿠스에게 안토나이나스는 말한다 :「당신이 십자가의 고통을 겪도록 할 수는 없습니다. 십자가에는 내가 매달리겠습니다.」 그러고는 다시 어떻게 해서라도 스파르타쿠스를 죽게 하려고 덤벼든다. 하지만 어떻게 안토나이나스가 스파르타쿠스를 이길 수 있으랴. 결국 안토나이나스는 쓰러진다. 쓰러진 상태에서 안토나이나스는 스파르타쿠스에게 말한다 :「나는 당신을 아버지처럼 사랑해 왔습니다.」 이 말을 받아 스파르타쿠스는 안토나이나스에게 말한다 :「나도 내가 영원히 만나지 못할 나의 아들을 사랑하는 것과 같은 마음으로 자네를 사랑해 왔네.」 이런 식으로 마지막 인사를 교환하고 난 후 스파르타쿠스는 안토나이나스에게 최후의 일격을 가하여 그를 저승으로 보낸다. 나는 지금까지 영화 속에서 참으로 헤아릴 수 없이 많은 결투 장면을 목격했지만 이처럼 슬픈 결투 장면은 그전에도 그후에도 결코 본 일이 없다.

(8) 안토나이나스에게 최후의 작별을 고하면서 스파르타쿠스가 '영원히 만나지 못할 아들'이라는 표현을 쓴 데에는 특별한 이유가 있었다. 최후의 결전이 벌어졌을 무렵 그의 아내는 출산을 앞두고 있었던 것이다. 그런데 예상했던 바와 달리 그는 죽음을 앞둔 마지막 순간에 자신의 아들을 만날 수 있었다. 크라수스가 스파르타쿠스의 아내를 한번 보고 열렬한 애정에 사로잡힌 나머지 그의 마음을 얻어보려고 온갖 노력을 기울이고 있으나 마침 그때 아들을 출산한 스파르타쿠스의 아내는 남편에 대한 사랑에 변함이 없으며 이 때문에 크라수스가

몹시도 괴로워하고 있다는 사실을 안 그라쿠스가, 자살을 앞두고 마지막으로 자신의 정적인 크라수스에게 한번 호된 타격을 줄 목적으로 스파르타쿠스의 아내와 아들을 자유인으로 만드는 조치를 취한 덕분이었다. 아기를 안고 로마 시를 벗어난 스파르타쿠스의 아내는 남편이 매달려 있는 십자가 아래로 온다. 그리고는 남편에게 아기를 보여주면서 이 아이는 자유인의 신분을 얻었다는 사실을 알려준다. 그 말을 듣자 마지막 단말마의 고통을 겪고 있던 스파르타쿠스의 얼굴에 희미한 미소가 떠오른다. 천균(千鈞)의 무게를 담고 있는 그 미소를 나는 지금까지도 잊을 수가 없다. 어찌 그것을 잊을 수가 있으랴.

「스파르타쿠스」라는 영화 속에서도 특별히 강렬한 인상을 나에게 남겼던 장면 여덟 군데를 위에서 적어보았다. 마지막으로 본 지가 20년이 넘는 영화이니만큼 지엽적인 부분에 있어서는 혹시 얼마쯤의 착오가 있을지도 모른다. 그러나 그 장면 하나하나가 가지고 있는 성격 혹은 의미의 핵심에 관련되는 측면에 있어서는 단 하나의 오류도 없다는 것이 나의 확신이다. 내가 이 영화를 얼마나 주의 깊게 보았는데 그런 측면에 있어서 오류가 생길 수 있겠는가.
　위에서 여덟 개의 장면을 서술해 가는 동안 나는 나에게도 소설가들이 갖고 있는 박진감 있는 묘사의 재주가 조금이나마 있었더라면 하는 아쉬움을 느끼지 않을 수가 없었다. 그런 재주가 있었다면 훨씬 더 실감나게 나의 감동을 전달할 수 있었을텐데 하고 말이다. 글을 써온 지 수십 년이 되었지만 글을 쓰다가 이런 점에서 아쉬움을 느껴본 것은 이번이 처음이다.

　수년 전, 텔레비전의 주말영화 시간에 「스파르타쿠스」를 방영한 적이 있다. 그때 나는 그 프로를 일부러 보지 않았다. 텔레비전의 좁은 화면으로 이 영화를 다시 봄으로써 내 가슴속에 남아 있는 이 영화의 이미지를 손상시키고 싶지 않았기 때문이다. 같은 이유에서 나는 이 영화를 비디오로 다시 볼 생각도 하지 않고 있다. 비디오가 나와 있는지 그렇지 않은지 알아본 일조차 없다.

앞에서 내가 인용한 바 있는 이치이사부로는 「각각의 개인이 스스로 책임질 필요가 없는 사항으로부터 받는 고통을 가능한 한 감소시켜야 한다」는 것을 새로운 윤리이념의 핵심적 명제로 내세웠다. 나는 이치이의 그와 같은 견해에 대하여 깊은 공감을 느끼지 않을 수 없다. 그가 내세운 것보다 더 우월한 윤리적 명제가 이 세상에 존재할 수 있으리라고는 도저히 생각되지 않는 것이다. 이치이의 견해에 대한 나의 공감은 나의 가슴으로부터, 아니 나의 온몸으로부터 거역할 수 없는 힘을 가지고 솟아오르는 공감이다. 이치이의 견해에 대하여 이러한 공감을 표시하지 않을 수 없도록 만드는 내 마음속의 어떤 근원적인 요소가 나로 하여금 오로지 유대인이라는 이유만으로 부당하게 학대받는 사람들의 삶을 그린 「안네의 일기」와 「지붕 위의 바이올린」을 보고 울음을 참을 수 없게 했으며, 오로지 흑인이라는 이유만으로 부당하게 학대받는 사람들의 삶을 그린 「맬컴 엑스」와 「사라피나」를 보고 오래오래 깊은 생각에 잠기도록 만들었다. 그리고 바로 그 근원적인 요소가 나로 하여금 내가 지금까지 본 영화들 중의 최고봉에 해당하는 존재를 하나만 들라면 그것은 「스파르타쿠스」라고 말하게 한다.

〈103인의 현대 사상〉에 포함된 사람들의 명단을 보고

우리나라의 가장 대표적인 출판사 가운데 하나인 민음사에서 그 창립 30주년을 기념하여 〈103인의 현대 사상〉이라는 두툼한 책을 내놓았다. 김우창 등 일곱 명의 권위자가 편집을 맡고 수십 명의 필자가 참여하여 완성한 무게 있는 책이다. 그러면 이 책을 편집한 사람들은 현대의 사상을 대표하는 103명이 누구누구라고 보았는가? 그 면면을 대륙별로, 그리고 더 나아가서는 국적별로 한번 분류해 보았더니 그 결과는 다음과 같았다.

유　럽 : 77명 (프랑스 25명, 독일 20명, 영국 8명, 오스트리아 7명,
　　　　스위스 4명, 헝가리 3명, 러시아 및 이탈리아 각 2명, 덴마
　　　　크·루마니아·벨기에·불가리아·스페인·체코 각 1명)
북　미 : 16명 (미국 15명, 캐나다 1명)
아시아 : 8명 (한국 4명, 중국 3명, 인도 1명)

중남미 : 2명 (아르헨티나 1명, 페루 1명)

이상과 같은 통계숫자 중 대륙별 숫자를 다시 백분율로 환산해 보면 유럽 74.76%·북미 15.53%·아시아 7.77%·중남미 1.94%가 된다. 유럽과 북미를 합치면 90.29%가 된다는 얘기다. 한국인 4명을 제외한 나머지 사람들만 가지고 다시 통계를 내보면, 유럽과 북미를 합쳐서 계산할 경우 93.94%라는 수치가 나온다. 한국인 4명 중 미국에 가서 살고 있는 사람 셋을 북미 쪽에 포함시켜서 다시 계산해 보면 이번에는 93.20%라는 수치가 나온다. 이 세 가지 결과 중 어느것을 선택하든, 「이른바 현대 사상의 세계 속에서는 유럽 사람들과 북미 사람들이 90% 이상의 지분을 차지하고 있으며 나머지 4개 대륙의 사람들이 차지하는 비중은 10% 미만이다」라는 결론에 다다르게 된다는 점에서는 전부가 동일하다.

그렇다면 이상과 같은 결과는 현대 사상계의 실상을 정확하게 반영하고 있는 것일까. 정말로 현대 사상의 세계 전체 속에서 유럽과 북미를 제외한 나머지 4개 대륙의 사람들이 이룩한 업적은 10%에도 미달하며, 그것들을 다 합쳐보았자 유럽·북미 양 대륙의 사람들이 이룩한 업적의 9분지 1에도 미치지 못하는 것일까. 그럴 리가 없다. 아무리 현대사가 유럽·북미 중심으로 전개되어 왔다고는 하지만, 그 두 대륙을 제외한 나머지 지역의 사람들이 지난 백여 년 동안 잠만 자고 지냈으면 몰라도 그러지는 않았던 것이 확실한 이상 그럴 리는 없다.

여기서 참고로 좋은 비교의 자료를 제공해 줄 만한 다른 책을 하나 끌어와 보기로 하자. 프랑스 사람인 기 소르망이 쓴 〈20세기를 움직인 사상가들〉(강위석 역, 한국경제신문사, 1991)이 바로 그 책이다. 이 책에서 소르망은 29명의 현대 사상가를 다루고 있는바, 그 사람들의 면면을 대륙별·국가별로 분류해 보면 그 결과는 다음과 같다.

> 유 럽 : 14명 (오스트리아·프랑스 각 4명, 영국 2명, 독일·러시아·
>   벨기에·유고 각 1명)
> 북 미 : 9명 (미국 9명)
> 아시아 : 5명 (인도·일본 각 2명, 중국 1명)
> 중남미 : 1명 (멕시코 1명)

이상과 같은 통계숫자 중 대륙별 숫자를 다시 백분율로 환산해 보면 유럽 48.28%·북미 31.03%·아시아 17.24%·중남미 3.45%가 된다. 유럽과 북미를 합치면 79.31%가 되고, 나머지 대륙을 합치면 20.69%가 되는 것이다. 프랑스 사람이 쓴 책을 가지고 조사한 결과가 이렇다. 이것은 도대체 무엇을 말하고 있는 것인가? 이 물음 앞에서 우리가 잠정적으로 제시할 수 있는 한가지 해답은 다음과 같은 것이리라 :「〈103인의 현대 사상〉이라는 책을 편집한 한국 사람들은 유럽과 북미의 문화적 업적을 높이 평가하고 그 나머지 지역의 문화적 업적을 낮게 평가하는 데 있어서 프랑스 사람보다도 오히려 더 극단적인 태도를 보여주는 사람들이다.」

그러나 〈103인의 현대 사상〉의 서문 속에 다음과 같은 말이 나오는 것을 보면 위와 같은 해답은 정확하지 않다는 사실을 알 수 있다.

> 책은 세 가지 원칙을 갖고 편집되었다. …… 둘째, 20세기 사상의 주된 범위로 유럽이나 미국 같은 서구에 제한시키려 했다. 이는 20세기가 서구 중심의 시대라는 현실적 상황을 고려한 것이기도 하지만 더 큰 이유는 비서구 세계의 사상가들의 자료를 체계적으로 모으는

일이 현재 우리의 능력으로는 거의 불가능하다는 점이 더 큰 이유라 하겠다. 사정이 이렇게 된 데는 우리 문화와 지식계의 틀을 보면 쉽게 이해할 수 있을 것이다(pp.5~6).

위에 인용된 서문의 한 대목에 따르면, 〈103인의 현대 사상〉이라는 책에서 유럽·북미 사람들의 비율이 90%를 상회하게 된 진정한 원인은 편집위원들 스스로 유럽·북미의 문화적 업적을 극단적으로 높게 평가하고 그 나머지 지역의 문화적 업적을 극단적으로 낮게 평가하는 편견에 빠져 있기 때문이 아니다. 그들도 그런 식의 평가가 잘못이라는 사실은 잘 알고 있다는 말이다. 그렇다면 그들이 이러한 사실을 잘 알고 있음에도 불구하고 유럽·북미 사람들의 비율을 90% 이상으로 잡을 수밖에 없었던 진정한 원인은 도대체 무엇인가? 그 진정한 원인은, 그들이 유럽·북미 이외의 지역에 대해서 갖고 있는 지식의 양이 한마디로 말해서 형편없는 수준에 머물러 있다는 사실, 바로 그것이다. 뭣 좀 아는 게 있어야 이름을 집어넣지! 아무것도 모르니!

이러한 사실을 고백하면서 그들은 다시 다음과 같은 말을 덧붙인다 :「유럽·북미 이외의 지역에 대해서 이처럼 무식한 것은 사실 우리 편집위원들만이 아니다. 따지고 보면 이 나라의 지식인들 대다수가 다 그런 것 아니냐?」

따지고 보면 틀림없는 말이다. 그러나 틀림없는 말이라고 해서 그냥 웃어넘겨도 그만인 것은 아니다. 위의 얘기가 틀림없는 말이라는 사실을 인정하는 순간 나 자신을 포함한 우리나라의 지식인들 모두는 참으로 깊은 부끄러움을 느끼며 심각한 반성에 잠기는 시간을 가져야 옳은 것이다.

끝으로 사족 하나를 덧붙여둔다. 위에 인용된 〈103인의 현대 사상〉 서문을 보면 「유럽이나 미국 같은 서구에 제한시키려 했다」는 말이 나온다. 이 구절로 보건대 위의 서문을 쓴 사람은 '서구'라는 말의 뜻을 '유럽＋미국'으로 이해하고 있는 모양이다. 참으로 한심한 일이다. '서구'라는 단어는 '서구라파'를 줄인 것이며, '구라파'라는 단어는 '유럽'을 한자투로 표기한 것이므로 '서구'는 곧 '서유럽'이라는 뜻을 가진다는 이 초보적인 사실조차도 알지 못하면서 대단한 지식인 노릇을 하고 있으니……('유럽'과 '미국'을 통틀어서 지칭하고 싶을 때에는 그 뜻에 맞는 단어를 사용하면 된다. '구미(歐美)'라는 단어가 바로 그것이다. '서유럽'과 '미국'을 통틀어서 나타낼 수 있는 한 개의 단어는, 아쉽지만, 존재하지 않는다).

온생명 이론과 〈유년기의 끝〉

우리는 엄청나게 긴 우주적 시간의 흐름 가운데 한 조그마한 부분을 우리 몫의 시간으로 할당받아 살다가 사라지는 존재이다. 그런가 하면 우리는 엄청나게 넓은 우주 공간 가운데 한 조그마한 부분을 우리 몫의 공간으로 할당받아 살다가 사라지는 존재이기도 하다. 그렇다면 우리의 삶과 죽음은, 그리고 살아 있는 동안에 우리가 체험하는 모든 기쁨과 고통은, 그 엄청나게 긴 시간의 흐름 속에서, 또 그 엄청나게 넓은 공간 속에서 도대체 어떤 의미를 지니는 것일까?

위와 같은 질문 앞에서 오늘날 가능한 최대한의 지적 성실성을 가지고 그 해답을 찾아보려는 사람이라면 자연과학의 세계에 대한 탐구의 과정을 빼놓고 지나갈 수 없을 것이다. 이러한 이야기는 물론 자연과학의 세계에 대한 탐구 그 자체만으로 위의 질문에 대한 해답이 발견될 수 있으리라는 기대를 담고 있는 것은 아니다. 단지 자연과학의 세계에 대해 깊은 관심을 갖고 탐구해 들어가는 과정을 거치지 않은 상태에서 제시되는 해답이라면 그 어떤 것도 '가능한 최대한의 지적 성실성에 근거한 것'으로 인정받기 어려우리라는 정도의 뜻을 갖고 있는 데 불과하다.

여기서 나 자신의 경우를 이야기하자면, 개인적으로 나는 문학을 전공하는 사람이지만 위에서 얘기된 바와 같은 생각 때문에 오래 전부터 내 나름대로는 상당한 열성을 기울여 자연과학 분야의 독서를 계속해 왔다. 그러는 과정에서 나는 무척 다양하고 풍부한 감명의 원천들을 발견할 수 있었던 셈인데, 여기서는 그중에서도 특히 강렬한 인상으로 나에게 다가왔던 것 한 가지만을 언급해 두고 싶다. 그것은 우리나라의 대표적인 물리학자 가운데 한 사람인 장회익이 제창한 '온생명'의 개념이다.

장회익이 처음에는 우주적 생명이라고 표현했다가 언젠가부터 온생명이라고 바꿔 부르기 시작한 이것은, 그의 설명에 따르면, 「진정한 생명의 주체는 우리 자신을 포함한 이 세상의 수많은 개별생물체들이 아니라 바로 이 온생명이다」라고 규정될 수 있는 그러한 존재이다. 엄밀한 자연과학의 이론에 따르면 어떤 존재가 진정한 생명의 주체로 간주될 수 있기 위해서는 '자유에너지의 궁극적 근원'을 그 자체 내에 포함하고 있어야 하는데 그런 존재는 결코 하나하나의 개별생물체일 수가 없으며 최소한 태양과 같은 자유에너지 공급원을 자체 내에 포함하는 별-행성계(star-planet system)를 이루고 있어야 하는바, 이러한 존재가 갖고 있는 생명을 우리는 우주적 생명 혹은 온생명이라고 부를 수 있다는 것이다. 장회익은 이러한 견해에 근거하여 다시 「이러한 우주적 생명이 그 자신의 '마음'을 갖고 있다면 그 마음은 과연 어떤 마음일까?」라는 의미심장한 질문을 던지고 있기도 하다.

장회익의 이와 같은 견해를 우리는 수용할 수도 있고 거부할 수도

있다. 다만 그 견해가 현대 자연과학의 정밀한 이론에 근거를 두고 있
는 것이니만큼 그것을 자신있게 거부하기란 쉬운 일이 아니라는 점만
은 누구라도 인정해야 할 것 같다. 그리고 만약 우리가 그의 견해를
수용하는 쪽으로 생각의 방향을 잡아나갈 경우, 이 글의 첫 부분에서
내가 제기했던 질문에 대한 해답을 찾는 우리의 발걸음이 좀더 빨라
질 수 있으리라는 것은 거의 틀림없어 보인다. 이만하면 장회익의 온
생명 이론을 두고 내가 「자연과학의 세계에서 만난 다양하고 풍부한
감명의 원천들 가운데서도 특히 강렬한 인상으로 나에게 다가왔던 존
재」라 부르는 것은 많은 사람들에게 충분히 수긍될 만한 일이 아닐
까?

　문학을 전공하는 사람이 자연과학의 세계에 대해서도 상당한 정도
의 관심을 갖고 있을 경우 그 두 가지 분야를 하나로 결합시키고 있는
존재 즉 과학소설에 대해서 깊은 애정을 품게 되는 것은 거의 필연적
인 일이다. 나 역시 이러한 필연에서 예외가 될 수는 없었던만큼 당연
히 적지 않은 분량의 과학소설들을 지금껏 지속적으로 읽어왔다. 그
중에서도 가장 인상적인 작품으로 나의 기억에 남아 있는 것은 A. C.
클라크가 쓴 〈유년기의 끝〉이다.
　이 소설의 내용을 여기에 구체적으로 소개하는 것은 나중에 혹시
이 소설을 읽게 될 사람들의 즐거움을 줄여버리지 않기 위해 그만두
기로 한다. 다만 이 작품 속에서도 특별히 잊을 수 없는 부분, 즉 끝
부분만을 언급하기로 하자. 지구를 통치하고 있는 오버로드라는 외
계인의 본고장을 직접 자기 눈으로 보고 싶다는 욕망 때문에 오버로
드의 우주선에 숨어들어 밀항길에 올랐던 장이라는 인물이 마침내
목적을 달성하고 6개월 만에 지구로 돌아온다. 그 6개월 동안 지구

에서는 80년의 세월이 흘렀다. 그런데 정말 결정적으로 문제가 된 것
은 지구에서 80년의 세월이 흘렀다는 사실 자체가 아니라, 그 동안
에, 오버로드보다도 상위에 있는 오버마인드라는 초월적 존재의 심
원한 계획에 의하여 지구상의 현존 인류는 종말을 맞이하고 말았다
는 사실이다. 인간들 가운데 아이들은 개별적 자아가 사라지는 새로
운 차원으로 이동하여 지구를 떠나고, 어른들은 자기들이 인류의 마
지막 세대가 되었다는 슬픔을 안고 살다가 다 죽은 것이다. 장이 지
구로 돌아왔을 때 거기에는 오로지 한 무리의 오버로드만이 남아 있
는 상태였다. 마침내 그 오버로드들도 지구로부터 철수하기로 하여
장에게 동행을 권하지만 장은 그 권유를 거절하고 혼자 남는다. 혼자
남아 지구의 소멸을 목격한다. 단 한 사람의 동료 인간도 없이, 인간
의 미래에 대한 단 한 줄기의 희망도 없이. 그러다가 마침내, 당연히,
그도 죽는다…….
  이렇게 끝나는 소설의 제목을 '유년기의 끝'이라고 붙인 데는, 말할
나위도 없이, 현존 인류의 종말은 인류 유년기의 종말을 의미하는 것
일 따름이며 새로운 차원으로 진입해 들어간 아이들에 의하여 인류의
역사는 진정한 성년기를 맞이하게 된 셈이라는 작가의 메시지가 담겨
있다. 그렇다면 자기들이 현존 인류의 마지막 세대가 되었다는 슬픔
을 안고 살다 죽은 사람들이나 최후의 지구인이 된 장이 느꼈을 온갖
고통과 허무감에도 불구하고 이 소설 전체의 결론은 요컨대 엄청나게
긴 우주적 시간의 흐름은 허무한 흐름이 아니며 엄청나게 넓은 우주
의 공간 역시 허무한 공간이 아니라는 희망과 긍정의 논리로 맺어지
고 있는 셈이다. 이러한 논리를 대하면서 우리는 그것이 일개 '소설
가'가 꾸며낸 얘기의 결론일 따름이라 하여 그냥 웃어넘길 수가 있을
까. 다른 사람은 몰라도 나는 그럴 수 없다. 그것은 분명 일개 소설가

가 꾸며낸 얘기의 결론 이상도 이하도 아니지만, 엄청나게 긴 우주적 시간의 흐름과 엄청나게 넓은 우주 공간 속에서 도대체 우리 자신의 삶과 죽음은, 그리고 살아 있는 동안에 우리가 체험하는 모든 기쁨과 고통은 도대체 무슨 의미를 지니는 것일까 하는 질문을 안고 씨름하는 사람에게 그러한 논리가 던져주는 '실존적' 감명은 이루 말할 수 없이 크고 절실하고 '현실적'인 것일 수가 있기 때문이다.

실제적인 일에는 어둡고, 할말은 많고……

자금이 문제되는 일, 조직이 문제되는 일, 낯선 사람과의 교섭 혹은 흥정을 필요로 하는 일, 철학이나 이데올로기 따위와는 별 상관이 없는 일, 철학이나 이데올로기 따위에 신경을 쓰다가는 낭패를 보기 쉬운 일——이런 일들을 뭉뚱그려서 '실제적인 일'이라고 명명해 보자. 나는 그런 실제적인 일에 지독하게도 어두운 사람이다. 실제적인 일에 맞닥뜨리게 되면 나는 그만 사고작용 자체가 정지되어 버리는 것 같다. 한치의 과장을 섞지 않고 얘기해서 그렇다.

이른바 지식인이라고 불리는 사람들 가운데에는 실제적인 일에 대하여 그다지 밝지 못한 사람들이 많다. 그 점에서 많은 지식인들은 대체로 보아 나의 동류라고 할 수 있다. 하지만 바로 그 지식인들의 무리 가운데서도 실제적인 일에 대하여 어두운 정도가 나만큼 지독한 수준에까지 이르러 있는 사람을 지금껏 나는 거의 보지 못했다. 그렇다면 이 점에 있어서 나는 지식인들 가운데서도 극단적인 경우에 해당한다고 말할 수 있다.

자본주의 체제 속에 살고 있는 지식인들 가운데 상당수가 쉽사리 사회주의에 기울어져 그것을 찬양하고 선전하는 나팔수로 나서는 경향을 보여준다는 것은 누구나 다 아는 사실이다. 그러면 어째서 수많은 지식인들이 이처럼 쉽게 친(親)사회주의적 편향성을 내보이게 되는 것일까. 여기에는 말할 나위도 없이 그들이 실제적인 일에 대하여 그다지 밝지 못한 편이라는 사정이 개재해 있다. 자본주의체제는 실제적인 일에 대하여 뛰어난 능력을 지닌 사람들이 권력의 알맹이를 장악하게끔 되어 있는 체제이다. 자본주의체제를 조직하고 움직이는 원리 자체가 실제적인 일의 세계에 기반을 두고 있기 때문에 그렇다. 자본주의체제가 지속되는 한 실제적인 일에 대하여 그다지 밝지 못한 지식인 그룹 따위가 권력의 측면에 있어서 그 체제의 정상부에 올라설 가능성은 없다. 그러면 사회주의체제의 경우는 어떤가? 그 체제를 조직하고 움직이는 원리는 실제적인 일의 세계가 아니라 모종의 '이론'에, '이념'에, '책'에 기반을 두고 있다. 그런데 이론 · 이념 · 책의 영역이야말로 지식인들이 자신있게 스스로의 비교우위를 주장할 수 있는 영역이다. 이런 영역에 기반한 원리에 의하여 조직되고 움직이는 체제 속에서라면 지식인도 그 체제의 정상부를 정복한 주인공이 될 날을 꿈꾸어볼 수 있다. 그때 지식인은 자본주의체제 속에서 권력의 알맹이를 장악하고 기세를 올리며 고의에서든 아니든 지식인으로 하여금 열등감과 질투와 선망에 시달리지 않을 수 없게 만들던 저 '실제적인 일에 대하여 뛰어난 능력을 지닌 인간들'에게 통쾌한 복수를 할 수 있을 것이다! 사정이 이러한 판에 지식인이 어찌 사회주의를 찬양하고 선전하는 나팔수로 나서지 않을 수가 있으랴?

나의 이러한 지적에 대하여 친사회주의적 편향성을 내보여온 많은 지식인들은 터무니없는 중상모략을 하지 말라며 쌍지팡이를 짚고 나설지 모른다. 하지만 나는 지금 중상모략을 하고 있는 것이 아니다. 많은 사람들이 입에 올리는 것은 물론 정면으로 쳐다보는 것조차 두려워하는——그러나 정직한 마음으로 곰곰 깊이 생각해 보면 결국 수긍하지 않을 수 없는——진실을 말하고 있을 뿐이다.

자본주의체제 속에 살고 있으면서 실제적인 일에 대하여 밝지 못하다는 특징을 보이는 이른바 지식인 그룹의 사람들 가운데 또다른 일부는, 다음에 인용하는 이승훈의 글 한 대목이 전형적으로 드러내 주는 바와 같은 입장을 선택하기도 한다.

> 나만 그런지 모르겠지만 사는 게 재미없고 사회적으로 무능력하고 (난 능력 있는 교수도 못되고 능력 있는 가장도 못된다) 언제나 소외감에 시달리기 때문에 시작한 문학적 글쓰기가 아니던가? 사회적으로 능력이 있는 사람들은 시를 쓰지 않는다. 아프지 않은 사람들, 병들지 않은 사람들, 상처를 모르는 사람들은 그림을 그리고 시를 쓰지 않는다.
> 문학이라는 것이 있는지 모르지만, 만일 문학이라는 것이 있다면, 그건 사회에 참여하는 사람들이 아니라 사회로부터 소외되는 사람들이 생산한다. 그런 사람들은 사회에 대해 할말이 없다. 사회뿐만 아니라 자신에 대해서도 할말이 없다. 이런 무능력이 문학을 생산하고 문화를 생산한다. 그러나 우리 문단, 우리 문화계에는 할말이 많은 사람

들이 너무 많다. 도대체 사회적 책임을 강조하지만 어째서 시가, 문학이 사회에 대해 유독 책임을 져야 한다는 것인가? 시인들, 화가들은 오히려 이런 사회적 책임이 견디기 어려워서, 힘들어서, 시를 쓰고, 그림을 그린다(「문학의 역사는 폐허의 역사다」, 《소설과 사상》 1996년 가을호, p.392).

나 자신은 친사회주의적 편향성을 강하게 내보이는 지식인들보다 이 두 번째 부류의 지식인들에 대하여 더 큰 친밀감을 느낀다. 무엇보다도 자신이 실제적인 일에 어두운 사람이라는 것을 솔직하게 인정하는 그 투명한 태도와 사회주의체제라는 이름의 우회로를 이용해서라도 기어이 권력의 정상부에 도달해 보려고 기를 쓰지 않는 그 담담한 무욕의 정신이 나에게 호감을 준다.

하지만 나는 이 두 번째의 입장도 나 자신의 길로서 받아들일 수는 없다. 이승훈 같은 사람과 달리 나는 사회에 대하여 내 나름대로 할말이 많은 인간이기 때문이다.

물론 내가 가지고 있는 할말이라는 것은 친사회주의적 편향성을 강하게 내보이는 지식인들의 그것처럼 남들이 안 보는 깊은 곳에 음험한 권력욕을 깔아두고 있는 것이 아니다. 또한 그것처럼 오만하게 세상을 내려다보는 어조(허세의 어조!)를 띤 것도 아니다. 자기가 실제적인 일에 어둡다는 사실의 의미를 잘 알고 있는 사람으로서 나는 그렇게 음험한 권력욕을 마음속 깊은 곳에 끈질기게 간직해 나갈 필요를 느끼지 않으며, 그렇게 오만한 어조를 억지로 만들어내면서 허세를 부릴 필요도 느끼지 않는다.

자신이 실제적인 일에 어둡다는 사실의 의미를 잘 알고 있음에도 불구하고——그런가 하면 음험한 권력욕이라든가 오만한 어조 같은 것들과 전적으로 무관한 자리에 서 있음에도 불구하고——내가 항상 사회에 대하여 내 나름대로 할말이 많다고 느끼지 않을 수 없고 내 나름대로의 말하기를 계속하지 않을 수 없는 까닭은 어린 시절 스탠리 큐브릭의 영화 「스파르타쿠스」를 보면서 「사람들의 세상이 이래서는 안된다」고 생각했던 것, 고등학교에 다니던 시절 솔제니친의 〈수용소 군도〉를 읽으면서 「사람들의 세상이 이래서는 안된다」고 생각했던 것, 20대의 젊은 시절 이문열의 소설 「기상곡」을 읽으면서 「사람들의 세상이 이래서는 안된다」고 생각했던 것——그런 것들을 내가 어느 한순간도 절대로 잊을 수가 없기 때문이다.

소설가 이균영 씨의 죽음을 슬퍼하며

 내가 문학평론가로 활동해 온 기간도 이제 어느덧 15년이 된다. 그러나 워낙 사람 만나기를 즐기지 않는 성격인지라 평론에서 여러 번 언급할 기회를 가졌던 작가들과도 아직 일면식조차 없이 지내는 경우가 수두룩하다. 어쩌다가 만나볼 기회를 가졌던 경우라 하더라도 그것은, 내가 한동안 《작가세계》에 관여했던 기간을 제외하면, 아주 드물게 참석했던 문단의 행사장에서 우연히 조우한 경우가 대부분이다.

 이균영 씨와 나와의 만남도 여기서 예외가 아니었다. 1986년 봄 이균영 씨가 정음사에서 창작집 〈멀리 있는 빛〉을 냈을 때 그 권말 해설을 정현기 선생과 내가 썼는데 그 책이 나온 직후 이균영 씨가 술 한잔 나눴으면 한다는 얘기를 정현기 선생이 나에게 전해주었으나 그때 나는 「아이구, 저는 원체 술을 못하는 사람이라서……」 하고 사양해 버렸었다. 그래서 그때는 그냥 지나갔다. 그랬다가, 1987년 가을, 오랜 친구인 홍정선 군이 대한민국문학상 신인상을 타게 되었기에 축하

차 시상식장에 갔다가 거기서 이균영 씨를 처음 보았고, 급기야 술자리에까지 동석하게 되었다(거기서도 나는 1차까지만 갔고 2차로 넘어가는 단계가 되자 혼자 먼저 자리를 떠났었지만).

이균영 씨의 인상은 그의 글 그대로라고 그때 나는 느꼈다. 표면은 섬세하고 부드럽기만 하지만 그 안쪽에는 거대한 에너지와 강철 같은 의지를 숨기고 있는 그런 사람의 모습이었다. 그날 1차 술자리에서의 화제를 주도한 것이 바로 이균영 씨였다. 그렇게 될 수 있었던 것은 그가 특별히 달변이라거나 너스레를 잘 떤다거나 해서가 아니라, 자기가 한 사람의 국사학자로서 당장 눈앞의 과제로 삼고 있는 작업을 제대로 수행하기 위해서는 아무래도 중국 동북부 지방에 가서 수년간 자리를 잡고 살아야만 하겠다고 열의에 찬 표정으로 거듭 다짐하는 그의 모습이 한자리에 앉은 모든 사람들에게 강한 인상을 주었고 그래서 계속 그 이야기를 둘러싼 주고받기로 대화들이 진행된 때문이었다. 그때 그가 했던 이야기의 내용으로 보건대 그 무렵 그는 당분간 국사학자로서의 학문적인 연구에 전념하겠다는 결심을 굳혔던 것 같다. 그것은 그로서는 불가피한, 아니 현명한 결단이었는지 모르지만 한국의 문학계로서는 상당한 아쉬움을 느끼게 하는 결단이기도 했다.

그후에 나는 이균영 씨를 한번 더 만났다. 〈태백산맥〉의 완간을 기념하는 자리에 갔다가 그를 만난 것이다. 그때 이균영 씨는 나에게 이런 말을 했다 :「나이 사십이 되어가니 정말 인생의 한 고비에 다다랐다는 느낌이 절실합니다. 지금 이 시점에서 최선의 노력을 기울여 뭔가 분명한 일을 해놓지 않으면 안되겠습니다.」 그가 그 말을 할 때 보여준 진지한 표정을 나는 지금도 잊을 수가 없다. 그리고 그후 그는 과연 그때 나에게 말했던 그대로 실천하는 삶을 살았다. 신간회 연구를 중심으로 한, 참으로 무게 있는 학문적 업적을 그는 그후 수년 사이에 훌륭히 창출해 낸 것이다. 그 방면에서 그가 이룩한 성과는 단재 학술상 수상이라는 영광을 그에게 가져다주었지만, 그러는 동안 그는 어쩔 수 없이 소설 창작과는 거리를 두고 지내와야만 했다. 그러다가, 중견 국사학자로서의 입지를 확고하게 굳히고 난 1995년에 이르러, 그는 다시 문학의 영역으로 돌아왔다. 그의 유일한 장편이자 최고의 걸작인 〈노자와 장자의 나라〉를 《문예중앙》 봄호에 발표하고 곧이어 단행본으로 출간한 것이다.

〈노자와 장자의 나라〉가 발표되었을 때 나는 그 작품을 정말 반갑게 읽었다. 이 역량 있는 작가가 참으로 오래간만에 문학의 영역으로 돌아왔다는 사실이 반가웠고, 그 귀환의 선언을 단편이나 중편이 아닌 장편으로 했다는 사실이 반가웠으며, 그 장편이 이제까지 형성된 이균영 문학세계의 가장 높은 봉우리에 해당하는 성공작이라는 사실이 반가웠다. 그러하였으므로 중앙일보사 출판부가 〈노자와 장자의 나라〉를 단행본으로 내면서 나에게 그 권말 해설을 청탁해 왔을 때 나는 흔쾌히 그 청탁을 수락했던 것이다. 해설을 쓰면서 나는 생각했다 :「이제 이균영 씨는 국사학자와 소설가의 두 가지 역할을 함께 수행해 나가는 데 있어서 예전과 같은 긴장을 느끼지 않아도 되는 경지에 도달한 것 같다. 여유를 얻었다는 표현, 혹은 원숙해졌다는 표현이 어울리는, 그런 경지에 도달한 것 같다. 그렇다면 이제 나와 같은 사람은 편안한 마음으로 이 작가의 앞날을 기대해도 좋지 않겠는가.」

그런데, 그런데 정작 나의 눈앞에 현실이 되어 나타난 것은, 도저히 믿을 수 없는, 그러나 믿지 않을 수도 없는, 그의 부음(訃音)이었다. 「타고 가던 택시가 중앙선을 넘어온 승용차와 정면충돌하는 바람에 숨졌다」는, 참으로 허망하고 어처구니없는 방식으로, 죽음의 신이 그를 찾아왔다는 것이다. 그의 나이 이제 마흔여섯인데. 아직도 하고 싶은 일, 해야 할 일이 많이 남아 있는데. 아니, 지금부터가 진짜 시작인데.

물론 우리 모두는 언젠가 죽게 되어 있다. 원하지 않더라도 다 죽는다. 어차피 이 세상에 태어나는 것을 원하지도 않았는데 태어나버린 처지이니, 죽는 것을 원하지 않는데도 죽게 된다 하여 불평할 수는 없는 노릇이다. 「어떤 남이 아닌 우리 자신이 이 세상에 태어났어야만 하는 절대적인 이유가 있다」든가 「우리의 후손이 태어나 살아갈 자리를 가로채면서 굳이 우리 자신이 영생을 누려야만 하는 절대적인 이유가 있다」고는 아무도 말할 수 없는 처지이니, 죽음이 미래의 시간 속에서 우리를 기다리고 있다 하여 특별히 원통하게 생각할 까닭이 우리에게는 없다. 아무리 그렇다고 하지만 마흔여섯의 나이에 이런 형태로 죽음을 맞이해야 한다는 것은 너무나 부조리하다. 참을 수 없을 만큼 부조리하다. 그렇기 때문에 우리는 이균영 씨의 죽음 앞에서 많은 일반적인 죽음의 경우와 다른, 특별히 크고 깊은 슬픔을 느끼지 않을 수 없다.

한 문학평론가의 역사 읽기

초판 1쇄 발행일 · 1997년 4월 30일
초판 2쇄 발행일 · 1997년 5월 5일
지은이 · **이동하**
펴낸이 · **임성규**
펴낸곳 · **문이당**

등록 · 1988. 11. 5 제1-832호
주소 · 서울시 성북구 동선동 4가 208-1호
전화 · 928-8741~3 팩스 · 925-5406
ⓒ 1997 이동하

ISBN 89-7456-074-7 03810
하이텔 · 나우누리 ID munidang

값 · 7,000원